VERHEXT UND ZUGEBAUT

EIN VERHEXTER WESTWICK-KRIMI, VERHEXTE WESTWICK-KRIMIS #1

COLLEEN CROSS

Übersetzt von

DANIELA MAIZNER

Bearbeitet von

CHRISTINA MUIGG

VERHEXT UND ZUGEBAUT

Ein verhexter Krimi aus Westwick Corners!

Cendrine West hat ein Geheimnis – sie will eigentlich gar keine Hexe sein. Ihre Zauberkunst ist auch nicht besonders gut, eine Tatsache, an die sie ihre Tante Pearl ständig erinnert. Aber sie kann sich der Hexenwelt nicht so einfach verschließen, schon gar nicht in dem kleinen Westwick Corners, wo die Hexen der Familie West schon seit Generationen für Chaos sorgen.

Weitere Schwierigkeiten bahnen sich an, als kurz vor Cendrines Hochzeit eine Leiche auftaucht. Sie erkennt die magischen Verwicklungen in diesem Fall und entdeckt eine Seite an ihrem Verlobten, die ihr so gar nicht gefällt. Cendrine wird gezwungen, sich mit ihren eigenen Kräften auseinanderzusetzen. Werden sie ausreichen, um ihre Familie und die Stadt zu retten?

Am Tatort zeigen alle Beweise auf ihre Tante Pearl, die unbedingt verhindern will, dass Touristen den Weg nach Westwick Corners finden. Dann will sie auch noch unbedingt Tyler Gates, den gutaussehenden neuen Sheriff, aus der Stadt jagen, so wie sie es bereits mit seinen Vorgängern getan hatte. Schlussendlich mischt sich auch noch der Geist von Oma Vi ein und das Chaos nimmt seinen Lauf.

Zwischen Sheriff Gates und Cendrine fliegen Funken, während die

Beweise gegen Tante Pearl immer belastender werden. Kann Cendrine den Fall – und ihr Herz – in die richtige Richtung lenken?

Wenn Ihnen unterhaltsame Krimis mit einem Schuss Humor und etwas Zauberkraft gefallen, dann wird es Ihnen in Westwick Corners gefallen.

KAPITEL 1

Ich zog gerade mein klingelndes Handy aus der Tasche, als Tante Pearl in mein Redaktionsbüro geflogen kam. Im wahrsten Sinne des Wortes geflogen – untertags ein absolutes No-Go. Die Tatsache, dass wir Hexen waren, war zwar kein wirklich wohlgehütetes Geheimnis im beschaulichen Westwick Corners, aber es war doch besser, es nicht so offen zur Schau zu stellen.

Sie schwebte zur Tür herein und blickte mich böse an: „Cendrine!"

Tante Pearl sprach mich immer nur dann mit vollem Namen an, wenn sie verärgert war. Aber vielleicht war ich ja auch verärgert. Ich war seit sechs Uhr morgens im Büro, um noch alles zu schaffen. Jetzt war es fast Mittag und ich war müde, hungrig und verschwitzt, da meine Klimaanlage gleich am Morgen den Geist aufgegeben hatte. Der Thermostat in meinem Büro zeigte 32 Grad an, aber ich konnte es mir nicht leisten, die Anlage reparieren zu lassen.

Was von meinem Tag noch übrig war, schien mir nun auch noch zu entgleiten. Aber vielleicht konnte ich das ja noch verhindern.

Ich ignorierte sie und blickte auf das Display des klingelnden Telefons. Schon wieder Mum. Sie hatte mich heute schon gut ein halbes Dutzend Mal angerufen und mich mit Fragen zu meiner Hochzeitsprobe und dem großen Empfang in unserem Familienhotel, dem Westwick Corners Inn, bombardiert. Beides sollte heute noch stattfinden. Ich wäre wohl besser gleich zuhause geblieben.

„Cendrine, unser neuer Sheriff ist ein Trottel. Ich möchte, dass du einen Artikel über ihn verfasst." Sie hielt an der Tür inne und wartete auf meine Reaktion.

„Nein." Ich drehte mich um und nahm den Anruf entgegen.

Mum war außer sich. „Cenny, ich kann Pearl nicht finden. Ich mache mir Sorgen, dass sie wieder irgendetwas Verrücktes anstellt."

Ich drückte auf die Lautsprechertaste und blickte Tante Pearl mit hochgezogenen Augenbrauen an: „Sie ist hier bei mir."

Tante Pearl kam an meinen Tisch und schrie ins Telefon. „Ich brauche keinen Babysitter, Ruby. Ich kann mich sehr gut allein unterhalten."

„Das bereitet mir ja gerade Sorgen", sagte Mum. „Du kannst nicht weiterhin alle aus der Stadt jagen, vor allem nicht unsere Gesetzeshüter. Das geht so nicht weiter."

„Warum hängst du mir nicht gleich ein Ortungsgerät um? Herrgott!" Meine Tante ließ sich in den Stuhl gegenüber von meinem Schreibtisch fallen. „Ich bin doch kein kleines Kind."

„Du benimmst dich aber oft wie eines." Offensichtlich war ich nicht die einzige, die sich fragte, welche Art von Willkommensgruß Tante Pearl für den neuen Sheriff bereitgehalten hatte. Es war am besten, wenn wir unsere besonderen Fähigkeiten nicht offen zeigten. Die Wests waren eine der Gründerfamilien hier in der Stadt gewesen, als sich meine Urgroßeltern vor mehr als hundert Jahren in Westwick Corners niedergelassen hatten. Aber wir durften die Gastfreundschaft nicht überstrapazieren. Die Anderen ließen sich schließlich nicht alles gefallen.

Tante Pearl ignorierte meine Antwort. Vielleicht war es unsere Familiengeschichte, aus der sie sich ein besonderes Anrecht ableitete. Leider stellte ihre vollkommene Missachtung jeglicher Regeln eine Gefahr für unser friedvolles Zusammenleben in der Stadt dar. Aber das schien sie überhaupt nicht zu interessieren.

Sie griff nach meinem Handy und schrie hinein. „Er bringt Ärger, Ruby. Cenny wird einen Artikel über ihn verfassen."

Ich holte mir mein Telefon zurück. „Ich werde nichts dergleichen tun. Was du willst und was viele Zeitungen verkauft, sind zwei verschiedene Paar Schuhe, Tante Pearl. Ich kann dir nicht helfen. Heute ist Redaktionsschluss, ich muss die *Westwick Corners Weekly* rausbringen." Wie die meisten Einheimischen hatte ich mir selbst einen Job erkauft und die Zeitung von ihrem früheren Besitzer erworben, als der in Rente ging. Die Industrie der Stadt war eingebrochen, als der Highway vor ein paar Jahren umgeleitet worden war. Die meisten jungen Leute verließen kurz darauf die Stadt, um anderswo ihr Glück zu versuchen. Die paar von uns, die geblieben waren, schlugen sich gerade so durch.

Mum erhob ihre Stimme. „Aber Cenny, Pearl will doch nur helfen. Du nimmst deinen Job viel zu ernst."

Mums plötzlicher Sinneswandel überraschte mich nicht. Dass sie sich nun auf die Seite ihrer älteren Schwester schlug, war ihre Art, um heftigere Auseinandersetzungen zu vermeiden und nicht ganz den Verstand zu verlieren. Mums Bewältigungsstrategie bedeutete, dass Tante Pearl für gewöhnlich das bekam, was sie wollte, und Mum so dem Konflikt aus dem Weg gehen konnte. Auf lange Sicht verursachte das meiner Meinung nach aber nur noch mehr Probleme.

„Ich muss los. Wir sehen uns in ein paar Stunden." Mum hatte Tante Pearls aufbrausendes Verhalten in ihrem vergeblichen Versuch, Frieden zu stiften, nur noch weiter angeheizt. Sie erkannte nicht, dass Tante Pearl immer wusste, was sie tun musste, um von ihr genau das zu bekommen, was sie wollte. Ich hingegen blieb meistens standhaft. Das endete häufig damit, dass meine Tante und ich aneinandergerieten.

Tante Pearl sank wieder in den Stuhl gegenüber und schnaubte. „Das ist doch keine Zeitung. Das ist doch nichts weiter als ein Werbeblatt für Schnäppchenjäger, die Rabattmarken ausschneiden. Warum verschwendest du deine Zeit damit? Niemand liest deine Artikel. Sieh es doch ein, Cenny. Dieses Blatt taugt nichts."

„Wenigstens verdiene ich mein Geld auf ehrliche Weise." Immer wenn ich ohnehin schon schlecht drauf war, schaffte es Tante Pearl, mich noch weiter runterzuziehen. Bedauerlicherweise war ihre Einschätzung jedoch richtig. Ich hatte mir selbst einen schlechtbezahlten Teilzeitjob aufgehalst, in dem ich nicht einmal besonders gut war. In der Stadt gab es nur wenige Arbeitsmöglichkeiten und so versuchten die meisten von uns, selbst etwas auf die Beine zu stellen. „Du könntest zur Abwechslung auch mal etwas Nettes sagen."

Meine Tante musterte mich für einen Moment, sagte jedoch nichts. Ihr fehlten selten die Worte. Ich musste ihrer neuesten Schimpftirade wohl oder übel zuhören, wenn ich das Büro noch pünktlich verlassen wollte.

Sie lehnte sich nach vorne. „Ich werde dir einen Tipp geben, damit du endlich mal eine anständige Story zu berichten hast. Unser neuer Sheriff ist korrupt und ich will, dass du seine Machenschaften aufdeckst."

„Welche Machenschaften?" Ich blickte auf die Uhr. Es war kurz vor Mittag. „Wie lange ist Sheriff Gates jetzt schon im Dienst? Ein paar Stunden? Er hatte doch noch gar keine Zeit, irgendetwas anzustellen."

„Er hat eine Vergangenheit, Cenny. Eine schäbige Vergangenheit."

„Haben sie das nicht alle?" Tyler Gates war bereits unser fünfter Sheriff in den letzten sechs Monaten. Unsere Stadt war nur noch für Schulabbrecher, Versager oder unvermittelbare Härtefälle attraktiv. Aber ich war bereit, ihm einiges zu verzeihen, denn immerhin war ein lausiger Gesetzeshüter besser als gar keiner. Wir mussten also nehmen, was wir kriegen konnten.

„Ich weiß, warum er seinen alten Job hingeschmissen hat." Pearl zwinkerte mir zu. „Es ist ein Skandal."

„Ach wirklich?" Das einzig Positive daran, dass wir ständig einen neuen Sheriff in der Stadt hatten, war, dass die magischen Kräfte unserer Familie mehr oder weniger verborgen blieben. Allerdings hätte es gar nicht so weit kommen müssen. Der Hauptgrund dafür, warum alle das Handtuch warfen, war vor allem eine Reihe krimineller Handlungen, die einzig und allein der Dame vor mir zuzuschreiben war.

„Ja, wirklich. Und überhaupt: Dieses Schild auf dem Highway, das zieht die falschen Leute an." Tante Pearls Augen verengten sich und sie stand auf, um größer zu wirken. Sie stemmte die Hände in ihre Hüften. Vierzig Kilo Lebendgewicht bauten sich einschüchternd vor mir auf.

„Es zieht Touristen an, Tante Pearl. Das ist genau die Art von Leuten, die wir brauchen." Tante Pearl hasste Besucher, aber wenn sie mit ihren Aktionen nicht aufhörte, würde Westwick Corners nur noch eine weitere Geisterstadt im Bundesstaat Washington werden. In unserer Stadt gab es keine Industrie, nur ein paar alteingesessene Farmer in der näheren Umgebung, die nicht allzu viel Geld ausgaben.

Der Tourismus war unsere einzige Chance und so hatten wir die letzten Monate damit verbracht, die Stadt neu zu vermarkten und Westwick Corners zu einem hippen Ziel für Wochenendtrips zu machen. Aber langsam schien es so, als würden sich unsere Bemühungen in Rauch auflösen.

„Was ist das für ein Geruch?" Ich schnüffelte und war beunruhigt, da sich Tante Pearls vertrauter Duft nach Lavendel in einen scharfen Benzingestank verwandelt hatte. Das letzte Mal, als sie so gerochen hatte, war sie direkt ins Visier der Washington State Police geraten. Weder die Stadt noch unsere Familie konnten diese Art von Aufmerksamkeit gebrauchen.

Tante Pearl grinste, schwieg aber.

„Die ganze Stadt hat für die neuen Highway-Schilder gestimmt, Tante Pearl. Es tut mir leid, aber die Mehrheit entscheidet nun mal." Wir hatten kaum noch Besucher, seit der Verkehr durch den Neubau des Highways vor einigen Jahren in den Nachbarort Shady Creek umgeleitet wurde. Das mussten wir unbedingt ändern.

„Bitte sag nicht, dass du das Schild schon wieder beschädigt hast."

Schweigen.

Unsere Grundsteuer war bereits beträchtlich angestiegen, seit es vermehrt zu Brandanschlägen und Vandalismus gekommen war, und Entschuldigungen halfen da auch nicht mehr viel. Das Schild auf dem Highway war nicht das einzige, was regelmäßig erneuert werden musste und ich war es leid, dass die Leute wegen Tante Pearl ein zunehmend schlechtes Bild von meiner Familie bekamen.

Ich ahnte außerdem bereits, dass die Sache mit dem Highway-Schild nicht das Einzige war, was sie zu verbergen hatte. „Ich kann das Benzin doch bis hierher riechen. Was hast du getan?"

Tante Pearl schnüffelte. „Ich rieche nichts. Hör auf vom Thema abzulenken, Cendrine. Dieses Schild ist schlecht für mein Geschäft."

Ich hatte keine Ahnung, warum meine Tante sauer auf mich war. Daher tastete ich mich vorsichtig an die Sache heran, denn Pyromanie und Magie schienen keine besonders gute Mischung zu sein. Zauberkräfte waren Segen und Fluch zugleich. Ich war der festen Überzeugung, dass wir Magie nur für Gutes einsetzen sollten, nicht um Chaos und Verwüstung anzurichten.

Tante Pearl war da anderer Meinung.

„Welches Geschäft?" Meine Augen begannen, vom beißenden Geruch zu brennen.

„Pearls Schule der Zauberei."

„Häh?" Wovon sprach meine Tante da?

„Meine neue Schule."

„Wie neue Schule? Du hast doch schon einen Job im Westwick Inn. Und dort solltest du jetzt auch sein und Mum helfen." Tante Pearl war offiziell als Reinigungskraft im Inn angestellt. So war sie ausreichend beschäftigt. Auch mit siebzig Jahren schaffte sie es immer noch, in alle möglichen Schwierigkeiten zu geraten, wenn sie zu viel Freizeit hatte.

„Ruby hat schon alles unter Kontrolle."

„Sie klang am Telefon aber ziemlich gestresst. Ich denke, sie könnte deine Hilfe gebrauchen. Die ersten Gäste können jeden Moment ankommen." Unsere Zimmer waren ausgebucht und wir erwarteten einige wichtige Gäste.

Tonya und Sebastien Plant waren unsere VIP-Gäste. Das stinkreiche Ehepaar hatte *Reiseweise*, die weltgrößte Reiseplattform gegründet. Zur Überraschung aller hatten sie unsere Einladung angenommen, im Inn zu übernachten. Wir hofften natürlich auf entsprechend gute Publicity. Ihr Eindruck von unserem Hotel konnte wegweisend für unseren zukünftigen Geschäftserfolg sein. Es ging also ums Ganze.

„Pearls Schule der Zauberei feiert ebenfalls große Eröffnung." Tante Pearl schnaubte und schon erschien eine Visitenkarte in ihrer Hand. Sie reichte sie mir. „Du solltest dich anmelden. Du könntest wirklich eine Auffrischung deiner Zauberkünste vertragen. Kein Wunder, dass du so eingerostet bist, du übst ja auch nie. Der Unterricht beginnt morgen, um Punkt 9 Uhr."

„Das ist ganz schlechtes Timing, Tante Pearl." Ich drehte die Visitenkarte um und fand auf der Rückseite das Hologramm einer Hexe, die mir zuwinkte. Schnell legte ich die Karte mit der Hexenseite nach unten auf den Tisch.

„In meinem Alter muss man die Gelegenheit beim Schopf packen. Ich mache, was mir gefällt", sagte sie. „Ich lebe hier schon länger als du. Außerdem ist Pearls Schule der Zauberei auch Teil der neuen Imagekampagne der Stadt. Sie wird die Touristen aus der Zauberwelt anziehen.

„Zauberkraft war aber nicht Teil unseres ursprünglichen Plans." Unsere Stadt hatte unzählige Stunden damit verbracht, die neue Tourismusstrategie zu entwerfen und Tante Pearl war dabei, alles zu sabotieren.

Alle Gebäude der Stadt, inklusive dem Inn, wurden in ihrem alten Glanz des frühen 20. Jahrhunderts restauriert. Das einzige, was noch nicht renoviert wurde, war das Burlesque-Theater, aber auch dafür hatten wir Pläne für die Zukunft.

Nur wenige Menschen wussten, dass Westwick Corners genau über einem sogenannten Vortex, einem Energiewirbel, lag. Egal ob man selbst daran glaubte oder nicht, damit konnte man Touristen anziehen. Der Vortex war es, der ursprünglich meine Familie in die Stadt gebracht hatte. Bislang war es ein gutgehütetes Geheimnis gewesen.

Aber nun hatte sich vieles geändert und da die Stadt ums Überleben kämpfte, hatten wir uns dazu entschlossen, Profit aus dem Vortex zu schlagen. Wir vermarkteten das Ganze als New Age, das volle Programm, inklusive spirituellem Heilzentrum, Spa und Souvenirshop – alles rund um das Thema Kraft aus der Erde.

Aber eben nicht Zauberkraft.

„Du hast ja noch nicht einmal einen Raum für deinen Unterricht."

Meine Tante zog ihre Augenbrauen nach oben und grinste. „Stimmt nicht. Ich habe gerade das alte Schulhaus angemietet."

„Du kannst doch nicht in aller Öffentlichkeit Zauberunterricht veranstalten!" Das Schulhaus war nur etwa hundert Meter vom Inn entfernt und von der Hauptstraße aus gut einsehbar. Der Gedanke, dass Tante Pearl dort vor den Augen der Touristen ihre Zauberkünste vollführen würde, ließ mich erschaudern. Das konnte nur Ärger bringen.

„Das ist ein freies Land." Tante Pearl schnaubte. „Ich mache, was ich will. Die meisten Leute hier wissen über uns Bescheid."

Das stimmte irgendwie. Es war schwer, in Westwick Corners ein Geheimnis zu wahren. In dieser Kleinstadt kannte jeder jeden. Allerdings war dem Rest der Stadt das Ausmaß unserer magischen Kräfte ganz und gar nicht bewusst. Die Bewohner hatten so eine Ahnung, dass wir mit Kräutertränken und heidnischen Ritualen experimentierten, mehr aber auch nicht und das war gut so. Die Vorstellung, dass sich Westwick Corners in so etwas wie ein Hexencollege verwandeln würde, könnte das zarte Gleichgewicht unseres friedlichen Zusammenlebens erheblich gefährden.

Bei uns galt das Motto: Nicht fragen, nichts sagen. Die anderen würden uns nicht fragen und wir würden nichts sagen. So funktionierte es ganz gut. Ich wollte mit unserem neuen Sheriff nicht gleich auf dem falschen Fuß beginnen und unsere Zauberei breitzutreten wäre dabei sicherlich nicht hilfreich.

Ich seufzte. „Du brauchst zuerst einen Gewerbeschein. Da kannst du doch nicht ernsthaft *Zauberschule* angeben, oder?"

Tante Pearls Miene verdüsterte sich und sie wechselte das Thema. „Junge Leute pflegen ihr Erbe nicht mehr. Sieh dich doch einmal an. Du hast deine Zauberkunst aufgegeben, um dich mit so einem Mist hier zu beschäftigen."

„Die *Westwick Corners Weekly* ist kein Mist. Die Zeitung gibt es seit über hundert Jahren." Ich warf verzweifelt meine Hände nach oben, als ich mich in meinem schäbigen kleinen Büro umsah. Eine Renovierung kam nicht in Frage, bevor mein Blatt nicht mehr Werbeeinnahmen erzielen konnte. Und das würde nicht passieren, solange das Geschäft in der Stadt nicht angekurbelt wurde.

Tante Pearl spottete. „Hier sieht wirklich alles hundert Jahre alt aus."

„Das ist auch eine Zeitung und kein Schauraum." Tante Pearl hatte die Angewohnheit, alles was ich erreicht hatte, niederzumachen. Es war damals mehr eine Bauch- als eine Kopfentscheidung gewesen, die Zeitung zu kaufen, aber eigentlich hatte ich auch gar keine andere Wahl gehabt. Die *Westwick Corners Weekly* war nicht gerade die *New York Times*, aber sie gehörte mir und meistens konnte ich auch eine ganz gute Geschichte und nicht nur den üblichen Klatsch und Tratsch liefern."

„Wie du meinst. Aber ich kann nicht für die Sicherheit all dieser sterblichen Seelen garantieren, die uns besuchen. Meine Schüler müssen an lebenden Objekten üben."

„Wir haben alle dafür gestimmt, auch du, Tante Pearl." Ich hatte Angst zu fragen, was sie mit dem Üben an lebenden Objekten meinte, aber das war jetzt auch nicht der richtige Zeitpunkt. „Reg dich darüber auf, so viel du willst, aber wir brauchen die Touristen. Ich wette, du hast auch noch gar keine Anmeldungen für deinen Kurs."

„Willst du wetten, Kindchen? Ich bin schon fast ausgebucht."

Mit hoher Wahrscheinlichkeit war das eine Lüge, aber ich wollte nichts riskieren. „Ich mache dich persönlich für die Sicherheit und das Wohlergehen unserer Gäste verantwortlich." Meine Zukunft hing vom Erfolg des Westwick Corners ab. Warum wäre ich sonst noch hier?

Brayden Banks war natürlich ein Grund. Mein Verlobter war der Bürgermeister der Stadt, also konnten wir schlecht von hier wegziehen. Unsere Hochzeit würde in zwei Wochen stattfinden und meine Zukunft war eigentlich schon ziemlich fest verplant.

„Pah, den Teufel wirst du!" Tante Pearl drehte sich um und stürmte aus meinem Büro. Die Außentür fiel gerade in dem Moment zu, als Tante Pearl im Gang verschwunden war. Nur wenige Sekunden später kehrte sie zurück und marschierte in mein Büro.

Hinter ihr folgte ein breitschultriger Mann Ende 20. Meine Kinnlade kippte nach unten, als ich den muskulösen Körper bemerkte, der sich unter seiner beigen Uniform abzeichnete. Der neue Sheriff hatte so gar nichts von dem älteren glatzköpfigen Mann mit Bierbauch, der sein Vorgänger gewesen war. Seinem strammen Schritt zufolge war er bereits im Dienst.

„Was nun?" Ich hatte so ein Gefühl, dass dieser Besuch irgendetwas mit meiner pyromanischen Tante zu tun hatte, die nun atemlos vor mir stand.

„Wir machen einen Deal", sagte Tante Pearl. „Du hilfst mir mit dem Sheriff und bekommst dafür gratis Unterricht in Pearls Schule der Zauberei."

„Ganz sicher nicht. Keine Deals und ich habe auch nicht vor, mich in deiner dummen Zauberschule einzuschreiben." Kaum hatte ich die Worte gesagt, bereute ich sie auch schon. Aber glücklicherweise war Sheriff Gates noch gut zehn Meter entfernt und hatte nichts gehört.

Tante Pearl musterte mich von oben bis unten, dann schüttelte sie langsam den Kopf. „Wenn deine Großmutter dich so sehen könnte, deine Einstellung und deine lausigen Zauberkünste würden sie ins Grab bringen. Wenn jemand meine Schule braucht, dann du, Cendrine."

Genau genommen *konnte* mich meine Großmutter auch sehen, denn wann immer ihr danach war, erschien sie als Geist bei uns. Oma Vi verhielt sich in letzter Zeit aber recht ruhig, weil sie ihre eigenen Sorgen hatte. Sie war traurig, weil ihr Familienanwesen zu einem Hotel umgewandelt wurde. Die Veränderung traf uns alle.

„Ich brauche deine Schule nicht. Ich muss mich um wichtigere Dinge kümmern."

Tante Pearl schnaubte. „Was kann wichtiger sein als Zauberei?"

Meine Augen schielten zum Sheriff, aber der war noch gut fünf Meter entfernt. Tante Pearl bemerkte wieder einmal gar nicht, was um sie herum passierte.

„Na zum Beispiel unsere Stadt. Wir haben alle hart dafür gearbeitet, sie zu retten und sie nicht zu einer Geisterstadt verkommen zu lassen."

Tante Pearl zuckte mit den Schultern. „Was ist so schlecht an einer Geisterstadt? Mich nerven diese ganzen Eindringlinge. Zur Abwechslung könnte mal etwas Ruhe und Frieden herrschen."

Der größte Wirbel war direkt auf Tante Pearl zurückzuführen. Die halbe Stadt wollte meine pyromanische Tante loswerden und ganz offensichtlich hatte es auch schon der neue Sheriff auf sie abgesehen. „Gibt es noch etwas, dass du mir sagen möchtest, bevor er hier ist?"

„Nein!" Tante Pearls rechtes Auge zuckte, ein klares Zeichen dafür, dass sie mir etwas verheimlichte. Hexe oder nicht, keine Zauberei der Welt konnte ihre Unehrlichkeit verbergen.

„Ich hoffe für dich, dass mit dem Highway-Schild alles in Ordnung ist. Du hast mir versprochen, nichts Ungesetzliches zu tun."

„Ich habe nichts dergleichen versprochen. Und auch wenn, ich hatte meine Finger überkreuzt." Tante Pearls schlaffe Arme schwabbelten, als sie ihre Hand in die Luft hielt.

Ich rollte mit den Augen. „Wir sprechen später darüber."

„Komme ich ungelegen?" Sheriff Tyler Gates lehnte gegen den Türrahmen. Er war nicht zu übersehen. Nicht dass ich das gewollt hätte… Sein dunkles gewelltes Haar berührte flüchtig den Rahmen, als er in meiner Tür stand. Mein Herzschlag setzte kurz aus, als mein Blick auf seine schokoladenbraunen Augen traf. Plötzlich erschien Westwick Corners gar nicht mehr so trostlos.

Ich stand auf und war von seinem ansteckenden Lächeln gefesselt. Ich hielt ihm meine Hand hin. „Sheriff, schön dass Sie bei uns vorbeischauen. Willkommen in Westwick Corners."

„Nennen Sie mich Tyler. Die Stadt ist zu klein für übertriebene Höflichkeiten." Er nahm meine Hand und schüttelte sie.

Als sich unsere Blicke trafen, fühlte ich einen Kloß in meinem Hals. „Ich hoffe, es gefällt Ihnen hier." Ich wurde rot, als ich schamlos den attraktivsten Mann anstarrte, den ich je im Leben gesehen hatte.

Der Sheriff wich Tante Pearl vorsichtig aus. „Ich wollte erst in ein paar Tagen vorbeischauen, aber es gab einen Vorfall." Er neigte seinen Kopf in Richtung meiner Tante.

„Ach ja?" Seine Uniform lag eng an seinem muskulösen Oberkörper an. „Wenn es um Tante Pearl geht, ja, die kann manchmal etwas aufgedreht sein."

Ich spürte ein Ziehen an meinem Ärmel.

„Sprich nicht so, als ob ich nicht da wäre." Tante Pearl trat nach vorne und drängte sich zwischen mich und den Sheriff. „Deshalb bin ich zu dir gekommen. Der Sheriff…"

Ich musste husten, als Tante Pearls Eau de Benzin in meine Nase stieg. „Ich haue dich dieses Mal nicht raus, Tante Pearl. Wenn du etwas angestellt hast, dann steh auch dazu."

Ich drehte mich zu Tyler. „Ich denke, dass sich das lösen lässt, egal worum es geht." Als einzige Journalistin der Stadt wollte ich gleich eine gute Arbeitsbeziehung mit unserem Gesetzeshüter eingehen.

Abgesehen davon, dass er verdammt gut aussah, schien Tyler Gates ziemlich normal zu sein. Eigentlich war er sogar zu normal für Westwick Corners. Er war ungefähr in meinem Alter, was im Vergleich zu seinen Vorgängern äußerst untypisch war. Für die war Westwick Corners sozusagen ihre letzte Haltestelle gewesen, wenn niemand anderes sie mehr einstellen wollte. Aber alleine die Tatsache, dass er hier war, bedeutete, dass irgendetwas mit ihm nicht stimmen musste. Von außen war sein Makel jedoch nicht zu erkennen.

Ich drehte mich wieder zu meiner Tante. „Was hast du schon wieder angestellt, von dem du mir nichts erzählt hast?"

„Das ist es doch, was ich dir die ganze Zeit sagen wollte, Cenny. Zuhören war noch nie deine große Stärke." Sie lehnte sich zu mir und flüsterte: „Ich habe ein wenig gehext."

Ich starrte sie an.

„Sie haben was?" Sheriff Gates zog seine Augenbrauen zusammen und beugte sich leicht nach vorne. „Das habe ich nicht verstanden."

Mein Herz blieb vor Schreck beinahe stehen. Dieses eine Geheimnis mussten wir für uns behalten.

„Eine Axt", sagte ich. „Sie hat eine Axt verwendet, um das Schild abzumontieren. Das hast du gesagt, Tante Pearl, nicht wahr?" Es musste um das verfluchte Schild gehen. Sie würde einfach nicht lockerlassen.

Die Brandstifterin von Tante zuckte mit den Schultern. Ihre Mundwinkel verzogen sich leicht, amüsiert von meiner schlechten Notlüge.

Sheriff Gates blickte mich verwirrt an. „Das Schild wurde abgefackelt, nicht abmontiert. Ich verstehe nicht ganz."

Ich winkte ab. „Tante Pearl ist manchmal etwas konfus."

„Das bin ich nicht!" Tante Pearl stampfte auf den Boden. „Ich bin klar im Kopf."

Ich starrte sie an, dann drehte ich mich lächelnd zum Sheriff. „Es wird nicht mehr vorkommen, versprochen."

Tante Pearl schnippte mit ihren Fingern in Richtung des Sheriffs.

„Was kommt nicht mehr vor?" Eine Zehntelsekunde später erstarrte er zu einer Salzsäule.

„Tante Pearl! Nimm sofort diesen Zauber von ihm!" Ich war entsetzt über ihre offene Respektlosigkeit gegenüber dem neuen Sheriff. „Du sprichst von meinen Zauberkünsten! Was du getan hast, ist klarer Missbrauch von Zauberei."

Tante Pearl zwinkerte, als sie zwei Mal hintereinander mit den Fingern schnippte. „Zu spät."

Der Sheriff wankte leicht, dann fand er sein Gleichgewicht wieder, als der Zauber von ihm genommen wurde.

„Es ist nie zu spät für Gerechtigkeit." Sheriff Gates trat einen Schritt zurück, als ihm Tante Pearls Benzingestank in die Nase zog. „Ich glaube, es wird mir hier richtig gut gefallen."

„Wirklich?", riefen wir beide im Chor.

„Ja, klar." Er griff in seine Hemdtasche und zog einen Notizblock heraus. Er schrieb etwas auf, dann riss er ein Blatt ab und reichte es Tante Pearl. „Ich bin nur einen Tag im Dienst und schon habe ich dem Staat ordentlich Geld eingebracht."

Tante Pearls Lächeln wich aus ihrem Gesicht, als sie auf den Zettel sah. Sie ließ ihn auf meinen Tisch fallen. Es war eine Strafe über 500 Dollar wegen Erregung öffentlichen Ärgernisses.

Mit dem Sheriff war nicht zu spaßen.

Ich mochte ihn jetzt schon.

KAPITEL 2

*E*ine kühle Spätsommerbrise machte die Hitze etwas erträglicher. Ich fuhr mit offenen Fenstern und genoss den Fahrtwind.

Der Sommer war meine liebste Jahreszeit, aber ich mochte auch die Aussicht auf den Neuanfang, den der Herbst mit sich brachte. Der herannahende Jahreszeitenwechsel sollte dieses Mal gleich mehrere Veränderungen mit sich bringen. Heute war die große Eröffnung des Westwick Corners Inn und in zwei Wochen fand meine Hochzeit statt. Ein neues Kapitel würde aufgeschlagen werden.

Aber statt Vorfreude verspürte ich eine schwere Last auf meiner Brust. Ich hatte angenommen, wir würden die klassische „Und wenn sie nicht gestorben sind"-Sache durchziehen, so wie die anderen auch. Aber alles hatte sich geändert, seit Brayden Anfang des Jahres zum jüngsten Bürgermeister in der Geschichte von Westwick Corners gewählt worden war. Seine politischen Ambitionen schienen uns immer wieder in die Quere zu kommen. Ständig änderte er unsere Pläne, um ein Networking-Event nach dem anderen zu besuchen. Ich war nicht für die Karriere als Politikerfrau gemacht, aber daran ließ sich wohl jetzt nichts mehr ändern.

Ich hatte nicht einmal mehr jemanden, mit dem ich darüber sprechen hätte können. Alle meine Freunde hatten die Stadt gleich nach der High School verlassen, um auf das College zu gehen oder in Seattle oder noch weiter weg zu arbeiten. Egal wohin, hauptsache weg aus Westwick Corners. Brayden und ich waren die einzigen aus unserem Jahrgang, die geblieben waren. Jeder andere in der Stadt war bereits verheiratet und hatte Kinder. Die paar Singles, die es in der Stadt gab, waren meistens mit mir verwandt. Hexen hielten nicht viel vom Heiraten, aber ich war anders.

Ich wäre wahrscheinlich auch weggezogen, wenn ich nicht mit Brayden zusammen gewesen wäre. Das war natürlich meine eigene Entscheidung gewesen, aber es fehlte mir, mich mit meinen Freundinnen zu treffen. Zumindest würde ich sie bald auf meiner Hochzeit wiedersehen.

Ich fuhr die kurvige, von Bäumen gesäumte Straße hinauf und kam auf dem Hügel an. Unser Landhaus thronte über der Stadt und von dort aus konnte man die ganze Gegend überblicken. Das Westwick Corners Inn war früher unser Familiensitz, ein stattliches Anwesen mit einem kleinen Weinberg und einem französischen Garten. Wie jeder andere in der Stadt mussten auch wir Geld verdienen und so entschlossen wir uns dazu, das Inn als eine Art Bed & Breakfast auf dem Land zu führen.

Unser neu renoviertes Hotel diente auch als Location für meine Hochzeit. Brayden und ich würden unsere Ringe im Pavillon im Garten tauschen. Die heutige Probe sollte nur kurz dauern. Sie wurde vor allem angesetzt, damit meine perfektionistische Mutter sichergehen konnte, dass wir ohne jegliche Zwischenfälle den Bund der Ehe schließen würden.

Ich stellte den Wagen ab und blickte in Richtung des Westwick Corners Inn, als ich die Einfahrt in Richtung des Gartens überquerte. Zu den zwölf Zimmern des Inns zählten auch die Privaträume von Mum und Tante Pearl im Erdgeschoss. Ich wohnte in einem separaten Baumhaus auf der Hinterseite des Grundstücks.

Meine gemütliche kleine Wohnung in den Bäumen wurde von meinem Großvater für meine Großmutter vor über einem halben Jahrhundert erbaut. Es hörte sich vielleicht nach einem Spielzeughaus für Kinder an, aber mein Heim war viel größer. Ich hatte etwa 90 Quadratmeter, verteilt auf zwei Stockwerke und rund um einen dicken Eichenbaum gebaut. Die optimale Lage: nahe bei meiner Familie, aber auch nicht zu nahe. Es machte mich traurig, dass ich nach meiner Hochzeit zu Brayden ziehen würde.

Ich wurde noch trauriger, als ich auf dem Parkplatz ankam und sah, dass Braydens BMW noch nicht da war. Auf der Straße zu uns hinauf gab es kaum Verkehr. Ich war verärgert, dass Brayden nicht einmal zu unserer Hochzeitsprobe pünktlich kommen konnte. Er kam immer zu spät und es nervte mich, dass ich ständig auf ihn warten musste. Auch Mum war bestimmt verärgert, wenn er ihren Zeitplan an so einem stressigen Tag durcheinanderbrachte. Ständig musste ich ihn überall entschuldigen und ich fürchtete, dass er sogar am Tag unserer Hochzeit zu spät kommen würde.

Es waren noch ein paar Minuten Zeit, vielleicht tat ich ihm ja Unrecht. Ich ging durch den Rosengarten und atmete auf dem Weg zum Pavillon den zarten Duft der Blumen ein. Im Garten blühte es überall und es war der perfekte Ort für unsere Trauungszeremonie.

Der Pavillon war außen mit verschiedenen Sorten satter Weinreben geschmückt, die sich über die Säulen rankten und Schatten spendeten. Große weiße Blüten waren zusammen mit kleineren sternförmigen rosafarbenen am Boden verstreut und bildeten einen Teppich.

Mum und Tante Pearl waren bereits am Pavillon und als ich näher kam, konnte ich ihre Stimmen hören. Sie standen draußen, wo meine Mutter hastig eine Weinrebe befestigte, die sich gelöst hatte. Tante Pearl sah ihr zu. Ich war etwas überrascht, meine Tante hier zu sehen, denn sie machte sich nichts aus Hochzeiten und dergleichen. Mum hatte sie wahrscheinlich unter irgendeinem Vorwand hergelockt, damit sie keinen Ärger machen konnte.

Mum sah auf und winkte mir zu, als ich näherkam. Sie war klein, genauso wie Tante Pearl, aber das war es auch schon mit den Gemeinsamkeiten der beiden Schwestern. Tante Pearl bestand nur aus Haut und Knochen, verglichen mit Mums plumper Statur, das Ergebnis jahrelanger Überprüfung ihrer Koch- und Backkünste. Heute sah Mum erschöpft aus. Sie schien schon das eine oder andere von ihrer To-Do-Liste abgearbeitet zu haben. Die große Eröffnung, meine Hochzeit und ihre perfektionistische Art bedeuteten viel Stress für sie. „Wir dachten schon, du stehst im Stau."

In ganz Westwick Corners gab es keine Staus. Das war nur Mums streitscheue Art, ihren Unmut über mein Zuspätkommen auszudrücken. Mum sprach nie etwas direkt an, vor allem keine negativen Dinge. Sie hielt ihre Emotionen zurück und stresste sich innerlich, anstatt ihrem Ärger Luft zu machen und dabei möglicherweise jemandem zu nahe zu treten. Das war ihre Art zu schimpfen. Aber sie war nicht besonders effektiv, denn den Frieden zu wahren, bereitete ihr regelmäßig Kopfschmerzen.

Als ich näherkam, bemerkte ich die Schweißperlen auf Tante Pearls Stirn. Sie musste etwas im Schilde führen. Was genau, konnte ich noch nicht erahnen, aber ich würde es bald erfahren. Als hätte sie mit ihrem Feuerwerk auf dem Highway nicht schon genug Ärger angerichtet.

Ich atmete tief durch und besann mich auf meine innere Ruhe. Ich würde mich von Tante Pearl nicht aus dem Konzept bringen lassen, egal was sie tat. Sie fand es nicht gut, dass ich den Bürgermeister heiratete, auch wenn Brayden mein Highschool-Freund gewesen war und sie ihn schon seit Jahren kannte. Plötzlich war er Teil des Establishments und sie machte ihn persönlich verantwortlich für jedes Gesetz, das ihr missfiel.

Dass wir heiraten würden, war schon beschlossene Sache gewesen, bevor er mir den Antrag machte. Alle aus unserer Klasse waren fortgezogen, so schnell sie konnten, und Brayden war so ziemlich der einzige Junggeselle in der Stadt, der nicht von Sozialhilfe lebte. Außer natürlich unser neuer Sheriff. Aber Tyler Gates zählte nicht. Er wäre in ein paar Monaten wieder fort, so wie all die anderen Sheriffs vor ihm.

Tante Pearl und ein Sheriff – das bedeutete immer Ärger. Sie hatte bereits ein halbes Dutzend Sheriffs aus der Stadt gejagt. Ihre Zauberei und ihre Autorität waren eine Katastrophe für Recht und Ordnung. Zumindest bis jetzt. Ich erinnerte mich zurück an heute Morgen, als Sheriff Gates Tante Pearl eine Geldstrafe verpasste. Diese warmen braunen Augen waren nicht zögerlich. Und schlecht anzusehen war er auch nicht.

„Cendrine!" Meine Tante holte mich aus meiner Schwärmerei. „Komm schon!"

Oh oh. Sie war immer noch sauer auf mich.

Ich beeilte mich.

„Was ist los?" Ich hatte nichts getan, außer mich auf die Seite von Sheriff Gates zu schlagen, als der ihre Feuerspielchen unterbinden wollte. Es kam nicht oft vor, dass ich mich gegen sie stellte. Aber ich musste zugeben, es gab mir ein kleines Gefühl der Genugtuung.

„Wir haben nicht den ganzen Tag Zeit. Beweg deinen Hintern hier rüber", schnappte Tante Pearl. „Ich muss für deinen nichtsnutzigen Freund einspringen. Richtige Männer lassen ihre Frauen nicht vor dem Altar stehen. Das ist ein schlechtes Omen. Ich sage es dir immer wieder, aber du willst ja nicht hören. Du bist alleine viel besser dran."

„Du siehst immer nur die schlechten Seiten an ihm." Bei aller Bissigkeit, Tante Pearl wollte wirklich immer nur das Beste für mich. Zumindest redete ich mir das ein.

Sie zog ihre Augenbrauen nach oben. „Ich mag weder seine guten, noch seine schlechten Seiten. Ich mag gar keine Seite an ihm. Niemand von uns. Er kommt nicht einmal zur Hochzeitsprobe. Also wirklich, Cenny. Du musst ihn loswerden, solange du noch kannst."

Mum zuckte mit den Schultern und hob ihre Hände, während sie etwas hinter Tante Pearl stand.

Tante Pearl wandte sich an Mum. „Ruby, du bekommst wirklich einen nichtsnutzigen Schwiegersohn."

„Ach Pearl, er hat sicher einen guten Grund dafür, warum er zu spät kommt. Außerdem muss Cenny ihn heiraten, nicht du." Mum trat wie ein Schiedsrichter zwischen uns. Es war nicht einfach, die Friedenshüterin einer Familie voller willensstarker Hexen zu sein. „Brayden ist ein Teil unserer Familie, ob du es willst oder nicht. Und er hat ein paar sehr gute Eigenschaften."

Wie immer hatten Mums Worte eine beruhigende Wirkung und wir sagten beide nichts mehr. Ich seufzte erleichtert. Auch wenn ich zehn Kilo mehr als meine dürre Tante auf den Rippen hatte, sie konnte mich in einem Kampf jederzeit austricksen und mit Zauber überlisten. Ich hätte keine Chance.

„Lasst uns weitermachen. Die ersten Gäste kommen in weniger als einer Stunde." Mum strich sich nervös über ihre Hände, während wir in Richtung Pavillon schritten.

„Brayden hat angerufen und Bescheid gegeben, dass sein Meeting länger dauert. Er wird in ein paar Minuten hier sein." Es war eine Lüge, aber einfacher als die Wahrheit.

„Wir brauchen einen Ersatz. Brayden kann dann weitermachen, sobald er hier ist", sagte Mum.

„Aber wer...?" Ich blickte zu meiner schrulligen Tante. „Oh nein, die werde ich nicht heiraten."

Mum winkte ab. „Das ist doch nur eine Probe, Cenny."

„Aber wie kann man ohne Bräutigam üben. Ich verstehe das nicht."

„Wir haben nicht den ganzen Tag Zeit, Cendrine." Tante Pearl zeigte auf ihre Uhr. „Ruby hat Recht. Ich habe noch einiges zu tun. Willst du nun meine Hilfe oder nicht?"

Ich wollte nicht nachgeben, aber die beiden hatten Recht. Brayden sollte hier sein, aber er war nicht gekommen. Ich war es leid, Ausreden für ihn zu finden, aber ich wollte auch nicht, dass ihn Tante Pearl noch weniger mochte, als sie es jetzt schon tat.

Mum schritt ein. „Hör auf Unfrieden zu stiften, Pearl. Du hast gar nichts Wichtigeres zu tun als hier zu sein und Cenny bei ihrer Probe zu helfen."

Eigentlich war es ja gar nicht die richtige Probe, da die Hochzeitsgesellschaft und der Standesbeamte nicht da waren. Mum hatte auf eine Probe der Probe bestanden. Der abwesende Bräutigam scherte sich allerdings nicht um ihre perfektionistischen Neigungen.

Ich war ebenfalls sauer auf Brayden. Dann gab es halt eine Probe der Probe. Unsere Hochzeit war schon in wenigen Wochen. War ich ihm nicht einmal so viel Wert, dass er vorbeikam? Ich hasste es, die zweite Geige zu spielen, während er sich nur darum kümmerte, die Karriereleiter hochzuklettern.

„Auf die Plätze, meine Damen." Mum klatschte in die Hände und stieg in den Pavillon. Ich folgte ihr und ging die paar Stufen hinauf.

Sie blieb stehen und schob uns beide hinein.

Ich bemerkte es kaum. Meine Augen fixierten noch immer die leere

Straße und ich fragte mich, wo Brayden war. Plötzlich trat ich mit dem Fuß gegen etwas Schweres, taumelte nach hinten und fiel zu Boden.

„Was zum Teufel?" Tante Pearl schrie als sie auf mich drauffiel.

„Ich bekomme keine Luft." 40 Kilo Lebendgewicht drückten auf meine Brust. Ich befreite meine Arme und schaffte es, sie etwas wegzuschieben. Aber sie drückte mich noch immer auf den Boden.

„Oh mein Gott, er ist tot!" Mum schrie und zog Tante Pearl von mir runter. „Da liegt eine Leiche im Pavillon!"

Einem Instinkt folgend drehte ich mich um und blickte genau auf die blutige Leiche. Das Gesicht eines toten Mannes lag nur Zentimeter von mir entfernt.

Ich schrie, rollte schnell in die andere Richtung und traf mit dem Kopf auf die Wand des Pavillons. Ich kämpfte mich auf die Beine und rannte in die Ecke, in die sich Mum und Tante Pearl kauerten. Wir alle starrten auf das Bild vor uns.

Ein dicker Mann lag auf dem Rücken im Pavillon. Sein Gesicht war so blutverschmiert, dass wir nicht erkennen konnten, wer es war. Eine Blutlache hatte sein Hemd rot gefärbt und trat unter seinem Körper hervor.

„Oh mein Gott." Tante Pearl würgte und drehte sich weg. Eine Sekunde später drehte sie sich wieder zurück. „Ich habe ihn noch nie gesehen. Er kann nicht von hier sein."

Mir klappte die Kinnlade nach unten, als ich ihn erkannte. „Das ist Sebastien Plant von Reiseweise. Unser VIP-Gast."

Jetzt näherte sich Tante Pearl der Leiche und fühlte nach seinem Puls. „Oh nein!"

Mum nickte langsam und begriff. „Er hatte noch nicht einmal eingecheckt."

„Er hat wohl eher ausgecheckt." Ich nahm mein Handy und wählte die Nummer des Sheriffs. Wir brauchten Hilfe und zwar schnell.

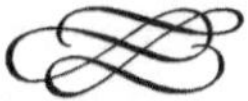

KAPITEL 3

Zehn Minuten später warteten wir vor dem Pavillon, während Sheriff Gates den Tatort untersuchte. Ich versuchte noch Sebastien Plants Ableben zu verdauen, begriff aber auch, dass wir uns noch um unsere Gäste kümmern mussten, die bald ankommen würden. Ich sah an meinem brandneuen weißen Leinenkleid hinunter, das nun blutverschmiert war. Ich erschauderte bei dem Gedanken daran, dass ich vor wenigen Minuten noch auf einer Leiche gelegen hatte.

Ich ging hinüber an den Fuß der Treppe und schielte ins Innere des Pavillons. Sheriff Gates umkreiste gedankenversunken die Leiche. Ich öffnete den Mund und wollte etwas sagen, aber der Sheriff unterbrach mich.

„Kennen Sie ihn?" Tyler Gates kniete neben Sebastien Plants Leiche.

„Nicht persönlich. Das ist Sebastien Plant, einer unserer Gäste", antwortete ich. „Besser gesagt, er wäre unser Gast gewesen. Er hätte in unserem Hotel übernachten sollen, aber er hatte noch nicht eingecheckt. Er ist - oder er war - der milliardenschwere Geschäftsführer von Reiseweise, dem Reiseimperium. Wir haben ihn zu unserer großen Eröffnung eingeladen."

Ich drehte mich zu Mum und Tante Pearl, die nun auch nähergekommen waren, um ja nichts zu verpassen. Sebastien Plant lag auf dem

Rücken und sein überdimensionierter Bauch zeigte nach oben. Er sah aus wie ein gestrandeter Wal.

Mum vergrub das Gesicht in ihren Händen. „Alles ist ruiniert. Niemand wird jemals wieder in unserem Hotel absteigen. Wie sollen wir jetzt noch unser Geschäft retten?"

„Entspann dich!" Pearl wandte schnell wieder den Blick von der Leiche am Boden ab. „Er hatte vermutlich einen Herzinfarkt. Sieh ihn dir doch an. Ganz offensichtlich hat er nicht besonders gut auf sich aufgepasst."

„Und das ganze Blut?" Ich schüttelte den Kopf. „Das war kein Herzinfarkt." Sebastien Plant war zwar krankhaft übergewichtig, aber der blutverschmierte Schädel verriet mir, dass ihm nicht sein ungesunder Lebensstil zum Verhängnis geworden war.

„Wie soll ich mich denn bitte entspannen?" Mums Stimme versagte und sie klammerte sich hilfesuchend an meinen Arm. „Der arme Mann. Ich kann nicht glauben, dass er in unserem Garten gestorben ist."

„Wir werden schon herausfinden, wer ihn umgebracht hat", sagte Tante Pearl. „Aber jetzt kannst du endlich diese dummen Geschäftspläne vergessen. Niemand wird jetzt noch seinen Urlaub bei uns verbringen wollen."

„Wir wissen immer noch nicht, wie er gestorben ist." Abgesehen von dem ganzen Blut, hatte er noch Kratzer an den Armen und im Gesicht. Seinen Verletzungen nach zu urteilen, hatte er mehrere Schläge abbekommen und versucht, sich zu verteidigen. Ich erschauderte bei dem Gedanken daran, dass sich ein Mörder in unserer Mitte befand.

Sebastien Plants Tod war eine Tragödie. Außerdem kam er zeitlich äußerst ungelegen, am Tag unserer großen Eröffnung. Ich trat ein paar Schritte vom Pavillon zurück. „Machen wir etwas Platz für den Sheriff."

„Wie sollen wir denn die Gäste vom Pavillon fernhalten?" Mum sah abwechselnd mich und den Pavillon fragend an und fuchtelte mit den Händen.

„Der Sheriff hat bestimmt einen Plan. Ich bin sicher, er hat bereits Erfahrung mit solchen Dingen." Ich versuchte, mir meine Sorgen darüber, dass *dieses Ding* ein Verbrechen war, nicht anmerken zu lassen. Dass wir das Interesse von Milliardär Sebastien Plant innerhalb von nur einer Woche gewinnen und gleich wieder verlieren konnten, fühlte sich an wie eine emotionale Achterbahnfahrt.

„Wer hat ihn umgebracht?" Tante Pearls Augen verengten sich. „Gibt es noch weitere Opfer?"

Sheriff Gates schüttelte den Kopf, als er aus dem Pavillon trat. „Ich habe von keinen anderen Todesfällen gehört. Wir werden die offizielle Todesursache erst erfahren, wenn die Spurensicherung den Tatort untersucht und der Gerichtsmediziner eine Autopsie durchgeführt hat. Ich habe die Kollegen in Shady Creek um Unterstützung gebeten."

Shady Creek lag ungefähr eine Stunde entfernt. Die Stadt entstand vor rund 20 Jahren an den Ausläufern des Gebirges und seit der Umleitung des Highways war sie enorm gewachsen. Nachdem die Wirtschaft in Westwick Corners immer mehr versiegte, waren wir zunehmend von Shady Creek abhängig, vor allem was die medizinische Versorgung, die Justiz und alles, was über einfache Polizeiarbeit hinausging, betraf.

„Sie sind vielleicht ein Experte. Das ist doch ganz offensichtlich ein Mord." Tante Pearls Stimme war schwach, so als ob sie einen Knoten im Hals hätte.

Der Sheriff seufzte. „Ich kann nichts zur Todesursache sagen, aber das Ganze sieht verdächtig aus. Allerdings kann uns erst der Gerichtsmediziner Genaueres sagen. Ziehen wir also keine voreiligen Schlüsse."

Während der Sheriff Mum tröstete, ging ich ein Stück zurück und blickte in den Pavillon. Nachdem sich der erste Schock gelegt hatte, wollte ich mehr erfahren.

Sebastien Plants Leiche lag wie ein surreales Stillleben inmitten der blumigen Hochzeitsdekoration und der blühenden Clematis, die die Säulen und Geländer umringten. Sein blutverschmierter Schädel sah aus, als wäre er in eine üble Schlägerei in einer Bar verwickelt gewesen. Wie immer er auch gestorben war, es war kein natürlicher Tod.

Plötzlich klappte meine Kinnlade nach unten und ein Schauer durchzog meinen Körper. Tante Pearls Zauberstab lag auf Sebastien Plants Oberkörper. Sie musste ihn in all der Aufregung fallen gelassen und vergessen haben. Allerdings war Tante Pearl niemand, der etwas vergaß, vor allem nicht ihren Zauberstab, den sie nie aus der Hand gab.

Man musste kein Experte sein, um zu erkennen, dass Sebastien

Plants Tod auf stumpfe Gewalteinwirkung zurückzuführen war. Tante Pearls Zauberstab auf seiner Brust sah definitiv verdächtig aus. Warum hatte sie ihn dort liegengelassen?

Der Beweis war belastend, aber konnte sicher erklärt werden. Der Zauberstab war ihr wahrscheinlich aus der Hand gerutscht, als sie gestürzt war. Ich konnte mich nicht daran erinnern, dass sie ihn in der Hand gehabt hatte, als ich am Pavillon angekommen war, aber sie musste ihn bei sich gehabt haben. Alles passierte so schnell, ich konnte mich nur noch verschwommen erinnern.

Was mich mehr beunruhigte, war die Tatsache, dass Tante Pearl erklären musste, was das Ding überhaupt war. Der Sheriff wusste nichts von unseren magischen Fähigkeiten und es war auch besser für alle, wenn das so blieb.

Ich drehte mich zu Tante Pearl, die ihren Blick schnell abwandte. Dass ihr Zauberstab auf dem Körper eines toten Mannes lag, schien sie nicht weiter zu beunruhigen. Es war sowieso zu spät, sie konnte ihn nicht mehr entfernen. Ich blickte zurück auf den Zauberstab und bemerkte erst jetzt seine blutgetränkte Spitze. Der Sheriff bemerkte sie auch, gerade in dem Moment, als ich an ihm vorbei in den Pavillon gehen wollte.

„Keinen Schritt weiter", sagte Sheriff Gates. „Wir dürfen den Tatort nicht betreten."

Aus den Augenwinkeln erblickte ich etwas Weißes. „Was ist das?" Ich zeigte auf ein gefaltetes Stück Papier, das neben der Leiche lag. Ich hatte es zuvor nicht bemerkt. „Der Mörder hat eine Nachricht hinterlassen."

Der Sheriff drängte sich an mir vorbei und ging in den Pavillon zurück. Er kniete sich neben die Leiche, hob die Nachricht mit einer Pinzette auf und öffnete sie vorsichtig.

Ich folgte ihm und stieg langsam die Treppe hinauf, damit ich seine Aufmerksamkeit nicht auf mich zog. Am Eingang blieb ich stehen und beobachtete, wie er vorsichtig das Papier mit der Spitze eines Bleistifts öffnete. Er versuchte, nichts außer dem Rand der Nachricht zu berühren, obwohl er Handschuhe trug.

„Vielleicht wollte der Mörder ihn nur erschrecken und nicht ihn umbringen." Ich kam näher und ging neben der Leiche in die Hocke, um besser zu sehen.

„Sie sollten nicht hier drinnen sein." Der Sheriff zeigte auf den Eingang. „Sie könnten Beweismittel kontaminieren."

„Ich fürchte, das habe ich schon getan." Ich erschauderte bei dem Gedanken daran, dass ich vor wenigen Minuten noch auf unserem toten Gast gelegen hatte.

„Möchten Sie die Nachricht nicht lesen?" Ich war neugierig, was darin stand. Ich legte meinen Kopf zur Seite und murmelte den Text vor mich hin.

Die Nachricht war in Blockbuchstaben geschrieben, mit einem feinen schwarzen Stift. Die Handschrift war sauber und symmetrisch, wie die eines Kindes, das Buchstaben übte. Die Nachricht war so klar wie die Schrift.

Reist du fern und auch sehr weit,
sieh dich um und sei gescheit.
Schau nicht so lange auf das Teller,
denn glaub mir, ich bin schneller.
Niemand will dich sehen hier,
dich und deine große Gier.
Verlass Westwick Corners jetzt und gleich,
und geh zurück über den Teich.
Hände weg von unsrem Ort,
schere dich noch heute fort,
bevor man dich hier noch erwischt,
und dein Leben dann erlischt.

„Ein Gedicht." Tante Pearl stand plötzlich neben mir. „Ein gutes noch dazu."

Tante Pearl sprach selten Komplimente aus. Auch wenn der Rhythmus fröhlich war, die Nachricht war es ganz und gar nicht. Das

Gedicht war eine Drohung an Sebastien Plant und seine Firma Reiseweise.

„Warum sollte man jemanden warnen, der schon tot ist?" Ich konnte an niemanden aus unserer Stadt denken, der zu einem Mord fähig war. Abgesehen davon, außer unserer Familie wusste kaum jemand etwas über unseren VIP-Gast. „Es gibt noch andere Möglichkeiten, um Leute aus der Stadt zu jagen."

„Das habe ich gehört." Sheriff Gates erhob sich und zeigte auf Tante Pearl, die nach vorne trat, um einen besseren Blick zu erhalten. „Bleiben Sie alle zurück. Verlassen Sie den Tatort."

„Es gibt kein Absperrband", sagte Tante Pearl.

Er seufzte. „Der ganze Pavillon ist ein Tatort. Bitte gehen Sie, bevor Sie noch Beweismittel kontaminieren." Er faltete das Papier wieder sorgsam zusammen und legte es in einen Plastikbeutel.

„Aber wir waren schon hier drinnen." Tante Pearl stemmte die Arme in ihre Hüften. „Sind Sie sicher, dass Sie wissen, was Sie tun, Sheriff?"

Ich legte meine Hand auf ihre Schulter, führte sie zur Treppe und flüsterte: „Kannst du bitte damit aufhören. Du wirfst ein schlechtes Bild auf unsere Familie."

„Was macht das schon für einen Unterschied? In einem Monat ist der Sheriff sowieso wieder weg. Die Touristen werden auch nicht mehr kommen. Wenigstens ein Gutes hat die Sache." Sie murmelte noch etwas vor sich hin, das ich nicht hören konnte.

Ich folgte Tante Pearl die Treppe hinunter in den Garten. „Gäste zu ermorden, ist eine ziemlich radikale Methode, um den Tourismus aufzuhalten, aber Sebastien Plant ist berühmt. Das könnte sogar noch mehr Touristen anlocken."

„Sei doch nicht lächerlich!" Tante Pearls Augen weiteten sich. „Niemand wird jetzt noch kommen wollen. Es ist zu gefährlich hier."

„Der Mord wird für ziemlich viel Aufsehen sorgen, Tante Pearl. Der Pavillon könnte sogar zu etwas wie einem Schrein werden. Sebastien Plant ist - oder war - eine Berühmtheit. Seine Fans werden vielleicht zu seiner letzten Ruhestätte pilgern wollen." Plant war sehr bekannt. Er besaß eine eigene Fernsehshow, mehrere Zeitschriften und drehte Videos. Ich glaubte zwar selbst nicht daran, aber vielleicht würde es

Tante Pearl tun. Ausnahmsweise versuchte ich es mal mit umgekehrter Psychologie.

„Der Mann ist noch nicht mal kalt und du denkst bereits daran, wie du seinen Tod vermarkten kannst?" Tante Pearl schnaubte. „Du hast ein sehr, sehr kaltes Herz, Cendrine."

„Westwick Corners ist kein Graceland, aber vielleicht nützt uns die Berühmtheit unseres VIPs nun nach seinem Tod sogar noch mehr. Wie auch immer, Westwick Corners kommt ins Gespräch." Ich drehte mich zu Tante Pearl. „Hast du nicht deinen Zauberstab im Pavillon vergessen?"

Ihre Miene verdüsterte sich, aber sie sagte nichts. Unsere Blicke trafen sich, kurz bevor sie sich umdrehte und so tat, als hätte sie mich nicht gehört.

Sheriff Gates stieg die Treppe hinab und kam zu uns herüber. „Ich möchte nicht, dass Sie darüber sprechen, was Sie da drinnen gesehen haben." Er deutete auf den Pavillon. „Vor allem nicht über die Nachricht oder die Mordwaffe."

Glaubte der Sheriff etwa, Tante Pearls Zauberstab war die Mordwaffe? Es sah nicht gut aus. Sein schönes Gesicht zeigte keine Emotionen und ich nahm an, das gehörte zur Ausbildung eines jeden Cops. Ich fragte mich, ob er es schon bereute, nach Westwick Corners gekommen zu sein. Als einziger Sheriff in der Stadt kam nun eine Menge Arbeit auf ihn zu.

„Vielleicht war sein Tod ein Unfall", sagte Tante Pearl. „Das würde die Nachricht erklären. Man bedroht niemanden mit einer Nachricht und bringt ihn dann sofort um. Das ergibt keinen Sinn."

„Vielleicht war die Nachricht ja eine Warnung an seine Frau", sagte Mum. „Tonya Plant ist auch Teil von Reiseweise. Der Mörder wollte, dass sie beide verschwinden.

Sheriff Gates nickte. „Der Mörder könnte ein Einheimischer sein, der die Plants nicht hier haben wollte. Wo wir gerade davon sprechen, wo ist eigentlich seine Frau?"

Ich zuckte mit den Schultern. „Keine Ahnung. Wir wussten nicht einmal, dass sie schon angekommen waren. Sie hatten noch nicht eingecheckt." Die offizielle Eröffnung war heute und die ersten Gäste sollten jetzt erst ankommen.

„Wer würde so etwas nur tun?" Mums Augen weiteten sich, als sie zum ersten Mal mein blutverschmiertes Kleid sah.

„Die meisten Bewohner der Stadt stehen hinter den Tourismusplänen, aber nicht alle. Allerdings wäre niemand hier zu einem Mord fähig." Ich fixierte meine Tante mit den Augen, aber sie ignorierte mich.

„Menschen tun extreme Dinge, wenn sie sich bedroht fühlen." Sheriff Gates deutete in Richtung des Hotels. „Sie sollten jetzt alle hineingehen. Verlassen Sie aber bitte nicht das Gelände. Ich will jeden von Ihnen befragen, sobald ich den Pavillon an die Spurensicherung übergeben habe."

„Ich verstehe es noch immer nicht", sagte Tante Pearl. „Warum sollte man Sebastien Plant bedrohen, wenn er schon längst tot ist?"

Ein Schauer lief mir über den Rücken. Der Zauberstab, die Nachricht und auch alles andere deuteten auf meine störrische Tante. Wenn das für mich schon so offensichtlich war, dann gewiss auch für den Sheriff.

Ich nahm mir vor, Mum zu fragen, wo sich Tante Pearl vor dem Treffen am Pavillon aufgehalten hatte. Ich wusste, dass sie nicht zu einem Mord fähig war, aber sie war auf jeden Fall dazu fähig, ständig Ärger anzuziehen. Sie hatte keinen wirklich guten ersten Eindruck beim Sheriff hinterlassen und je mehr wir vor ihrem Gespräch mit dem Sheriff wussten, desto besser. Die Ermittlungen könnten schnell in die falsche Richtung laufen, wenn sie wieder eine ihrer schnippischen Bemerkungen machte. Wir brauchten einen Plan.

Ich folgte Mum und Tante Pearl in Richtung des Hauses. Während wir durch den Garten gingen, blickte ich hinüber zum Parkplatz. Noch keine Spur von der Verstärkung, die Sheriff Gates aus Shady Creek angefordert hatte. Sie würden sicherlich erst nach dem Abendessen mit dem Tatort fertig sein. Wir mussten uns also überlegen, wie wir den Tatort vor den Gästen verstecken konnten. Sie durften auf keinen Fall den Garten betreten.

Ich wandte mich an Mum: „Die Vorstellung, dass hier ein Mörder umgeht, ist wirklich gruselig. Warum sollte jemand die Touristen aus unserer Stadt verjagen wollen?"

Tante Pearl hustete. „Ich muss gehen." Sie entfernte sich von uns und eilte in Richtung des Hotels.

Mum sah mich an. „Ich gehe ihr besser hinterher."

Ich blickte zurück auf den Pavillon, wo Sheriff Gates mit verschränkten Armen stand. Er drehte sich um und sah ihr über den Garten hinweg nach. Sein Blick verfinsterte sich, als sie immer schneller wurde.

Es beunruhigte mich, dass Tante Pearl ihren Zauberstab zurückgelassen hatte. Es schien ihr egal zu sein, obwohl sie sonst nirgendwo ohne ihn hinging. Ihr Schritt war nun schneller als der eines normalen Menschen. Der unverfrorene Einsatz von Zauberei, wenn ich es richtig sah. Sie war kaum die gebrechliche alte Frau, die sie vorgab zu sein. Das roch nach Ärger.

Ich blickte auf die Uhr und war überrascht, dass bereits eine Stunde seit meiner Ankunft am Pavillon vergangen war. Noch immer keine Spur von Brayden. Entweder hatte er irgendwie von Plants Tod erfahren oder unsere Probe um 15 Uhr total vergessen. Wie auch immer, meinem zukünftigem Ehemann schien es weder wichtig zu sein, zu unserer Hochzeitsprobe zu kommen, noch nach so einem Vorfall für mich da zu sein.

KAPITEL 4

„Warten Sie, einen Moment noch." Die tiefe Stimme von Sheriff Gates durchbrach die Stille.

Mein Herz blieb einen Moment lang stehen, als ich mich umdrehte und in seine sanften, braunen Augen sah. Mein Puls wurde schneller und für eine Millisekunde vergaß ich, dass ich mich an einem Tatort befand. Ich wurde rot, als ich seinen Blick auf mir ruhen spürte. Was dachte ich mir nur dabei?

Ich ging langsam zurück zum Pavillon und folgte ihm hinein. Er zeigte auf Plants Leiche. „Sie haben es gesehen, nicht wahr?"

Der Schock musste mir ins Gesicht geschrieben sein. Ich nickte langsam und verstand immer noch nicht, wie Tante Pearls Zauberstab in den Pavillon gekommen war. Ich wusste, dass sie ihn nicht vergessen hatte, sie ließ ihn nie aus den Augen. Ich erinnerte mich daran, wie schnell sie davon geflitzt war. Es war fast so, als rannte sie vor etwas davon.

Aber das war es nicht, was mir am meisten Sorgen bereitete. An der Spitze des fünfzackigen filigranen Sterns, der an einem Ende befestigt war, klebte Blut. Der Sheriff leuchtete mit seiner Taschenlampe auf den Zauberstab, was vollkommen unnötig war, da immer noch die Sonne schien.

Die Blutflecke waren deutlich sichtbar. „Der gehört Tante Pearl." Ich blickte hinüber zum Inn.

„Was ist das? Das sieht wie eine kurze Vorhangstange oder so."

Der Stern sah wirklich aus wie aus dem Ausverkauf bei Walmart, aber Tante Pearls Zauberstab war viel gefährlicher als eine Vorhangstange. Vor allem nachdem es so aussah, als wäre er für einen Mord benutzt worden.

„Das ist ihr...äh...Gehstock." Die Spitzen des Sterns waren scharf, aber nicht scharf genug, um die Art von Verletzung zu verursachen, die hier zu sehen war. Außerdem war Tante Pearl nicht stark genug, um so eine Tat zu begehen. Zumindest nicht ohne Magie.

Außerdem konnte sie kein Blut sehen.

„Ich wusste nicht, dass sie einen braucht."

Ich öffnete den Mund, brachte jedoch keinen Ton heraus.

Es musste eine logische Erklärung dafür geben, aber Tante Pearl war als Ganzes einfach unlogisch. Ich musste mit ihr sprechen, bevor es der Sheriff tat. Es war klar, dass etwas nicht stimmte, aber wir mussten unsere magischen Fähigkeiten um jeden Preis verbergen. Sonst würde wieder ein Sheriff das Handtuch werfen. Etwas sagte mir, dass Tante Pearl dabei war, eine Grenze zu überschreiten, die alles verändern würde.

Unsere Zauberei musste geheim bleiben. Das war für das friedvolle Zusammenleben in Westwick Corners unabdingbar. Tante Pearl wusste das natürlich, aber üblicherweise handelte sie zuerst und überlegte dann, wie sie das Unheil wieder beseitigen konnte.

„Sie wirkt auf mich sehr agil", sagte er. „Sie braucht offensichtlich keinen Gehstock."

Wir beobachteten wie Tante Pearl und Mum rasch durch die Küchentür gingen und im Inn verschwanden.

„Heute Morgen auf dem Highway war Pearl auch sehr flink zu Fuß." Tyler Gates' Blick verfinsterte sich. „Ich musste sogar laufen, um sie einzuholen. Nie im Leben kaufe ich Ihnen ab, dass sie einen Gehstock braucht."

„Sie hat gelegentlich einen Anflug von Rheuma."

„Wirklich?" Seine braunen Augen musterten mich. „Auf mich wirkt sie sehr gelenkig."

Ich nickte. Ich wollte nicht lügen, aber bevor ich nicht herausgefunden hatte, warum der Zauberstab dort lag, hatte ich keine andere Wahl. Sie ließ ihn nie aus den Augen. War sie an den Tatort zurückgekommen, um ihn zu holen? Das würde aber bedeuten, dass sie wusste, wo er war. Das machte sie zwar noch nicht zur Mörderin, aber es erklärte auch nicht die Blutflecken auf dem Zauberstab.

Ich rief mir die Szene noch einmal in Erinnerung. Sebastien Plants Kopf und Gesicht waren so blutüberströmt, dass es schwierig war, die Größe der Wunde auszumachen. Ich konnte mir nur schwer vorstellen, dass der Zauberstab einen solchen Schaden hätte anrichten können. Beim Gedanken an das blutverschmierte Gesicht erschauderte ich. „Ich denke nicht, dass ihr Sta..., ich meine Stock, scharf genug ist, um jemanden zu verletzen, geschweige denn zu töten."

„Sie wären überrascht, wozu Menschen in der Hitze des Gefechts in der Lage sind." Der Blick des Sheriffs verriet Zweifel an seiner eigenen Aussage.

„Tante Pearl ist verbohrt, aber sie ist keine Mörderin. Sie denken doch nicht wirklich..."

„Es ist egal, was ich denke. Der Gerichtsmediziner wird die Todesursache feststellen. Wir sollten keine Spekulationen anstellen, bevor wir nichts Genaueres erfahren."

„Aber es muss doch eine logische Erklärung dafür geben."

Er winkte ab. „Mir stellt sich nur eine Frage: Warum liegt Pearls Gehstock auf der Leiche von Sebastien Plant?"

„Tante Pearl und ich sind über die Leiche gestolpert." Meine Bemerkung implizierte, dass sie den Zauberstab in der Hand gehalten hatte, als wir stürzten, und ich machte keine Anstalten, das klarzustellen. Ich war mir fast sicher, dass sie ihn nicht in der Hand gehabt hatte, als wir über Plants Leiche stolperten. Ansonsten hätte sie mich sicherlich damit berührt. Ich wollte keine Morduntersuchung behindern, aber ich wollte mit Sicherheit auch nicht meine Tante belasten. „Sie können doch nicht ernsthaft glauben, dass Tante Pearl etwas mit der Sache zu tun hat."

„Ich folge nur den Beweisen. Im Moment führen sie zu Pearl. Zumindest bis sie meine Fragen beantwortet."

Sheriff Gates' Ausdruck zeigte keine Regung und so konnte ich nicht einschätzen, ob ihm ernst damit war oder nicht. Ich dachte an Tante Pearls Kommentar von heute Morgen, darüber dass der Sheriff korrupt sei. Sie hatte keine Erklärung abgeliefert, aber vielleicht war ja etwas Wahres an der Sache dran. Wenn er den Fall schnell zu Ende bringen wollte, könnte er sich rasch auf meine Tante festlegen. Wir zogen nicht gerade die fähigsten Polizisten an, also war das vielleicht der Makel an ihm. Denn jeder hatte einen Makel, jeder der nach Westwick Corners zog. Entweder versteckten sie etwas aus ihrer Vergangenheit oder sie versteckten sich vor irgendjemandem.

Ich deutete auf Tante Pearls Zauberstab. „Die Spitze hier ist nicht scharf genug, um jemanden zu schneiden und schon gar nicht, um jemanden zu töten. Sie sieht total harmlos aus." Genau das Gegenteil war der Fall, also zaubertechnisch gesehen. In den falschen Händen konnte der Zauberstab äußerst gefährlich sein. Aber der Sheriff wusste nicht, dass wir Hexen waren und ich würde es ihm auch nicht verraten.

Während ich den Zauberstab anstarrte, kam mir ein Gedanke. Tante Pearl konnte Sebastien Plant gar nicht umgebracht haben. Ich erinnerte mich daran, wie sie sich vor ein paar Monaten in den Finger geschnitten hatte und ohnmächtig geworden war. Meine sonst so abgeklärte Tante konnte absolut kein Blut sehen.

Nun konnte ich mir sicher sein: Irgendjemand anderes war verantwortlich dafür, dass das Blut an Tante Pearls Zauberstab klebte.

Und komme was wolle, ich würde diese Person finden.

KAPITEL 5

Ich rannte zurück in die Küche, wo Mum entsetzt Tante Pearl dabei beobachtete, wie sie den Salat für das Abendessen herumschleuderte. Zumindest setzte sie ihre Zauberkräfte mal konstruktiv ein, auch wenn ich überrascht darüber war, welches Chaos sie innerhalb von wenigen Minuten anrichten konnte.

Ich bekam einen Kopf Römersalat zu fassen und legte ihn auf die Arbeitsfläche. „Wir müssen uns unterhalten."

„Ich bin beschäftigt, Cenny. Das muss warten." Sie schnippte mit den Fingern und schon war eine Schüssel voller Karotten in feinste Julienne geschnitten.

„Na, fehlt dir was wichtiges?", fragte ich.

„Hmm, Karotten, Tomaten, Gurken..., nein, ich glaube nicht."

„Ich meine deinen Zauberstab. Warum hast du ihn im Pavillon gelassen?" Sie schien ziemlich gelassen zu sein, auch wenn sie ihn sonst immer bei sich trug.

„Ich habe jetzt keine Zeit zu plaudern. Ich muss das Abendessen für unsere Gäste vorbereiten." Tante Pearl stand an der Kücheninsel mitten in unserer riesigen Hotelküche. Das sonst so blitzblanke Edelstahl war nun übersät mit Flecken und Gemüseresten. Wir hatten viel Geld in die

Renovierung investiert und die Küche war Mums ganzer Stolz. Jetzt war sie einfach nur ein riesiges Chaos.

Auf der Theke stapelten sich Türme von Geschirr und in der Spüle schmutzige Schüsseln. Ein verbrannter Geruch zog durch die Luft. Das war das Problem mit Zauberei. Es brauchte nur ein paar Minuten, um ein Desaster anzurichten. Entweder spielten Tante Pearls Zauberkünste verrückt oder sie hatte ein Ventil gefunden, um ihren Dampf abzulassen.

„Vor ein paar Minuten wolltest du noch, dass alle Gäste verschwinden", sagte ich.

„Aber sie sind nun mal hier. Wir müssen uns um sie kümmern." Tante Pearl wischte sich den Schweiß mit ihrem mehl-befleckten Ärmel von der Stirn.

Mum trat an die Kücheninsel. „Ich hatte bereits alles vorbereitet, Pearl. Du bringst alles durcheinander."

„Ich dachte, wir hätten zu wenig. Deshalb habe ich noch mehr gemacht." Meine Tante zog eine Schnute wie ein kleines Kind, das ausgeschimpft wurde.

Ich nickte Mum zu. „Du kümmerst dich um das Essen, ich kümmere mich um Tante Pearl."

„Niemand kümmert sich um mich, Cendrine. Vor allem nicht du."

„Hör mir doch zu, Tante Pearl. Sebastien Plant wurde ermordet und dein Zauberstab liegt auf seiner Brust. Wie ist er dort hingekommen?"

Tante Pearls Kinnlade klappte nach unten. „Dort ist also mein Zauberstab gelandet."

„Verkauf mich nicht für blöd. Du hast ihn dort im Pavillon gesehen, genau wie ich. Warum hast du ihn dort zurückgelassen?"

„Das habe ich nicht. Jemand hat ihn gestohlen." Sie warf ihre Arme nach oben. „Ich kann doch nicht etwas an einem Tatort anfassen und überall meine Fingerabdrücke hinterlassen. Das würde mich doch verdächtig machen!"

„Aber es ist dein Zauberstab. Deine Fingerabdrücke sind bereits darauf zu finden."

„Ich werde hier nicht einfach so rumstehen und mir deine Anschuldigungen anhören." Tante Pearl zog ihre Schürze aus und warf sie durch die Luft. Sie landete auf dem Grill und Rauch stieg auf, gerade als sie sich umdrehte und in Richtung Tür stapfte.

Ich griff nach der Schürze und warf sie auf den Boden. Dann trat ich die glühenden Stofffetzen aus, bevor ich meiner Tante hinterher rannte. „Tante Pearl, warte! Niemand beschuldigt dich. Wir müssen nur wissen, was wirklich passiert ist, damit wir unser Geheimnis nicht preisgeben." Ich hoffte, sie würde mir nicht wieder irgendeine wilde Geschichte erzählen. Ich wollte doch nur die Wahrheit wissen. Warum konnte sie nicht einfach auf die Frage antworten. „Die Leute dürfen nicht erfahren, dass wir Hexen sind, vor allem nicht, während wir in eine Mordermittlung verwickelt sind."

„Ich verstehe aber nicht, was mein Zauberstab mit der ganzen Sache zu tun hat. Ich bin doch keine Mörderin." Sie schniefte und wischte ein paar unsichtbare Tränen weg.

„Das wissen wir doch, Pearl", sagte Mum. „Aber die Ermittlungen werden in die falsche Richtung verlaufen, wenn wir dem Sheriff nicht die Wahrheit sagen. Je mehr Zeit er mit dir verschwendet, desto weniger Zeit hat er, den wahren Mörder zu fassen. Und der läuft in der Zwischenzeit frei herum. Je schneller der Täter geschnappt wird, desto besser für uns alle."

Tante Pearl wirkte versöhnt. „Sheriff Gates hat mich auf dem Kieker. Ich will nicht verdächtigt werden."

Es war wirklich ein Glück, dass wir in einer Kleinstadt lebten, dachte ich bei mir. Der Sheriff arbeitete alleine, er konnte uns vor der Befragung nicht trennen. Wir hatten also die Chance, unsere Geschichten abzugleichen, bevor die Verstärkung aus Shady Creek eintraf. Das klang kriminell, war jedoch unbedingt notwendig, um unser Geheimnis zu wahren.

„Dann hilf uns doch", flehte Mum. „Sag uns alles, was du weißt und was du Sheriff Gates sagen wirst."

„Da gibt es nichts zu sagen, außer dass wir die Leiche im Pavillon gefunden haben." Sie sah mich an, dann nickte sie in Richtung meiner Mutter. „Ruby und ich sind gemeinsam dorthin gegangen, nur ein paar Minuten bevor du gekommen bist, Cenny. Das habe ich dem Sheriff bereits erzählt."

Ich hatte nicht einmal bemerkt, dass sie mit dem Sheriff gesprochen hatte, aber vermutlich war ich zu beschäftigt gewesen. „Hat er dir noch andere Fragen gestellt?"

Tante Pearl schüttelte den Kopf. „Er meinte, er hätte vielleicht später noch mehr Fragen. Das nenne ich mal einen Sheriff. Er hat nicht einmal eine DNA-Probe genommen."

„Zum Glück", sagte Mum. „Ich hoffe wirklich, dass er bereits eine Spur hat. Wer würde denn nur das Beste umbringen, was unserer Stadt in Sachen Tourismus passieren konnte?"

Ich war mir ziemlich sicher, dass Sheriff Gates bislang noch keine Verdächtigen ausgeschlossen hatte. Nicht einmal grauhaarige Hexen.

Tante Pearl räusperte sich. „Ich kann mir auch nicht vorstellen, dass das jemand tun würde."

Ich ging in Gedanken eine Liste der örtlichen Unruhestifter durch. Es gab in unserer kleinen Stadt kaum Kriminalität und ganz sicherlich keine so gewaltbereiten Kriminellen. Alle Beweise wiesen ganz eindeutig auf die Person vor mir hin. Tante Pearl *war* die Unruhestifterin Nummer 1 in dieser Stadt. Sie war zu vielem fähig, aber Mord zählte nicht dazu.

Meine Tante schien zu erahnen, was ich dachte. „Ganz bestimmt nicht ich altes Ding. Obwohl ich zugeben muss, dass es kaum einen besseren Weg gibt, um die Besucher für immer von hier zu verjagen, als sie umzubringen."

„Pearl!" Mum schüttelte den Kopf. „Sprich nicht so. Das fehlt uns noch, dass dich jemand hört und das in den falschen Hals bekommt."

„Warum sollte irgendjemand denken, dass ich den Kerl umbringen wollte. Ich kannte ihn doch gar nicht."

„Die Leute ziehen oft voreilige Schlüsse". Mum zuckte mit den Schultern. „Solange du ein Alibi hast, brauchst du dir keine Sorgen zu machen. Irgendjemand kann sicher bestätigen, wo du warst, nicht wahr?"

Ich wandte mich an Mum: „War Tante Pearl nicht bei dir?"

Mums Stimme versagte. „Ich denke, Pearl kann für sich selbst sprechen."

Das roch nach Ärger. Mum ließ Pearl nie selbst sprechen, wenn es sich irgendwie vermeiden ließ.

„Ich muss gehen." Tante Pearl drehte sich um und verschwand durch die Hintertür, noch bevor Mum oder ich etwas sagen konnten.

Mum seufzte. „Sie ist nicht bei Trost, Cenny. Ich habe Angst davor, was sie wohl als nächstes machen wird. Wenn sie sich mal etwas in den Kopf gesetzt hat, bringt sie nichts mehr davon ab."

Tante Pearls Kreuzzug gegen den Tourismus machte auch mir Angst. Entweder hatte sie die Sache zu weit getrieben oder jemand wollte ihr etwas anhängen. Wer würde so etwas nur tun?

KAPITEL 6

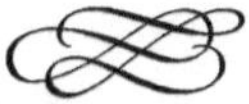

Tante Pearl kam genauso schnell zurück, wie sie verschwunden war, lieferte jedoch keine Erklärung für ihren schnellen Abgang. Sie beobachtete still, wie ich die Gemüsereste aufräumte und Mum den Salat in große Servierschüsseln aus Glas füllte. Dank Tante Pearl hatten wir nun genug Grünzeug, um eine ganze Hasenfarm für ein Jahr zu versorgen.

„Ich gehe nach oben zum Putzen." Tante Pearl machte kehrt und ging zur Tür.

„Jetzt?" Mum starrte ihr hinterher.

Wir warfen uns einen besorgten Blick zu.

Tante Pearl ignorierte Mums Frage und schlug die Tür hinter sich zu.

Mein sechster Sinn schlug Alarm bei dem Gedanken, dass Tante Pearl alleine im oberen Stockwerk sein würde. Daher folgte ich ihr mit Abstand, um unentdeckt zu bleiben. Sie stieg die große Eichentreppe hinauf in Richtung der Gästezimmer im zweiten und dritten Stockwerk.

Ich wartete, bis sie die zweite Etage erreicht hatte, bevor ich selbst die Treppe betrat. Ich zuckte zusammen, als die Treppe knarrte, aber

Tante Pearl schien es nicht zu bemerken. Ich erreichte die zweite Etage und folgte ihr in sicherem Abstand den Gang hinunter. Sie blieb an Tonya Plants Tür am Ende des Korridors stehen und nahm einen riesigen Schlüsselring aus ihrer Tasche.

Tante Pearls Putzwagen war bereits vor der Tür im Korridor geparkt. Ich bezweifelte, dass ihre Pläne etwas mit Saubermachen zu tun hatten. Ich musste sie aufhalten, bevor sie sich noch mehr Schwierigkeiten einhandelte.

„Tante Pearl, was machst du da?" Mein Flüstern klang mehr nach einem Krächzen.

„Ich mache Tonyas Zimmer sauber, siehst du doch." Sie drehte sich zu mir. „Du bist übrigens eine lausige Schnüfflerin. Ich wusste die ganze Zeit, dass du mir folgst."

Ich ignorierte die Beleidigung. „Warum machst du das Zimmer der Plants sauber? Sie sind doch erst angekommen." Und der arme Sebastien Plant war schon wieder von uns gegangen.

Tante Pearl schüttelte den Kopf. „Nein, ich habe sie heute in der Nacht eingecheckt."

Meine Kinnlade klappte nach unten. „Warum hast du das dem Sheriff nicht gesagt? Warum hast du nichts gesagt, als Mum meinte, die beiden wären noch nicht angekommen."

Sie zuckte mit den Schultern. „Das ist doch keine große Sache. Ich wollte Ruby vor dem Sheriff nicht dumm dastehen lassen."

„Das ist eine große Sache. Und seit wann machst du dir Sorgen um die Gefühle anderer Menschen." Sie log und das wusste sie. „Du versuchst doch nur etwas zu verbergen."

„Okay, vielleicht ein bisschen. Ich habe vergessen, den ganzen Papierkram für die Anmeldung auszufüllen und ich wollte nicht, dass Ruby sauer auf mich ist. Die Plants sind um ein Uhr morgens angekommen. Sebastien war stark angetrunken und konnte sich kaum auf den Beinen halten, deshalb habe ich ihnen schnell das Zimmer gegeben. Ich habe sie selbst eingecheckt." Tante Pearls Schlüsselring klapperte, als sie Tonya Plants Tür aufsperrte. Sie nahm ein Paar Gummihandschuhe von ihrem Putzwagen und zog sie umständlich über die Hände.

„Du hättest etwas sagen müssen. Hätte der Sheriff davon erfahren, hätte er sicher das Zimmer inspiziert. Das ist ein möglicher Tatort. Bleib hier, ich werde ihn holen."

„Entspann dich, Cendrine. Sheriff Gates hat das Zimmer noch nicht zum Tatort erklärt und er wird es auch nicht tun, solange wir ihm nicht helfen, einen Beweis zu finden. Er wird es nie selbst rausfinden und das heißt, er wird keine Zeit haben, das Zimmer zu überprüfen. Wir müssen das tun." Sie warf mir ein Paar Handschuhe zu. „Zieh die an. Wir haben nicht den ganzen Tag Zeit."

„Nein, warte!" Die Mischung aus Tante Pearl und einem Tatort machte mir Angst. Unendlich viele Dinge konnten dabei schief gehen. „Das ist ein Fehler. Du musst aufhören, alles selbst in die Hand zu nehmen."

„Hör auf zu jammern und leg los. Du kannst den Müll ausleeren."

Tante Pearl griff meinen Oberarm und zog mich ins Zimmer. Ich schrie schmerzerfüllt auf, machte mich dann aber an die Arbeit. Ich hatte keine Wahl. Die Stimmen anderer Gäste waren bereits im Korridor zu hören. Sie durften unseren Streit auf keinen Fall hören.

„Das ist keine gute Idee." Ich zog die Handschuhe über und sah mich im Zimmer um. Es schien soweit unberührt bis auf das ungemachte Bett, in dem jemand geschlafen zu haben schien. Das Gepäck des Paares stand ungeöffnet im Schrank. Ein halbes Glas Limonade, Autoschlüssel und eine Brieftasche lagen auf dem Nachttisch und eine leere Tüte von Walmart auf dem Schreibtisch. Ansonsten war das Zimmer sauber.

Nichts in diesem Zimmer deutete auf das Ableben seines Bewohners hin. Das einzig merkwürdige war der Mülleimer, der bereits so kurz nach der Ankunft der Plants bis oben hin voll war. Ich nahm den Mülleimer und entleerte ihn in einen großen schwarzen Sack. Neben Taschentüchern waren darin eine halbleere Gatorade-Flasche und ein 5-Liter-Plastikkanister. Ich schnürte den Müllsack zu und beschloss, ihn separat aufzubewahren, falls der Sheriff später einen Blick auf den Inhalt werfen wollte.

Tante Pearl winkte mich zu sich hinüber. „Sieh mal, was ich gefunden habe." Sie zeigte auf den Schreibtisch und verstummte.

Ich ging um das Bett herum, um zu sehen, worauf sie gestoßen war und bekam fast einen Herzinfarkt.

Mein schlechtes Gefühl, Tonya Plants Zimmer betreten zu haben, verschwand in dem Moment, als ich Bebauungspläne und eine Machbarkeitsstudie auf dem Tisch liegen sah. Ich erkannte das Logo von Centralex Development. Centralex war der größte Bauträger für Geschäftsobjekte an der Nordwestküste. Neben den Plänen lagen Zeichnungen eines Mega-Resorts, eines Hotels und eines Konferenzzentrums. In Blockbuchstaben stand darüber fein säuberlich geschrieben: *Westwick Resort*. Es bestand also kein Zweifel daran, wo der Bauplatz liegen würde.

Die Luftaufnahmen und die Darstellungen zeigten ganz deutlich unser Grundstück. Auf den Zeichnungen war ein 20-stöckiges Gebäude mit Pools, einem Golfplatz und Gärten zu sehen. Das Westwick Corners Inn war nirgendwo zu entdecken.

„Glaubst du mir jetzt?"

Ich nickte und war vor Schock gelähmt. Jemand hatte eine beträchtliche Menge Zeit und Geld darin investiert, Pläne auszuarbeiten, die offenbar unser historisches Inn nicht miteinschlossen. Dieser jemand war sich seiner Sache so sicher, dass er Architekten und Planer angeheuert hatte, die zehntausende Dollar kosten mussten, noch bevor er mit uns, den Eigentümern, gesprochen hatte. Das schien ein riskantes Spiel zu sein. Wie hinterlistig von den Plants, bei uns zu nächtigen und uns gleichzeitig aus unserem Hotel verjagen zu wollen.

Nun bereute ich es, sie eingeladen zu haben. Der verstorbene Sebastien Plant schien nun mehr Feind als Freund zu sein. Ich fragte mich, wie schnell er seine Pläne umsetzen wollte. Sein Mord erschien in einem vollkommen anderen Licht, nun da klar war, warum er nach Westwick Corners gekommen war. Ich erschauderte bei dem Gedanken, dass wir, wenn auch nur entfernt, mit seinem Tod in Verbindung standen.

„Fortschritt ist ein zweischneidiges Schwert", sagte Tante Pearl. „Manchmal ist es besser, unsichtbar und im Abseits zu bleiben."

Zum ersten Mal an diesem Tag musste ich ihr zustimmen. „Suchen wir den Sheriff", sagte ich.

Vor ein paar Wochen konnten wir noch nicht einmal zahlende Gäste finden. Nun waren unsere Gäste schon bereit, uns das Geschäft unter den Füßen wegzuziehen. War jemand sogar bereit gewesen, dafür zu töten?

KAPITEL 7

Sheriff Gates übergab das Zimmer der Spurensicherung, was Tonya überhaupt nicht passte. Sie war außer sich, weil sie nicht zurück in ihr Zimmer konnte. Das Inn war ausgebucht, daher konnten wir ihr für die paar Stunden, in denen die Ermittler am Werk waren, nicht einmal ein anderes Zimmer anbieten. Die einzige Möglichkeit war, sie in unserem Speisesaal warten zu lassen.

Ich hatte dem Sheriff den Müllsack aus Tonyas Zimmer übergeben, der ihn der Spurensicherung überreichte.

Ich wünschte, ich hätte nicht auf Tante Pearl gehört und den Sheriff sofort gerufen. Egal ob Handschuhe oder nicht, wir hatten im Zimmer der Plants mit Sicherheit mögliche Beweise verunreinigt.

Zumindest waren nun die Pläne von Centralex nicht länger ein Geheimnis. Tonya konnte nicht weiter vorgeben, einfach nur den Aufenthalt in unserem Hotel zu genießen, während sie Pläne schmiedete, um das Inn dem Erdboden gleich zu machen. Ihr Betrug schien sie jedoch nicht weiter zu belasten. Eigentlich schien sie gar nichts zu belasten.

Sie saß im Speisesaal vor einem riesigen Stück Schokoladenkuchen und einem Glas Rotwein. Es schien ihr ein bisschen zu gut zu gehen, angesichts der Tatsache, dass ihr Ehemann gerade verstorben war.

Der Sheriff versprach Tonya, dass sie ihr Zimmer gleich nach dem Abendessen wieder bekommen würde, und mir konnte es gar nicht schnell genug gehen. Zumindest müsste ich sie und ihre scheinheilige Freundlichkeit dann nicht mehr ertragen. Je schneller sie weg war desto besser. Das war zumindest meine Meinung.

Der Sheriff beanspruchte kurzfristig eines der kleineren Zimmer auf der Vorderseite des Inns als Befragungsraum. Wir hatten diesen Bereich als gemütliche Lounge-Ecke für unsere Gäste zur Entspannung eingerichtet, aber ich war alles andere als entspannt, als ich mit der Befragung an der Reihe war.

Ich wollte unbedingt den Sheriff zu den Bebauungsplänen aus Tonyas Zimmer befragen und darüber, ob sie irgendetwas mit dem Mord zu tun hatten. Vielleicht hatte Tonya ihm bereits den wahren Grund für ihren Besuch in Westwick Corners genannt, aber ich bezweifelte es. Sie schien nicht unbedingt jemand zu sein, der freiwillig aus dem Nähkästchen plauderte.

Von meinem Sessel am Fenster aus konnte ich das Kommen und Gehen unserer Gäste gut beobachten. Die meisten entspannten sich noch vor dem Abendessen und einige gingen auf ein paar Drinks hinüber zum *Scheiterhaufen*, unserer Bar, die sich in einem separaten Gebäude befand. Zum Glück lag die Bar auf der anderen Seite des Inns, weit weg vom Pavillon und dem Garten. Ich hoffte nur, dass die Polizei ihre Aktivitäten auf den Gartenbereich beschränken würde.

Von meinem Fensterplatz aus konnte ich schnell hinauslaufen und Gäste, die in Richtung des Gartens und des Pavillons gingen, abfangen. Unter gar keinen Umständen durften sie erfahren, dass nur wenige Schritte entfernt ein Mord stattgefunden hatte.

Es waren nur ein paar Stunden seit unserem makabren Fund im Pavillon vergangen, aber mir erschien es wie eine Ewigkeit. Der Sheriff hatte den Tatort - besser gesagt die Tatorte, denn Tonyas Zimmer zählte ja nun auch dazu - bewacht, bis die Spurensicherung aus Shady Creek eintraf. Nachdem er seine Kollegen über den aktuellen Stand informiert hatte, konnte er sich auf die Zeugenbefragung konzentrieren. Dazu zählten natürlich auch Mum, Tante Pearl und ich.

Sheriff Gates befragte Mum zuerst, damit sie sich dann wieder dem

Abendessen für die Gäste widmen konnte. Danach war Tante Pearl an der Reihe. Ich war überrascht und erleichtert zugleich, als ihre Befragung bereits nach fünf Minuten wieder beendet war.

Dann verschwand der Sheriff, um einen Anruf zu tätigen, und ich nahm an, er sprach mit der Spurensicherung. Ich konnte weder mit Mum noch mit Tante Pearl nach ihren Befragungen sprechen. Ich hoffe einfach nur, dass Tante Pearl nichts Unverschämtes und Belastendes gesagt hatte.

Ich lächelte, als er herüber kam und sich mir gegenüber setzte. „Ich hoffe, die Sache ist schnell erledigt."

„Wir tun unser Bestes."

„Können wir hier draußen bleiben? Ich möchte ein Auge auf die Gäste haben."

Er nickte.

Ich blickte zum großen Vorderfenster hinaus und sah besorgt, dass der weiße Van der Spurensicherung ganz in der Nähe des Eingangs zum Hotel parkte. Das Emblem der Polizei von Shady Creek war deutlich zu erkennen. Genauso wie die schwarzen Buchstaben darunter, in denen *Forensische Untersuchung* geschrieben stand. Der Wagen des Gerichtsmediziners, ebenfalls ein weißer, stand daneben.

Was sollte ich nur den Gästen sagen, wenn sie die Wagen bemerkten und Fragen stellten. Das letzte, was wir nun gebrauchen konnten, war eine Szene. Zumindest war keine Presse hier, vor allem deshalb, weil meine Zeitung die einzige in der Stadt war. Plants Tod würde irgendwann die Aufmerksamkeit der Kollegen in Shady Creek wecken, aber ich hoffte, dass sich die Neuigkeiten durch den Anbruch des Abends und den Beginn des Wochenendes erst morgen verbreiten würden. Dann sollten wir auch schon mehr Antworten haben.

Tyler folgte meinem Blick. „Sie mussten etwas näher heranfahren, wegen ihrer Ausrüstung." Falls jemand fragt, sagen Sie einfach, dass sie im *Scheiterhaufen* zu Abend essen.

„Gute Idee." Das würde vielleicht bald nötig sein, denn ich sah einen blitzblanken schwarzen Wagen in den Parkplatz biegen. Ein Paar stieg aus und lud Gepäck aus dem Kofferraum. Sie schritten mit den Koffern am Wagen des Gerichtsmediziners und der Spurensicherung vorbei und schienen sie nicht zu bemerken. Das war schon mal ein gutes Zeichen.

„Nun, beschreiben Sie mir doch bitte Schritt für Schritt was passiert ist, kurz bevor Sie die Leiche gefunden haben." In Tyler Gates' warmen braunen Augen konnte man sich leicht verlieren. Zu leicht. Ich zwang mich, meine Aufmerksamkeit wieder auf die Angelegenheit zu lenken.

Ich erzählte ihm alles, ließ jedoch den Streit mit Tante Pearl aus. „Wir waren gerade dabei, unsere Plätze einzunehmen, als wir die Leiche fanden." Es schien, als würde er mir immer und immer wieder dieselben Fragen stellen. Dann erkannte ich, dass das wahrscheinlich eine Verhörtaktik war.

Ich erschauderte. Hier war ich nun, inmitten der größten Geschichte, die jemals in Westwick Corners passiert war und statt einen Exklusivbericht zu erhalten, wurde ich zu einem Gewaltverbrechen befragt. Ich war nicht sicher, ob ich als Zeugin, als Verdächtige oder beides befragt wurde. Ich wusste nur, dass meine Verwicklung in diesem Fall es mir schwer machen würde, alle Hintergrundinformationen für einen Bericht zu erhalten.

„Haben Sie eine Idee, warum die Plants Westwick Corners als Reiseziel ausgewählt haben? Westwick Corners ist nicht gerade die Französische Riviera."

Tyler Gates' Bemerkung würde mich normalerweise verärgern, aber irgendwie war es ihm gelungen, es nicht wie einen Vorwurf gegenüber unserem kleinen Nest klingen zu lassen.

„Wir haben sie vor etwa sechs Monaten eingeladen", sagte ich. „Sie haben uns nie geantwortet, deshalb habe ich angenommen, dass sie nicht kommen wollten. Nicht in einer Million Jahre hätte ich gedacht, dass sie unsere Einladung annehmen würden. Aber schließlich taten sie es doch. Aus dem Nichts heraus, vor zwei Wochen. Ohne Erklärung, warum sie sich erst so spät meldeten."

„Ich verstehe." Ein leichtes Lächeln zog über seine Lippen, als er sich Notizen machte. „Was wissen Sie über Sebastien Plant?"

„Nicht mehr als die Meisten. Er hat Reiseweise gegründet, er ist sowas wie ein Selfmade-Milliardär. Wir hatten gehofft, dass er das Potenzial des Westwick Corners Inn erkennt und vielleicht in seiner

Fernsehshow über uns berichtet." Ich erzählte ihm von den Plänen im Zimmer der Plants. „Wir haben nicht herumgeschnüffelt, aber die Pläne waren auch nicht zu übersehen, denn sie lagen offen auf dem Tisch. Wir wollten nur ein bisschen Publicity erzielen, aber nicht, dass sie uns gleich den Boden unter den Füßen wegkaufen.

„Sind Sie sicher, dass sie mit niemandem aus der Familie gesprochen haben, Ihnen vielleicht ein Angebot gemacht hat?"

Ich schüttelte den Kopf. „Ganz sicher nicht. Wir sind seit Monaten mit der Renovierung beschäftigt. Wir haben doch nicht unser ganzes Geld und unsere Energie in dieses Haus investiert, damit es dann von einem Betonmonster niedergewalzt wird." Ich sprang auf, als zwei Männer in einem weißen Schutzoverall eine Transportliege aus dem Wagen des Gerichtsmediziners zogen. „Ich hoffe doch, sie werden die Leiche nicht vor den Augen der Gäste über den Rasen und den Parkplatz bringen."

„Ich befürchte, wir haben keine andere Wahl." Er bedeutete mir, mich wieder zu setzen. „Fahren Sie fort."

Ich gab nach. „Es gibt nicht viel mehr zu sagen. Nun ist klar, warum die Plants unsere Einladung angenommen haben. Sie hatten ein Auge auf unser Land geworfen."

„Haben sie Ihnen ein Angebot unterbreitet?"

„Nein, noch nicht. Ich nehme an, der Mord an Sebastien hat ihre Pläne durchkreuzt. Auf jeden Fall werden wir nicht verkaufen."

„Hmm."

„Denken Sie, dass die Pläne etwas mit dem Mord zu tun haben?"

„Es könnte sein."

„Das wäre schrecklich." Ich fuhr mit den Fingern durch mein Haar. „Jetzt bekommen wir zwar eine Menge Publicity, aber leider die falsche. Niemand will an einem Ort Urlaub machen, an dem jemand umgebracht wurde."

„Die Leute werden es irgendwann vergessen."

„Hier nicht." Mit Tante Pearls Brandanschlag und Sebastien Plants Mord war die Kriminalitätsrate in Westwick Corners heute beträchtlich gestiegen. Unsere Stadt war auf dem besten Weg, in der Gesetzlosigkeit zu versinken, und ich hatte Angst davor, was als nächstes passieren würde.

Ich erzählte dem Sheriff alles, was ich wusste, auch wo ich am Vormittag vor meiner Ankunft am Pavillon war. „Ich kann Ihnen nicht mehr sagen, als dass ich buchstäblich über Sebastien Plants Leiche gestolpert bin." Ich erschauderte als ich daran dachte, wie ich auf dem weichen, aber dennoch sonderbar steifen Körper landete.

Er schwieg für einige Minuten, während er etwas in sein Notizbuch schrieb.

Je mehr Zeit Sheriff Gates mit seinen Ermittlungen und im Inn verbrachte, desto eher würde er unser Familiengeheimnis entdecken. Aber im Moment schien er nicht zu bemerken, dass wir Hexen waren und ich hatte nicht vor, das zu ändern. Ich hatte also keine andere Wahl. Ich musste mich selbst mit der Sache beschäftigen, damit der Fall so schnell wie möglich abgeschlossen wurde.

„Sebastien Plant und seine Frau Tonya hätten erst jetzt ankommen sollen. Aber ich bin sicher, Tante Pearl hat Ihnen bereits erzählt, dass sie gegen ein Uhr nachts angekommen sind und sie ihnen das Zimmer gegeben hat."

Tyler Gates' Augen verengten sich. „Das hat sie nie erwähnt. Noch etwas?"

Ich strich eine Haarsträhne aus meinem Gesicht. „Wann wurde er denn umgebracht?"

Er zuckte mit den Schultern. „Der Gerichtsmediziner wird das feststellen, aber ich nehme an, mindestens ein paar Stunden, bevor Sie ihn gefunden haben." Vermutlich irgendwann heute Vormittag.

„Es hat ihn doch sicher jemand hier gesehen." Ich bereute meine Worte, gleich nachdem ich sie ausgesprochen hatte. Meine Tante hatte kein Alibi ab dem Zeitpunkt, als sie mein Büro verlassen hatte, und sie schien auch als einzige zu wissen, dass die Plants bereits eingecheckt hatten. „Haben Sie noch eine andere Spur?"

„Wir geben derzeit keine Informationen weiter" Seine warmen braunen Augen waren plötzlich kühler. „Ich weiß, Sie wollen eine Story, aber ich kann Ihnen im Moment keine Details verraten."

„Nicht einmal eine Kleinigkeit?" Sebastien Plant war erst der zweite Mord in der Geschichte von Westwick Corners und der erste, den ich selbst miterlebte. Es war die Titelstory, auf die ich gewartet hatte, die größte Sache in der jüngeren Geschichte der Stadt. Es war viel mehr als nur eine lokale Sache, denn das Opfer war ein berühmter Geschäftsmann und VIP. Ich wollte die Story noch vor dem *Shady Creek Tattler* bekommen.

Er schüttelte den Kopf. „Tut mir leid, jetzt noch nicht."

„Alles klar. Aber sagen Sie mir bitte, wenn ich irgendwie helfen kann." Ich hatte keine Absicht, ihm in die Quere zu kommen. Während er seine offizielle Untersuchung durchführte, würde ich meiner inoffiziellen nachgehen. Ich bekam eine Gänsehaut bei dem Gedanken, dass ein Mord auf unserem Grundstück stattgefunden hatte und ich ihn nun schnell aufklären wollte.

Tyler steckte sein Notizbuch in die Jackentasche und stand auf. „Ich melde mich bei Ihnen, wenn ich noch weitere Fragen habe."

„Ich würde Sie auch gerne für einen Artikel interviewen."

„Sie wissen, wo Sie mich finden." Er lächelte und ich konnte nicht anders, als sein Lächeln zu erwidern.

KAPITEL 8

$\mathcal{N}$achdem ich Mum geholfen hatte, Tante Pearls Unordnung in der Küche zu beseitigen, ging ich in den Speisesaal, das sich langsam mit Gästen füllte. Sheriff Gates saß immer noch dort, sein Notizbuch und andere Dokumente lagen neben einer Tasse Kaffee auf dem Tisch.

Ich fragte mich, ob sich die Gäste wohl Gedanken über die Anwesenheit des Sheriffs machen würden. Durch das Panoramafenster hinter ihm war der Parkplatz zu sehen, auf dem noch immer die Fahrzeuge der Polizei standen. Ich hatte gehofft, die Spurensicherung wäre sowohl schnell als auch diskret, aber es sah nicht danach aus.

Unsere Blicke trafen sich und er winkte mich zu sich herüber.

Ich verspürte einen Anflug von schlechtem Gewissen. Das, was ich als chaotisch und lästig empfand, war immerhin das Ableben von Sebastien Plant. Ich hatte ihn nie persönlich getroffen und ich fragte mich plötzlich, wo Tonya Plant war. Der Tisch, an dem sie vorher gesessen hatte, war leer, aber ich bezweifelte, dass die Spurensicherung ihr Zimmer schon freigegeben hatte. Sheriff Gates musste sie bereits befragt haben. Ob er wusste, wo sie sich herumtrieb?

Ich blickte nach draußen, als er mich bat, mich zu setzen. Immer noch kein Anzeichen von Braydens Auto auf dem Parkplatz. Ich war besorgt, da er nicht einmal angerufen hatte. Was, wenn ihm etwas zugestoßen war? Wenn ich mit dem Sheriff fertig war, würde ich ihn anrufen.

Ich lenkte meine Aufmerksamkeit wieder auf Tyler Gates. Obwohl er sein Bestes tat, um ausdruckslos zu wirken, glaubte ich doch, einen Anflug von Besorgnis an ihm zu entdecken.

„Erzählen Sie mir noch einmal was passiert ist. Warum genau waren Sie am Pavillon?"

„Es war meine Hochzeitsprobe." Meine Augen blickten in seine schokoladenbraunen Augen. Ich versuchte, seinem Blick auszuweichen, aber ich war so angezogen von den wärmsten Augen, die ich jemals gesehen hatte. Es war zwecklos. Ich war fasziniert, auch wenn ich gerade verhört wurde.

Ich hatte ein schlechtes Gewissen, weil ich so an einen Mann dachte, der nicht mein Verlobter war.

„Aha." Sheriff Gates schrieb etwas in sein Notizbuch. „Also, Sie, Pearl, Ruby und Brayden waren am Pavillon. Noch jemand?"

„Äh, nein." Ich wurde rot. „Brayden war nicht da."

Tyler Gates blickte mich erstaunt an. „Der Bräutigam hat seine eigene Hochzeitsprobe verpasst?"

„Er war spät dran."

„Ich verstehe." Er schrieb etwas in sein Notizbuch. „Wann ist er zum Pavillon gekommen?"

„Er ist nicht gekommen." Erst jetzt fiel mir ein, dass Brayden Tyler Gates' Boss war. Gewiss wusste der Sheriff, dass Brayden nicht hier war. Er war nicht im Pavillon und sein Auto stand nicht auf dem Parkplatz.

Tyler Gates zog die Augenbrauen nach oben.

„Er ist gar nicht zur Hochzeitsprobe gekommen?" Auf eigenartige Weise fühlte ich mich bestätigt. Jemand anderer als ich stellte Braydens Prioritäten infrage. Dennoch fühlte ich mich schrecklich. In Braydens Augen stand ich auf der Liste der wichtigsten Dinge noch unter einer Besprechung im Rathaus.

„Das ist interessant." Er schrieb etwas in sein Notizbuch.

Mir fielen ein paar andere Wörter dazu ein, aber die waren nicht so freundlich.

„Ich weiß, wie das klingt, Sheriff Gates. Aber seine Besprechung hat länger gedauert und…" Meine Stimme erstickte, als mir das Ausmaß der Situation klar wurde. „Er ist der Bürgermeister. Es hätte schlecht ausgesehen, wenn er die Besprechung früher verlassen hätte."

Er sah von seinem Notizbuch auf und musterte mich, sagte jedoch nichts. Als Verhörtechnik war das sehr effektiv, zumindest bei mir.

„Was war das für eine Besprechung?"

„Die wöchentliche Verbrechensbesprechung." Ich errötete.

Sheriff Gates machte sich weitere Notizen, als er seine Mundwinkel leicht nach oben zog. „Sie meinen das wöchentliche Meeting zur Verbrechenslage? Das wurde für heute abgesagt."

„Oh." Natürlich hatte Tyler Gates über ein Meeting, bei dem sich der Bürgermeister und der Sheriff trafen, Bescheid gewusst. Brayden hatte mich angelogen. Mein Gesicht wurde rot vor Zorn.

Wenn die Besprechung abgesagt wurde, warum war Brayden dann nicht aufgetaucht?

Ein Hauch von einem Lächeln zeigte sich auf Tyler Gates' Lippen. Nicht einmal der Sheriff nahm mich ernst. Ich musste zugeben, es klang auch für mich dämlich. Ich verspürte das Bedürfnis, Brayden gehörig die Meinung zu sagen.

Sein Ausdruck wurde etwas weicher. „Ich bin sicher, dass Brayden etwas Unerwartetes dazwischen gekommen ist."

Ich wollte keine Ausreden mehr für Brayden finden, aber ich dachte, ich sollte mich klarer ausdrücken. Ich wollte nicht, dass der Sheriff den Eindruck bekam, Brayden hätte mich einfach so versetzt. „Es war gar nicht die richtige Probe. Meine Mum ist eine Perfektionistin. Heute war nur die Probe der Probe." Das rechtfertigte zwar nicht Braydens Fernbleiben, aber es war doch ein wichtiger Unterschied.

„Ich verstehe."

Ich glaubte nicht, dass er das tat. „Mum macht sich immer Sorgen. Mit der Probe der Probe wollte sie nur sichergehen, dass alles wie am Schnürchen läuft."

„Was hier definitiv nicht der Fall ist. Wann ist denn die Hochzeit?"

„Heute in zwei Wochen." Ich blickte auf die Uhr. „Sheriff, ich meine

Tyler, in einer Stunde beim Abendessen findet die offizielle Eröffnung des Inns statt. Ich weiß, das ist ein Tatort und so weiter, aber wissen Sie schon, wenn er wieder freigegeben wird?"

Tyler biss sich auf die Lippe, während er nachdachte. „Halten Sie einfach die Gäste in den nächsten paar Stunden vom Garten fern. Der Gerichtsmediziner und die Spurensicherung sollten bald fertig sein. Ich habe ihnen bereits gesagt, dass sie diskret sein sollen."

Er stand auf. „Eines noch. Ich werde Ihnen und Ihrer Familie noch mehr Fragen stellen müssen, nachdem ich mit den Kollegen aus Shady Creek gesprochen habe. Ich muss mit Ihnen, Pearl und Ruby sprechen, nachdem Sie diejenigen sind, die die Leiche gefunden haben. Ich rufe Sie später an."

Das verschaffte mir etwas Zeit, um ein Gespräch mit Tante Pearl zu führen. Dass der Sheriff sie nicht unter Beobachtung hielt, sagte mir, dass er sie nicht wirklich für verdächtig hielt. Aber Pearl würde zwangsläufig irgendetwas Belastendes sagen.

KAPITEL 9

Nach dem Abendessen dirigierten wir die Gäste in Richtung *Scheiterhaufen* für ein paar Drinks. Das würde sie hoffentlich beschäftigen, bis es dunkel wurde und die Polizei mit dem Pavillon fertig war. Je schneller die Polizei die Spurensuche beendete, desto besser. Ich war besorgt, dass die Gäste vielleicht auf dem Gelände herumspazieren würden, denn viel anderes gab es abends nicht zu tun. Es wäre ein Desaster, wenn sie über den Tatort stolpern würden.

Es war 19:00, als wir die Tische abgeräumt und das Geschirr gewaschen hatten. Ich ging nach draußen und war erleichtert zu sehen, dass die Parkplätze, auf denen die Fahrzeuge des Gerichtsmediziners und der Polizei von Shady Creek gestanden hatten, wieder frei waren. Sheriff Gates' SUV war auch weg, auf seinem Parkplatz stand nun Braydens blankpolierter schwarzer BMW.

Ich war erleichtert und verärgert zugleich. Brayden musste vom Mord gehört haben und hatte trotzdem nicht angerufen oder nachgesehen, ob es mir gut ging. Sogar sein Teilzeitjob als Barkeeper war wichtiger als meine Sicherheit und mein Wohlergehen.

Ich erschrak, als ich in Richtung des Gartens blickte und dort das gelbe Absperrband sah, das immer noch am Pavillon angebracht war.

Ich würde später den Sheriff anrufen und ihn fragen, ob das Absperrband morgen abgenommen werden konnte.

In nur einem Tag hatte sich mein ganzes Leben verändert. Wir hatten das Inn nach Monaten harter Arbeit eröffnet und standen nun nach dem tragischen Tod unseres Gastes möglicherweise vor dem finanziellen Ruin. Mein Bräutigam war nicht zur Probe erschienen und dass ich Braydens Abwesenheit Sheriff Gates erklären musste, ließ Zweifel über unsere Hochzeit und unsere Beziehung aufkommen. Die Hochzeit sollte für ihn das wichtigste sein, aber ich fühlte mich als zweite Geige in Braydens Leben. Ich würde nie an erster Stelle stehen.

Dann war da noch Tyler Gates. Dass ich mich zu ihm hingezogen fühlte, traf mich aus heiterem Himmel. Neben seinem guten Aussehen spürte ich auch eine gewisse Chemie zwischen uns, etwas dass ich bei Brayden nie empfand. Aber das war doch dumm, ich kannte ihn ja nicht einmal.

Ich hoffte irgendwie, dass er länger bleiben würde und das nicht nur, um für Recht und Ordnung zu sorgen. Aber wenn er das nun wirklich tat?

Tante Pearl hatte bei einer Sache Recht. Wenn ich mich nicht selbst darum kümmern würde, dass sich etwas veränderte, würde sich gar nichts verändern. Sie hatte natürlich die Zauberei gemeint, aber es passte zu meinem ganzen Leben, inklusive dem Liebesteil. Ich war für mein Glück selbst verantwortlich und konnte mein Leben verändern. Gedankenverloren ging ich in Richtung *Scheiterhaufen*.

Die Bar gab es schon seit mehreren Jahren, aber es war nie wirklich viel los. Ich wollte sehen, ob sich unsere Gäste gut amüsierten, aber auch Brayden meine Meinung sagen. War ich für ihn nur ein Anhängsel? Je mehr ich darüber nachdachte, desto wütender wurde ich.

Die Bar befand sich in einem separaten Gebäude, etwas abseits des Hotels. Ich überquerte die Einfahrt und sog die kühle Nachtluft ein. Eine leichte Brise zog über die Ausläufer des Gebirges herein und in etwa dreißig Metern Entfernung rauschte der Bach. Mutter Natur schien von den tragischen Ereignissen der letzten Stunden keine Notiz zu nehmen.

Die frische Luft erlaubte mir eine neue Perspektive auf Tante Pearls

Eskapaden. Sie war nicht glücklich über die Eindringlinge in ihrer Stadt, aber sie würde darüber hinweg kommen. Wir mussten sie nur irgendwie mehr einbinden, auf eine Art und Weise, mit der sie die Gäste nicht verschrecken konnte. Wir könnten ihre Talente zum Beispiel nutzen, um Sebastien Plants Mörder zu finden. So lange ich Tante Pearl im Auge behalten konnte, konnte sie es nicht schlimmer machen.

Sie schien fasziniert von der Botschaft gewesen zu sein. Vielleicht konnte sie mir helfen, sie zu entziffern. Die Nachricht hatte sich in mein Gehirn gebrannt, denn sie schien von einem Einheimischen geschrieben worden zu sein, oder zumindest jemandem, der wie ein Einheimischer wirken wollte. Ich spürte einen Knoten in meinem Hals, als ich an den Reim dachte. Ich sah ihn klar vor meinen Augen und erinnerte mich genau an Tante Pearls Meinung.

REIST du fern und auch sehr weit,
　　sieh dich um und sei gescheit.
　　Schau nicht so lange auf das Teller,
　　denn glaub mir, ich bin schneller.
　　Niemand will dich sehen hier,
　　dich und deine große Gier.
　　Verlass Westwick Corners jetzt und gleich,
　　und geh zurück über den Teich.
　　Hände weg von unsrem Ort,
　　schere dich noch heute fort,
　　bevor man dich hier noch erwischt,
　　und dein Leben dann erlischt.

DIE DROHUNG SCHIEN Sebastien Plant zu gelten, aber wie Tante Pearl bereits bemerkt hatte, ergab es keinen Sinn, jemanden zu bedrohen, der schon tot war. Vorausgesetzt natürlich, dass der Tod beabsichtigt gewesen war. Galt die Nachricht vielleicht Tonya Plant? Wenn dem so war, dann musste es jemand gewesen sein, der etwas gegen die Entwicklung in Westwick Corners hatte.

Außer mir und Tante Pearl wusste niemand von den geheimen Bebauungsplänen der Plants. Ich hatte sie erst nach dem Mord gesehen. Tante Pearl vermutlich ebenfalls.

Vielleicht war die Nachricht auch mehr eine Ablenkung als ein Hinweis.

Ich blieb stehen, während ich versuchte, mich genau an die Nachricht zu erinnern. Es war mir vorher nicht aufgefallen, dass das Wort Teller mit dem Artikel *das* geschrieben war. Das war entweder ein Fehler oder die britische Variante. Das war Beweis genug, dass die Nachricht von jemandem geschrieben wurde, der kein Amerikaner war, aber der jemanden von hier belasten wollte. Zum Beispiel Tante Pearl. Dieselbe Person hat zweifellos auch den blutigen Zauberstab dort deponiert. Ich hatte zwar keinen Beweis und meine Theorie klang weit hergeholt, aber ich musste einen Weg finden, meine Tante vom Verdacht zu befreien. Aber wie konnte ich der Sache auf die Spur kommen, wenn Tante Pearl nicht kooperierte?

Ich schüttelte den Kopf und ging zur Bar hinüber. Die Stimmen dröhnten nach draußen und meine Laune besserte sich etwas. Ich hoffte, dass die Eröffnung des Westwick Corners Inn auch dem *Scheiterhaufen* etwas mehr Geschäft verschaffen würde.

Ich wurde nicht enttäuscht. Die Bar war nicht nur gut gefüllt, es gab sogar nur noch Stehplätze. Ein paar Einheimische hatten sich auch heraufbegeben, um sich unter das Volk zu mischen. Offiziell kamen sie, um unser neues Geschäft zu unterstützen, aber in Wirklichkeit wollten sie nur sehen, wie es läuft, und tratschen.

In Westwick Corners passierte meist nicht viel, aber die Einheimischen schienen noch nichts über den Mord gehört zu haben. Ich war Sheriff Gates und der Polizei von Shady Creek dankbar, dass sie sich diskret verhielten. Mit Ausnahme der Polizei wussten nur Tante Pearl, Mum und ich davon. So sollte es auch bleiben, zumindest für heute Abend, während die Einheimischen mit unseren zahlenden Gästen abhingen.

Ich wollte außerdem einen echten Knüller für die *Westwick Corners Weekly*. Es kam nicht oft vor, dass ich eine Story hatte, bevor es bereits in der Gerüchteküche brodelte. Morgen würde es bestimmt mehr

Einzelheiten und hoffentlich eine Spur geben. Jede Information, die an die Gäste drang, würde sie nur verscheuchen und dem Ruf des Inns schaden.

Da der *Scheiterhaufen* eines der beiden Restaurants und die einzige Bar in der Stadt war, waren wir am Wochenende meist gut besucht. Aber heute war noch mehr los als sonst. Die Bude war voll. Mit den Einnahmen konnten wir vielleicht die Rechnungen für den ganzen Monat bezahlen.

Ich erblickte Brayden hinter der Bar. Die meisten hier in der Stadt hatten mehrere Jobs, um über die Runden zu kommen, und Brayden war keine Ausnahme. An den Wochenenden arbeitete er als Barkeeper. Ich war erleichtert, dass er rechtzeitig hinter der Bar gewesen war, aber enttäuscht, dass er seinen Teilzeitjob wichtiger nahm als mich. Ich war immer noch wütend, dass er vorher nicht da gewesen war, aber zumindest musste ich nicht auch noch als Barkeeper einspringen.

„Cenny!" Brayden winkte mir zu und schenkte mir ein strahlend weißes Lächeln. „Wir müssen uns unterhalten."

Das mussten wir auf jeden Fall, obwohl wir bestimmt nicht vom gleichen sprachen. „Du bist heute nicht zu unserer Hochzeitsprobe gekommen, Brayden. Wie konntest du nur?"

„Ach Cenny, sei nicht so streng mit mir. Es hat sich was Großes ergeben und ich bin nicht aus dem Rathaus losgekommen." Er zuckte mit den Schultern. „Das ist doch keine große Sache, oder? Die richtige Probe ist doch erst in ein paar Tagen." Er drehte sich um und winkte, als zwei örtliche Farmer am anderen Ende der Theke Platz nahmen.

„Du denkst wohl, das ist alles nur ein Witz, oder?" Mein Gesicht lief rot an, während ich versuchte, cool zu wirken.

„Natürlich nicht." Er legte einen Arm um mich. „Es ist nur so, dass du und deine Mum die Dinge gerne über-planen."

„Ich über-plane?" Sonst würde ja auch nichts passieren, denn Brayden plante nie etwas. Ich musste alles erledigen. Vielleicht über-kompensierte ich ja Braydens Spontaneität, aber seine Pläne trugen nie Früchte. Er war ein Träumer, kein Macher. „Du musstest nichts anderes tun, als zu kommen. Weißt du wie viel Arbeit so eine Hochzeitsvorbereitung ist?"

„Entspann dich, Cenny. Ich bin dankbar für alles was du tust, aber zwei Proben sind doch etwas übertrieben. Ich dachte, so eine Probe der Probe wäre keine große Sache."

„Es war eine sehr große Sache. Unser VIP-Gast, Sebastien Plant, wurde im Pavillon ermordet. Es wäre eine große Hilfe gewesen, wenn du ein paar Stunden früher da gewesen wärst."

„Ich hätte den Mord ja auch nicht verhindern können, Cenny. Sheriff Gates hat mir alles berichtet. Er war doch schnell da, nicht wahr?" Brayden stellte einen Untersetzer und ein Glas Wein vor mir ab. Es war ein *Witching Hour Red*.

Ich starrte auf das Glas und wusste, dass sich Brayden bemühte, etwas wieder gutzumachen. Normalerweise war es ihm lieber, wenn ich keine alkoholischen Getränke konsumierte, jetzt wo er Bürgermeister war. Ich hingegen bevorzugte Wein. Er versuchte ganz offensichtlich, einen Streit zu vermeiden.

„Ja, aber ich hätte deine Hilfe gebrauchen können. Eine Leiche ist nicht gerade großartig am Tag der Eröffnung." Ich dachte zurück an mein Treffen mit Sheriff Gates und verspürte ein Flattern in meiner Brust. Seine schlanke, muskulöse Gestalt und diese wunderbaren braunen Augen...

„Cenny?"

„Hä?"

„Ich war so schnell hier wie ich konnte."

„Du warst über drei Stunden zu spät. Seit wann dauern Besprechungen im Rathaus so lange?" Ich wartete nicht auf seine Antwort. „Und was war bitte wichtiger als ein Mord im Haus deiner Verlobten?"

Er zuckte mit den Schultern. „Abendverkehr."

„Was für ein Verkehr? Jeder war hier. Nur du nicht." Es gab keinen Verkehr in Westwick Corners, vor allem seit Tante Pearls Feuerspielchen auf dem Highway uns für vorbeifahrende Autofahrer unsichtbar machten. Braydens Abwesenheit bestärkte meine Nervosität vor der Hochzeit und ließ mich unsere Beziehung überdenken. Zum ersten Mal wurde mir klar, dass, auch wenn Brayden mich liebte, ich immer nur an zweiter Stelle hinter seinen Plänen und Ambitionen kommen würde. Er sah mich mehr als Handlanger und nicht als gleichberechtigte Partnerin an. Das war mir bis gerade eben nicht klar gewesen.

„Komm schon, Cenny. Ich kann doch nicht einfach meine Arbeit unterbrechen, wenn deiner Mutter der Sinn danach steht."

„Aber sie hat uns schon vor Wochen darum gebeten. Du hast versprochen, dass du kommst." Die Einladungen für die Hochzeit waren verschickt, das Menü war vorbereitet und die Location stand bereit. Die Hochzeit abzusagen oder zu verschieben würde Brayden schwer treffen. Er war als Bürgermeister sehr beliebt und es würde sich wohl jeder auf seine Seite schlagen. Andererseits konnte ich auch nicht mit einer Lüge leben. Wie konnte ein Mann, den ich nicht einmal 24 Stunden kannte, solche Zweifel in mir hochkommen lassen?

„Ich hatte eine Besprechung in Shady Creek, okay? Der Verkehr auf dem Highway war schrecklich, aber jetzt bin ich hier." Er grinste und drehte sich um, um zwei große Biergläser zu füllen. „Bürgermeister ist kein 0815-Job, Cenny. Ich war so schnell hier wie ich konnte."

„Schön." Mein Job war auch nicht 0815, aber ich durfte ihn nie als Ausrede verwenden. Das war typisch für Brayden, dass er meine Gefühle ignorierte und es so drehte, dass alles irgendwie meine Schuld war und das sein Job wichtiger war als meiner.

Brayden war der einzige Kerl, mit dem ich je ausgegangen war, aber ich spürte, dass ich ihn gar nicht mehr richtig kannte. Ich dachte immer, dass Brayden und ich für einander geschaffen waren und ich hatte nie über andere Männer nachgedacht.

Ich korrigiere. Natürlich dachte ich über sie nach. Manchmal fühlte ich mich auch zu ihnen hingezogen. Aber das jetzt war mehr. Von Tyler Gates fühlte ich mich auf eine Weise angezogen, die ich noch nie zuvor erlebt hatte. Ich konnte nicht genau beschreiben, was es war, aber da war etwas.

Wie bei allen Sheriffs vor ihm, musste mit Tyler Gates etwas nicht stimmen, ansonsten hätte er einen besser bezahlten Job in einer größeren Stadt gefunden. Ich fand ihn wahrscheinlich nur deshalb interessant, weil da etwas zwischen mir und Brayden fehlte.

Hier stand ich nun und war dabei, den größten Fehler meines Lebens für einen Mann zu begehen, den ich nicht einmal kannte. Neben

Brayden und Tyler Gates gab es keine anderen Männer in der Stadt, die nicht von Sozialhilfe lebten. Tyler sah einfach gut aus und alles was Brayden betraf, wirkte plötzlich falsch. „Du hättest früher hier sein sollen. Ich habe es satt, dass du mich für selbstverständlich nimmst."

Brayden fuhr sich mit der Hand durch seine perfekt gestylten Haare. „Ein öffentliches Amt erfordert private Opfer, Cenny. Die Arbeit geht vor. Wir haben das besprochen, als ich für den Posten kandidiert habe."

Ich konnte mich nicht daran erinnern, etwas in der Art besprochen zu haben. „Und was bitte ist wichtiger als ich?"

Brayden warf seine Arme verzweifelt in die Luft. „Das ist nicht so einfach, Cenny. Du weißt, dass ich keine vertraulichen Stadtangelegenheiten mit dir diskutiere."

Ich war nicht nur Braydens Freundin, sondern auch die örtliche Presse. Brayden wusste, dass in Westwick Corners nichts lange geheim blieb. „Ist die Arbeit auch wichtiger als unsere Hochzeit? Wirst du da auch nicht kommen?"

Brayden verdrehte die Augen. „Natürlich nicht, aber manchmal muss ich harte Entscheidungen treffen."

„Ein Mord und du kannst kommen?"

„Du kannst nicht von mir erwarten, dass ich das kommen sah." Er stellte zwei Gläser eiskaltes Pale Ale vor die beiden grauhaarigen Farmer. Dann wandte er sich wieder mir zu.

„Du hast vorher gesagt, der Sheriff hat dir gleich davon berichtet." Was konnte wichtiger sein als ein Mord gleich am ersten Arbeitstag des neuen Sheriffs? Irgendetwas von Braydens Prioritäten stand noch über Mord.

Ich hatte nie daran gezweifelt, Brayden zu heiraten. Bis heute Nachmittag. Und jetzt fragte ich mich, ob ich endlich klar sah. „Wir haben gar nichts besprochen. Du hast entschieden, so wie du es immer machst. Ich wäre gerne einmal ein Teil von dem, was du willst." Meine Stimme übertönte die Musik und Köpfe drehten sich in meine Richtung.

„Wir sprechen später darüber." Brayden senkte seinen Blick und konzentrierte sich darauf, einen Martini zu mixen.

Innerlich brodelte es. Brayden war erst vor ein paar Monaten zum Bürgermeister gewählt worden, ich sollte also ein wenig nachsichtig mit ihm sein. Andererseits war Bürgermeister immer nur ein Teilzeitjob gewesen.

In Westwick Corners lebten weniger als 1000 Menschen, aber Brayden gefiel seine Rolle so gut, dass er sie als Sprungbrett für Höheres sah. Bürgermeister zu sein, öffnete Türen und erlaubte es ihm, mit dem Who is Who des Bundestaates und des ganzen Landes zu verkehren.

Aber ich würde mich von ihm nicht einfach so abspeisen lassen. Er musste seine Prioritäten ein für alle Mal klären. „Nein, ich will das jetzt besprechen."

Aber Brayden war bereits außer Hörweite und stand am anderen Ende der Bar, wo er Drinks auffüllte.

Tante Pearl hatte Recht. Brayden sah mich als selbstverständlich an und ich war es leid. Wir kannten uns praktisch schon unser ganzes Leben lang, aber noch nie hatte ich mich ihm gegenüber so fremd gefühlt. Seine politischen Ambitionen zerstörten unsere Beziehung und sogar die Anliegen unserer kleinen Stadt, die er repräsentieren sollte.

Ich stellte mein halbvolles Weinglas auf der Theke ab und erhob mich von meinem Hocker. Die Leute standen im Barbereich und ein gutes halbes Dutzend Gäste tanzte zu den Klängen von Country Rockmusik, die aus den Lautsprechern dröhnte.

Meine Gedanken wanderten zurück zu Sebastien Plants Mörder und meiner Schlagzeile. Ich erkannte, dass es fast unmöglich war, objektiv über ein Verbrechen zu berichten, das auf unserem Anwesen begangen worden war. Vielleicht schon eine Zukunftsaussicht. Denn jegliche Art von journalistischer Unabhängigkeit war passé, sobald ich den Bürgermeister heiraten würde.

Großartig. Ich würde meinen Job und die Zeitung aufgeben müssen.

Das letzte was ich werden wollte, war die Ehefrau eines Politikers, die ihren Mann unterstützte und kein eigenes Leben mehr hatte. Liebte ich Brayden wirklich oder war es einfach nur bequem, bei ihm zu bleiben? War ich von den Erwartungen, die andere an mich stellten, so benebelt, dass ich keine Antwort darauf wusste?

Mein Interesse an Tyler Gates war nicht nur auf sein gutes Aussehen zurückzuführen. Es war mehr als ich jemals für Brayden empfunden hatte und es gefiel mir, wie es sich anfühlte.

Was immer das Gefühl auch bedeutete, ich musste die Dinge in Ordnung bringen. Ich würde alle enttäuschen, aber ich hatte schon genug Zeit damit verschwendet, es allen recht zu machen. Ich stand auf und ging zu Brayden hinüber. Er hatte alle Drinks serviert und wischte mit einem Lappen über die Theke.

Ich atmete tief durch. „Wegen der Hochzeit. Ich…"

Er küsste mich auf die Wange. „Du kannst Gedanken lesen. Können wir noch den Gouverneur und seine Frau auf die Liste setzen? Das ist eine gute Gelegenheit, um sie besser kennenzulernen."

Das bestätigte meinen Verdacht, dass meine Träume immer nur hinter Braydens politischen und gesellschaftlichen Ambitionen stehen würden. Ich würde meine Zauberei aufgeben müssen. Hexen sind das Schlimmste für eine politische Karriere und Brayden strebte nach mehr als einem Amt in Westwick Corners. Er wollte eines Tages Gouverneur werden.

Keine Zeitung, keine Zauberei, keine Liebe. Keine Zukunft für uns. Warum hatte ich es nur so lange nicht bemerkt?

„Nein." Ich hatte keine Zeit für eine Debatte. Ich musste wieder zurück ins Hotel, um zu arbeiten.

„Was meinst du mit Nein? Wir können doch sicher noch zwei Leute einladen."

Ich seufzte. Brayden sah die Dinge immer aus seiner Sicht, nicht aus unserer. Ich würde bis morgen warten, bis ich ihm sagte, dass die Sache mit der Hochzeit gelaufen war.

„Nicht jetzt." Aus dem Augenwinkel erkannte ich Tante Pearl. Sie trug ihren grauen 70er Jahre Adidas-Jogginganzug, den sie für sportliche Unterfangen bereithielt. Ich ignorierte Braydens Einwände und folgte ihr nach draußen. Sie ging in Richtung des Pavillons, was zweifellos Ärger bedeutete.

„Tante Pearl, Mum braucht dich drinnen."

Meine Tante drehte sich um und starrte mich an. Sie kniff die Augen zusammen und murmelte etwas, das ich nicht richtig verstand. „Was hast du gesagt?"

Sie blickte mich zornig an und ging in eine andere Richtung. Ich rannte hinter ihr her. Da spürte ich, dass mich etwas am Arm zurückzog, und als ich mich umdrehte, stand Brayden neben mir. Es beunruhigte mich, dass er mir nach draußen gefolgt war. Das bedeutete nämlich, dass niemand hinter der Bar stand.

„Was ist in letzter Zeit los mit dir?" Er griff auch nach meinem anderen Arm und sah mir tief in die Augen. „Du bist nicht mehr so wie früher."

„Ich habe mich nicht verändert, sondern du. Wenn du jetzt keine Zeit für mich hast, wie wird es dann erst werden, wenn wir verheiratet sind?" Ich löste mich aus seinen Händen und suchte den Garten nach meiner Tante ab. Sie war verschwunden.

„Das stimmt doch gar nicht. Es ist nur derzeit wirklich stressig und …"

„Keine Ausreden mehr, Brayden." Ich drehte mich zum Garten.

„Komm schon, Cenny." Brayden stand regungslos und mit verschränkten Armen vor mir.

Er wartete drauf, dass ich auf ihn zuging.

„Wir sprechen morgen darüber." Ich hoffte insgeheim, dass er mir folgen würde, aber es war wahrscheinlich besser, dass er es nicht tat. Ich wusste nicht wie und wann ich es ihm sagen sollte, aber plötzlich stand mein Entschluss fest. Ich würde Brayden Banks nicht heiraten.

Und das würde ihm ganz und gar nicht gefallen.

KAPITEL 10

Ich folgte Tante Pearl über den Rasen und die Zufahrtsstraße hinüber zum Rosengarten. Wie ich befürchtet hatte, ging sie schnurstracks hinüber zum Pavillon. Ich zitterte. Mit ihren Aktionen versuchte sie, Touristen aus der Stadt zu verjagen, aber jetzt war sie doch wirklich dabei, sich noch mehr in die Sache zu verstricken. Ein Tatort in unserem Garten war bereits schrecklich genug, aber ein verunreinigter Tatort war noch viel schlimmer. Vor allem, wenn eine Hexe am Werk war.

„Warte, Tante Pearl!" Sie ging wieder schneller als eine normale 70-Jährige, also wusste ich, dass Zauberei im Spiel war. Sogar in der schwachen Dämmerung erkannte ich den Benzinkanister in ihrer Hand. Ich begann zu laufen und schloss nur wenige Schritte vor dem gelben Absperrband zu ihr auf. „Stell den Kanister hin."

„Zwing mich doch." Sie grinste, stellte den Kanister ab und schob die Ärmel ihres Trainingsanzugs nach oben.

Ich hatte keine andere Wahl und musste selbst zu Zauberei greifen. Wir standen einen halben Meter von der Treppe des Pavillons entfernt und nur eine Millisekunde vor einer Katastrophe.

Ob es Glück oder Instinkt war, ich wusste es nicht, aber ich konnte mich ihr in den Weg stellen und den Benzinkanister in Luft auflösen.

Tante Pearl erschrak.

Wir starrten stumm auf die zurückgebliebene Rauchwolke.

Unglück abgewendet, zumindest für den Moment. „Du kannst doch keinen Tatort zerstören, Tante Pearl! Es ist sowieso zu spät. Die Polizei hat die Beweise bereits mitgenommen."

Sie drehte sich ein paar Mal und blickte mich dann an. „Und du kannst nicht einfach so die Dinge anderer Leute zerstören, Cendrine." Sie starrte auf ihre leeren Hände. Vom Benzinkanister fehlte jede Spur.

„Du hast mir keine Wahl gelassen." Mein Herz klopfte. Ich wartete darauf, dass sie nun eine Racheaktion startete, die sich dieses Mal gegen mich richtete.

Stattdessen lächelte sie jedoch nur. „Gar nicht schlecht, dafür dass du so wenig übst. Du könntest richtig gut zaubern, wenn du dich ein bisschen anstrengen würdest."

Wenigstens war mein Können heute mal mehr Segen als Fluch. Irgendwie war ich auch ein bisschen stolz auf mich, trotz der Situation. Tante Pearl verteilte selten Komplimente, vor allem wenn es um Zauberei ging.

Normalerweise vermied ich die Hexerei, denn es fühlte sich für mich wie Betrug an. Ich hielt es für einen unfairen Vorteil gegenüber anderen und wehrte mich dagegen, mich aus Problemen freizuhexen. Diesmal hatte ich in Tante Pearls Trickkiste gegriffen, aber zumindest habe ich keinen Tatort zerstört. „Nur weil es notwendig war. Gehen wir zurück ins Haus."

Tante Pearl ignorierte mich und drehte sich wieder zum Pavillon. „Du musst nur noch mehr üben, Cenny. Warum beginnen wir nicht gleich hier und jetzt." Meine pyromanische Tante schnippte mit den Fingern und ein brennender Stab erschien in ihrer Hand.

Ich schnippte mit meinen Fingern und ließ einen Wasserkübel erscheinen, aber es war zu spät. Ich warf den Eimer in ihre Richtung, aber sie hatte die Stufen des Pavillons schon erreicht. Ich warf mich auf sie, stieß sie Stufen herunter und wir landeten im Gras. Wir kamen nur Zentimeter vom Absperrband entfernt auf.

„Du hat mich ausgetrickst." Ich rollte mich von ihr herunter, richtete mich auf und sah Tyler Gates auf uns zukommen.

„Was geht hier vor?" Der Sheriff trat das Feuer mit seinem Stiefel aus. Sein Grinsen verschwand, als er Pearl erkannte.

Das war die Frage, die ich gerade meiner Tante stellen wollte. Warum in aller Welt wollte sie den Pavillon zerstören? Hatte sie irgendetwas mit der Sache zu tun?

„Gut, dass Sie da sind, Sheriff." Tante Pearl schnaubte. „Sie hat mich ohne Vorwarnung einfach angegriffen."

Tyler Gates zog die Mundwinkel leicht nach oben. „Stimmt das?"

„Sie hat mich provoziert." Kaum hatte ich es gesagt, fühlte ich mich wie ein zankendes Schulkind.

Peinlich.

„Sie macht nur Ärger." Tante Pearl zeigte anklagend mit dem Finger auf mich.

Ich rollte mit den Augen und streifte mir Gras und Dreck von meiner Kleidung.

„An Ihrer Stelle wäre ich vorsichtig", sagte er. „Der Pavillon ist noch immer gesperrt und ich habe noch niemanden von Ihnen als Verdächtige ausgeschlossen."

Ich vermutete, die Bemerkung war an Tante Pearl gerichtet, nachdem er mein Alibi bereits überprüft hatte. Ich war den ganzen Vormittag in meinem Büro, was die Überwachungskameras des Gebäudes und ein paar Frühaufsteher bezeugen können. Ich hatte das Gebäude erst um 15 Uhr verlassen und fuhr dann direkt zum Pavillon.

Tante Pearl konnte nicht keine Angaben dazu machen, wo sie zwischen 9 Uhr und kurz vor Mittag war, bevor sie direkt nach dem Highway-Fiasko in mein Büro gekommen war. Sie sagte, sie war aus meinem Büro direkt ins Hotel zurückgekehrt. Mum könnte bestätigen, dass Tante Pearl vor dem Brandanschlag die Gästezimmer fertiggemacht hatte. Ich kannte meine Tante gut genug, um ihre Aussagen nicht für bare Münze zu nehmen, aber ich wusste auch, dass sie keine Mörderin war. Aber das Gesetz basiert auf Fakten und nicht auf Gefühlen.

Tante Pearl griff nach dem Geländer, zog sich wieder auf ihre 1,50 Meter hoch und funkelte den Sheriff an. „Sie werden die Sache hier niemals alleine lösen. Wenn sie mich aber nett fragen, werde ich Ihnen vielleicht helfen."

„Beginnen wir doch damit, wo Sie heute waren." Sheriff Gates verschränkte die Arme.

„Als ob Sie das nicht schon längst wüssten." Tante Pearl grinste spöttisch.

„Sie hat Recht", sagte ich. „Hat sie nicht das Highway-Schild abgebrannt?"

„Das war am Vormittag. Für den Nachmittag hat sie noch keine Angaben gemacht", sagte Tyler. „Ich muss genau wissen, wann Sie wo waren. Etwas Kooperation wäre sehr hilfreich."

Kooperation von Tante Pearl war in etwa so schwer erhalten wie einen Vorschuss von der Mafia zu. Fragen konnte man schon, würde aber dafür bitter bezahlen.

Tante Pearl schnaubte. „Schauen wir mal... also, gegen 11 Uhr ging ich zur Tankstelle. Ich denke, Sie wissen, was danach passiert ist."

Tyler zog sein Notizbuch heraus. „Haben Sie noch die Rechnung für das Benzin? Das würde die Uhrzeit bestätigen."

„Mein Wort reicht Ihnen nicht?"

Ich wusste sofort, dass Tante Pearl nicht für das Benzin bezahlt hatte, sie hatte es sich einfach hergezaubert. Aber das konnte sie vor dem Sheriff natürlich nicht zugeben. Ich wurde immer beunruhigter, über ihr ausweichendes Verhalten und das fehlende Alibi.

Tyler ignorierte ihre Frage und stellte selbst eine: „Wo waren Sie, bevor Sie zur Tankstelle gegangen sind?"

„Ich verrate es Ihnen, wenn Sie meine Geldstrafe aufheben." Tante Pearl verschränkte die Arme und schnaubte.

„Keine Chance. Ich habe Strafe schon ausgestellt und selbst wenn ich wollte, ich kann da nichts mehr tun. Sie können dagegen vor Gericht Einspruch erheben."

„Sie hatten Ihre Chance, Sheriff", sagte Pearl. „Das Leben in dieser Stadt kann einfach oder schwierig sein. Es liegt bei Ihnen."

„Tante Pearl!" Ich legte eine Hand auf ihre Schulter. Das letzte was wir nun gebrauchen konnten, war eine Szene mit der Polizei. „Beantworte die Frage des Sheriffs, dann können wir gehen und ihn wieder seine Arbeit machen lassen."

Tante Pearl lehnte sich ein paar Zentimeter über das Absperrband, stieg aber nicht darüber. Dann blickte sie Sheriff Gates an. „Na gut, ich habe mit Ruby im Inn gearbeitet, bis ich zur Tankstelle gegangen bin. Das Ganze wird ja zu einer richtigen Hexenjagd." Pearl verschränkte die Arme. „Kann ich jetzt gehen?"

Ich funkelte meine Tante wütend an. Ihre offensichtlichen Andeutungen auf Hexerei gingen mir auf die Nerven. Aber genau das wollte sie natürlich.

Tyler Gates nickte. „Ich werde das Alibi natürlich mit Ruby überprüfen. Denken Sie nicht einmal daran, die Stadt zu verlassen. Ich werde Sie im Auge behalten." Er zeigte mit zwei Fingern auf seine Augen, dann auf Pearl.

„Also schön" Pearl schob meine Hand von ihrer Schulter und stürmte in Richtung des Inns.

Wenigstens hatte der neue Sheriff Sinn für Humor. Tante Pearl würde die Stadt nicht verlassen, sie wollte nur, dass jeder andere verschwand. Auf jeden Fall erzielten die Worte des Sheriffs den gewünschten Effekt. Pearl ging schwerfällig und mit einem übertriebenen von Arthritis geplagten Schritt durch den Garten zurück zum Hotel. Ich blickte wieder zum Pavillon. „Ist die Leiche schon weg?"

„Der Gerichtsmediziner hat sie vor einer Stunde weggebracht." Tyler leuchtete mit der Taschenlampe in den Pavillon.

Nachdem die Leiche weggebracht worden war, waren die einzigen Beweise des furchtbaren Verbrechens ein paar Blutflecken auf dem Holzboden. Ich erschrak, als ich Tante Pearls Zauberstab am Eingang liegen sah, eingetütet als Beweismittel. Wusste sie, dass er immer noch im Pavillon war, als sie ihn in Brand stecken wollte? Sie verheimlichte mir etwas und das gefiel mir gar nicht.

KAPITEL 11

Es war nach 21 Uhr und als ich zurück ins Inn kam, war es bereits dunkel. Die letzten paar Stunden waren ein wildes Wirrwarr aus Mordermittlung, Tante Pearl im Auge behalten und aufpassen, dass es unseren Hotelgästen gut ging.

Ich hatte schon eine Weile nicht mehr mit Mum gesprochen und ich wollte wissen, wie es ihr ging. Ich fand sie in der Küche beim Geschirr waschen. Sie spülte immer noch mit der Hand, auch wenn wir einen hochmodernen Geschirrspüler hatten. Als Hexe könnte sie einfach einen Zauberspruch nutzen, um das Geschirr zu waschen und ihre To-do-Liste in ein paar Sekunden abzuarbeiten. Aber als Perfektionistin bestand sie darauf, die Dinge selbst zu machen. In der Zeit, in der sie das Ergebnis ihrer Zauberei überprüft und dann nochmal überprüft hatte, hatte sie die Dinge auch auf normalsterbliche Art und Weise erledigt. In der Hinsicht waren Mum und ich uns ähnlich. Wir waren unsicher, was unsere magischen Fähigkeiten anging. Zauberei schien oftmals ein unfairer Vorteil zu sein.

„Ach Cenny, ich kann es nicht fassen, dass in unserem Haus ein Mord passiert ist." Ihre Augen waren blutunterlaufen und angeschwollen, so als ob sie geweint hätte. Ihre Kleidung war unordentlich und ihre Schürze hing schief, was gar nicht zur ihrem sonst so makellosen

Erscheinungsbild passte. „Wie groß waren die Chancen, dass sowas an unserem Eröffnungstag passiert?"

„Ziemlich hoch, wenn du mal nachdenkst. Es ist der ideale Zeitpunkt, um gegen den Tourismus vorzugehen, bevor er überhaupt anfängt."

„Ich kann mir nicht vorstellen, dass irgendjemand in der Stadt so weit gehen würde. Wer würde denn töten, um Fortschritt aufzuhalten?" Mum wischte sich die Hände in ihrer Schürze ab. „Die Nachricht auf dem Zettel, die macht mir Angst."

Ich erzählte ihr von meinen Gedanken zum Verfasser der Nachricht und die eigenartige Grammatik. „Tante Pearl verwendet sicherlich keine britische Variante. Wer immer das Gedicht geschrieben hatte, wollte wohl, dass es so aussah, als sei es von ihr."

„Sei doch nicht lächerlich, Cenny. Pearl würde nie jemandem schaden. Wie kannst du nur daran denken?"

„Aber so sieht es momentan für den Sheriff aus. Ziemlich viele Beweise zeigen auf Tante Pearl und der Sheriff muss allen Spuren nachgehen. Ich weiß, dass sie es nicht war, aber es gibt definitiv etwas, das sie uns nicht sagen will" Ich griff nach einem Geschirrtuch und machte mich an das Geschirr in der Abtropftasse. „Sie hat ihren Zauberstab immer bei sich. Warum hat sie ihn nicht aus dem Pavillon mitgenommen? Sie hat ihn doch noch nie einfach so irgendwo liegen gelassen. Sie hätte ihn nehmen können, bevor der Sheriff ankam, aber das hat sie nicht getan.

Mum zuckte mit den Schultern. „Entweder hat sie es vergessen oder sie wollte den Tatort nicht verunreinigen."

„Seit wann würde sie denn so etwas stören? Ihrer Meinung nach gehörte der Stab nicht zum Tatort. Sie sagte, sie habe ihn fallengelassen, als sie auf mich stürzte."

Mums Miene verdüsterte sich, sagte aber nichts.

„Hatte sie ihren Zauberstab noch, als ihr beide zum Pavillon gegangen seid?"

„Ich weiß es nicht. Ich war so beschäftigt mit der Eröffnung, ich habe nicht darauf geachtet." Mum ließ den Topf fallen, den sie gerade wusch. Mit einem metallischen Klirren fiel er in die Spüle.

Ich bekam ein schlechtes Gewissen, weil ich nicht im Hotel gewesen war, um ihr zu helfen.

„Es gab so viel zu tun, es war schrecklich. Pearl war den ganzen Vormittag über weg gewesen, deshalb musste ich alles alleine machen."

Jetzt war ich diejenige, die schockiert war. „Tante Pearl hat aber dem Sheriff gesagt, dass sie bis 11 Uhr bei dir war und dass du das bestätigen könntest."

Mum seufzte und legte die Hand auf ihre Stirn. „Ich werde nicht für sie lügen. Sie ging früh am Morgen aus dem Haus und ich habe sie erst am Nachmittag wieder gesehen. Was hat sie nur angestellt?"

„Ich weiß es nicht, aber wenn sie uns nicht sagt, wo sie war und was sie gemacht hat, können wir ihr nicht helfen. Sheriff Gates denkt sicher, dass sie etwas zu verbergen hat." Der Gedanke, dass Tante Pearl fälschlicherweise verdächtigt wird, machte mich wütend. Aber aus einem unerklärlichen Grund wollte ich auch einen guten Eindruck auf Tyler Gates machen. „Was immer sie auch verheimlicht, es kann doch nicht so schlimm wie ein Mord sein."

„Sie ist ziemlich stur, Cenny." Mum schüttelte den Kopf. „Die Welt könnte vor ihr in Trümmern liegen und sie würde ein Geheimnis noch immer für sich behalten. Sie bringt sich damit in eine Menge Schwierigkeiten."

„Jedenfalls, wenn sie ihren Zauberstab zurückhaben will, wird sie eine Menge erklären müssen. Der Sheriff hat ihn als Beweismittel beschlagnahmt. Er denkt allerdings, dass es ihr Gehstock ist."

„Ist Pearl denn eine Verdächtige?"

„Das hat er so nicht gesagt, aber ihre Abneigung gegen den Tourismus liefert ihr ein Motiv und die Nachricht passt genau dazu. Dann noch ihr Zauberstab am Tatort und schon ist sie eine Verdächtige. Ich bin mir sicher, der Sheriff sieht das so."

„Aber wir waren doch auch im Pavillon", protestierte Mum. „Warum sind wir nicht verdächtig?"

„Ich habe ein Alibi. Ich habe den ganzen Tag bis 15 Uhr gearbeitet. Die Ermittler konnten bestimmt den Todeszeitpunkt anhand der Leiche bestimmen." Ich zitterte, als ich mich daran erinnerte, wie ich auf Sebastien Plants Leiche stürzte.

„Und ich war fast den ganzen Vormittag in der Stadt, um noch alles für das Abendessen vorzubereiten. Viele Leute haben mich dort gesehen. Ich habe sogar den Sheriff getroffen", sagte Mum.

„Siehst du? Tante Pearl hat gelogen, weil sie kein Alibi hat." War es eine Lüge oder nur eine halbe Wahrheit?

„Vielleicht hat sie die Zeiten durcheinandergebracht?" Mums Gesichtsausdruck verriet, wie wenig sie selbst daran glaubte.

„Wir wissen beide, dass das nicht stimmt. Dafür ist sie viel zu clever."

„Stimmt." Mum nickte. „Aber sie denkt wahrscheinlich, dass es den Sheriff nichts angeht, wo sie war. Sie wird ziemlich störrisch, wenn sie von anderen kontrolliert wird."

„Das ist ja grundsätzlich auch in Ordnung, aber nicht wenn es um Mord geht. Alles zeigt auf sie, bis auf eine Sache", sagte ich. „Der Mörder kannte sein Opfer."

„Ach ja?" Mum tauchte ihre Hände in das Spülwasser. „Hat dir das der Sheriff gesagt?"

Ich schüttelte den Kopf. „Wenn man jemanden von vorne angreift, dann deutet das auf eine persönliche Beziehung hin. Egal ob man jemanden zu Tode prügelt oder ihm nach der Tat das Gesicht verdeckt. Sebastien Plant kannte seinen Mörder. Soweit ich weiß, hat er Tante Pearl nie getroffen." In der Fernsehserie *Medical Detectives* hatte ich gelernt, auf offensichtliche Hinweise zu achten und die Verletzungen im Gespräch sprachen Bände.

„Du siehst dir zu viele Krimis an, Cenny."

„Vielleicht, aber das ist im Moment die einzige Spur, die wir haben und ein wichtiger Hinweis. Wer immer das getan hat, muss geschnappt werden."

Mum zog ihre Hände aus der Spüle und warf sie in die Luft, wobei sie überall schaumiges Wasser verteilte. „Pearl ist vieles, aber bestimmt keine Mörderin. Aber es stimmt, sie versteckt etwas. Ich glaube aber nicht, dass ich ihr das Geheimnis entlocken kann. Sie wird bestimmt nichts verraten."

„Sie muss aber", sagte ich. „Wenn sie nicht damit herausrückt und alles aufklärt, könnte sie wegen Mordes angeklagt werden." Eine einfache Erklärung würde sie von ihrem Verdacht befreien und doch tat sie es nicht.

Ihr Schweigen bedeutete gleichzeitig auch das Todesurteil für unsere Stadt, denn die Touristen würden nicht zu uns kommen, solange ein Mörder hier frei herumlief. Aber Westwick Corners bestand nun schon seit mehr als 100 Jahren. Komme was wolle, ich würde dafür sorgen, dass es noch weitere 100 Jahre bestehen blieb.

KAPITEL 12

Was immer Tante Pearl auch zugab oder nicht, es erklärte auf jeden Fall nicht das Blut auf ihrem Zauberstab. Entweder hatte jemand ihren Zauberstab gestohlen und verwendet oder sie hatte ihn selbst benutzt. Ich sah das Ding vor meinem geistigen Auge. Das Blut an der Spitze war bereits eingetrocknet. Es war ein heißer Tag gewesen, aber im Pavillon war es schattig. Das Blut hätte 15 Minuten oder länger gebraucht, um zu trocknen.

Ich erschauderte, als ich an Plants steifen Körper dachte, auf den ich gefallen war. Ich war sicher, dass er viel länger als 15 Minuten tot gewesen war. Es mussten mehrere Stunden vergangen sein.

„Tante Pearls Zauberstab ist niemand anderem von Nutzen. Warum sollte ihn jemand stehlen?"

„Für eine andere Hexe ist er von Bedeutung." Mum stellte die letzten Teller auf die Abtropftasse und ließ das Wasser aus dem Spülbecken.

Daran hatte ich nicht gedacht. „Aber nur Pearl kann ihren Zauberstab entsichern." Moderne Zauberstäbe waren Hi-Tech-Geräte und ganz besonders der von Tante Pearl. Er war mit einer Kombination aus Fingerabdruck und Passwort gesichert. Auch Zauberei funktionierte heutzutage mit Biometrie.

„Eine Hexe muss ihn nicht entsichern und benutzen", sagte Mum.

„Sie muss den Zauberstab nur von Pearl fernhalten. Pearl wird dann machtlos, sie kann ohne den Zauberstab keine Zaubersprüche anwenden."

„Warum sollte sie jemand davon abhalten wollen zu zaubern?" Ich dachte zurück an Tante Pearls brennenden Stab, den sie am Pavillon in der Hand gehalten hatte. Den hatte sie herbeigezaubert, sie sagte also immer noch nicht ganz die Wahrheit. Da war noch immer etwas, das sie uns nicht sagen wollte.

„Ich habe keine Ahnung, aber ich kann mir nicht vorstellen, warum jemand anderes als eine Hexe den Zauberstab stehlen und sabotieren sollte." Mum zog ihre Brauen nach oben. „Wer immer das war, wollte Pearl zum Sündenbock machen. Aber wer?"

„Jemand, der mit einem Mord davonkommen will. Tante Pearl geht ins Gefängnis und der Mörder kommt ungeschoren davon." Auf meiner Liste der Personen, die Pearl hassten, stand die halbe Stadt, aber ich wagte es nicht, das laut zu sagen. Mum war blind, was die Fehler ihrer Schwester und deren lange Feindesliste anging. Aber die meisten dieser Feinde waren Einheimische, gewöhnliche Sterbliche ohne spezielle Kräfte. Keine kaltblütigen Killer.

„Der Mörder bringt zwei Menschen gleichzeitig zur Strecke." Mums Miene verdüsterte sich. „Ich denke immer noch, dass es eine andere Hexe ist."

„Wir sind aber die einzigen in der Stadt", antwortete ich. „Vielleicht sollten wir eine Liste der Leute erstellen, die Tante Pearl etwas antun wollen."

„Hazel und Pearl streiten", sagte Mum.

„Du denkst doch nicht..."

„Nein, nicht einmal Hexe Hazel würde so weit gehen." Mum legte ihre Schürze ab und warf sie auf die Theke. „Aber wenn eine andere Hexe die Mörderin ist, dann ist Pearl in großen Schwierigkeiten. Sie wird das niemals alles erklären und ihren Namen reinwaschen können."

Natürlich. Hexen konnten ganz einfach Hinweise verändern, sogar forensische Beweise. Tante Pearl war nicht die einzige, die Hilfe brauchte. Sheriff Gates ebenfalls. Falls er erwartet hatte, mit Westwick Corners ein verschlafenes Kaff zugeteilt zu bekommen, dann würde er nun eine übernatürliche Überraschung erleben. Ich hatte keine Wahl. Ich musste der Spur zu Hexe Hazel nachgehen, von der der Sheriff nichts wusste. „Können wir irgendwie herausfinden, wo sich Hazel gerade aufhält?"

Hazel Black war Pearls beste Freundin gewesen, bis zu dem großen Streit vor einem Jahr. Sie war nicht nur eine große Hexe, sondern auch die Präsidentin des WEHEX, des Welthexenverbandes, dem internationalen Dachverband für Hexen.

Ich schätzte Hazel nicht als jemanden ein, der einen unschuldigen Mann töten würde, nur um es Tante Pearl anzuhängen. Andererseits hatte Hazel auch meinen Bruder Alan verhext und ihn in einen Border Collie verwandelt. Auch das hatte ich nicht erwartet.

Mum zog die Augenbrauen zusammen. „Wir könnten Amber fragen."

Tante Amber war die Vizepräsidentin des WEHEX und sah Hazel ständig. Wenn sie Hazel ein Alibi gab, könnten wir sie rasch als Verdächtige ausschließen. Tante Pearl würde ihre Schwester Amber nicht in die Sache hineinziehen wollen, aber wir hatten kaum eine andere Wahl. „Was, wenn sie Hazel davon erzählt? Sie wird sich wundern, warum wir sie fragen."

„Wir werden es wohl trotzdem tun müssen." Mum trocknete ihre Hände und schnippte mit den Fingern.

Vor uns verfestigte sich langsam ein Hologramm. Tante Amber strich ihr rotes Haar glatt und steckte sich eine Locke hinter das Ohr. Sie sah wie immer hübsch und gepflegt aus, aber auch etwas zerstreut, so als ob wir sie gerade bei etwas unterbrochen hätten.

„Ich hoffe für euch, es ist wichtig. Du hast mich mitten in einem Zauber gestört." Wie Hazel lebte auch Amber in London. Westwick Corners war einfach nicht groß genug für sie gewesen.

„Entschuldige. Aber es ist wichtig," sagte Mum.

„Hier ist es gerade einmal kurz nach sechs Uhr, Ruby. Du weißt, ich bin kein Morgenmensch."

Hier war es noch Freitagabend, aber London war neun Stunden voraus. Die Vermutungen des Sheriffs mussten erst noch durch den Gerichtsmediziner bestätigt werden, aber der Zeitpunkt des Mordes lag mit hoher Wahrscheinlichkeit zwischen Mittag und 15:00, als wir die Leiche fanden. Das wäre zwischen 21:00 und Mitternacht nach Londoner Zeit.

Ich fasste kurz den heutigen Tag zusammen, den Mord und die belastenden Beweise gegen Tante Pearl. „Pearl und Hazel streiten doch noch immer. Vielleicht hat Hazel ihr eine Falle gestellt und den Zauberstab am Tatort platziert?"

Als Hexe könnte Hazel in weniger als einer Stunde aus London her und wieder zurückreisen. Da es keine weiteren Spuren gab, lag es nun an uns, die magischen Verdächtigen auszuschließen. Ansonsten würden sie in Sheriff Gates' Ermittlungen nie aufscheinen.

„Ich würde Hexe Hazel Rachegelüste zutrauen", sagte Tante Amber. „Aber ich kann mir nicht vorstellen, dass sie einen unschuldigen Mann tötet, nur um es Pearl anzuhängen."

„Wir beschuldigen Hazel auch gar nicht, aber wir können sie auch noch nicht als Verdächtige ausschließen", sagte ich. „Weißt du, wo sie letzte Nacht war?"

Tante Amber zuckte mit den Schultern. „Wahrscheinlich im Bett, so wie alle anderen auch. Ich habe sie seit Freitag nach der Arbeit nicht mehr gesehen und werde sie auch vor Montagmorgen im Büro nicht treffen. Außerhalb der Arbeit habe ich kein Auge auf sie."

„Gibt es außer Penny jemanden, der ihr ein Alibi geben könnte?" Penny Black war Hazels Tochter. Penny war Alans Ex-Freundin und der Grund für die Verwandlung in einen Border Collie. Hazel Black lebte alleine. Pearl war Hazels einzige enge Freundin oder es zumindest gewesen.

„Habt ihr es bei ihrem Freund probiert?" Tante Amber führte einen pinkfarbenen Fingernagel an ihre Lippen und färbte sie in einem passenden Farbton ein. „Vielleicht weiß er etwas."

„Hexe Hazel hat einen Freund?" Ich konnte mir niemanden vorstellen, der mit Hazel anbandeln wollte. In ihrer dominanten Persönlichkeit war sie durch und durch Geschäftsfrau. Zusätzlich zu ihrer Funktion als Präsidentin des WEHEX war sie eine clevere Unternehmerin.

„Es hat mich auch überrascht. Sie haben sich vor ein paar Monaten kennengelernt. Ich versuche mich an seinen Namen zu erinnern. Seb oder so.“

„Sebastien Plant?“

Mums Kinnlade klappte nach unten und sie sah aus, als würde sie jeden Moment umkippen.

„Genau, das ist er. „Kennt ihr ihn?“ Tante Ambers Bild verschwamm. „Ich muss los... meine Kräuter brennen an!“

„Warte!“ Aber es war zu spät. Tante Amber war weg.

Ich drehte mich zu Mum: „Der Mörder von Sebastien Plant hinterließ eine Nachricht, die von jemandem aus England geschrieben sein musste. Hazel ist Britin. Glaubst du, sie war's?“

Mum schüttelte heftig den Kopf. „Weder Hazel noch Pearl könnten so etwas tun. Besser wir sprechen gleich mit den beiden.”

Ich dachte an Sebastien Plants blutverschmiertes Gesicht. Sowohl Hazel als auch Tonya standen ihm nahe, aber nur Hazel war Britin.

Auch wenn Hazel und Pearl nicht mehr miteinander sprachen, so waren sie doch Jahrzehnte lang beste Freundinnen gewesen. Konnte es sein, dass Pearl ihre Freundin deckte?

KAPITEL 13

Durch Tante Ambers Informationen hatten wir zwar erfahren, dass Hazel eine Affäre mit Sebastien Plant hatte, ansonsten waren wir jedoch noch nicht viel schlauer geworden und unser Problem wurde damit auch nicht gelöst.

Tante Pearl war schon wieder verschwunden. Ich musste sie finden, denn niemand wusste, was sie tun würde, um ihren Zauberstab zurückzubekommen. Mum stand bereits am Rande eines Nervenzusammenbruchs und meine Tante könnte ihr den Rest geben.

„Du musst ein Auge auf sie haben, Cenny. Ich kann hier jetzt nicht weg, aber ich mache mir Sorgen, dass sie irgendetwas Verrücktes anstellt. Wir haben so viel in den Erfolg des Inns investiert. Pearl könnte das alles in nur einer Sekunde zunichtemachen."

Dieses Mal war Mums Reaktion alles andere als übertrieben. „Ich werde sie finden." Ich eilte zur Vordertür hinaus und über die Einfahrt hinüber zum *Scheiterhaufen*. Die letzte Person, die ich jetzt sehen wollte, war Brayden, aber er wäre wahrscheinlich viel zu beschäftigt, um mich zu bemerken.

Ich wollte nachsehen, ob Tante Pearl da war, und mich dann schnell wieder davon machen. Als ich die Vordertür öffnete, stieß ich fast mit einer wasserstoffblonden Frau in einem Abendkleid aus schimmerndem, goldfarbenem Lamé zusammen. Ihr Vintagekleid wirkte befremdlich, aber irgendwie doch bekannt.

Ich sah nur die Rückseite ihres kurzgeschnittenen Kleides, aber ich erkannte Tante Pearls Glücksarmband, als sie an mir vorbeirauschte. Carolyn Conroe, Tante Pearls Marilyn Monroe Alter Ego, eilte in Richtung der Bar.

Ich seufzte. Die Stunden verstrichen und ich würde mit Tante Pearl nicht über Sebastien Plant oder Hazel sprechen können, bis sie wieder ihre normale Form annahm. Das konnte eine Weile dauern, je nachdem wie viele Probleme sie sich aufhalste.

„Erhält man in diesem Laden auch einen Cocktail?" Carolyns Stimme hallte durch die Bar und plötzlich verstummten alle Gespräche.

Brayden winkte ab. „Können Sie noch etwas warten? In 15 Minuten beginnt die Happy Hour."

Er hatte das Konzept der Happy Hour noch nie ganz verstanden. Anstatt die Gäste dafür zu belohnen, schon früh am Abend zu kommen, gab er praktisch jedem, der nur bereit war, lange genug zu warten, einen Rabatt. Die Einheimischen nutzten sein eigenartiges Zeitgefühl und kamen immer erst später.

Der einzige Vorteil an Braydens eigenartiger Werbeaktion war, dass Carolyn noch keinen Drink der Hand hielt. Er wusste von Tante Pearls Alter Ego, dachte aber, Carolyn Conroe sei das Ergebnis einer Persönlichkeitsstörung und zu viel Make-up. Ich hoffte, Brayden wäre klug genug, ihre Drinks mit Wasser zu verdünnen. Eine betrunkene Carolyn war noch viel, viel schlimmer als eine nüchterne Pearl. Ich konnte nicht erahnen, was sie vorhatte.

Carolyn warf ihren Kopf in den Nacken und stieß ein heißeres Lachen aus. „Ich komme wieder, mein Schnuckelchen!"

Brayden lief rot an. Pearl hatte ihn aus Rache bloß gestellt.

Jeder starrte in unsere Richtung, gerade als ein Windstoß - wo auch immer er herkam - Carolyns Rock noch oben blies. Ein verschmitztes Grinsen breitete sich auf ihrem Gesicht aus. Sie strich ihren Rock langsam nach unten, aber nicht bevor sie den Männern tiefe Einblicke gewährt hatte.

Eine Menge versammelte sich um Carolyn. Sie genoss sichtlich jede Sekunde im Rampenlicht.

Ich ignorierte die bewundernden Pfiffe und sah mich um. Die Barhocker waren alle besetzt und unsere Gäste mischten sich unter die Einheimischen. Zufrieden stellte ich fest, dass alle Hotelgäste hier waren. Solange sie hier in der Bar blieben, würden sie das gelbe Absperrband nicht bemerken, mit dem der Pavillon noch immer umspannt war.

Ich sah Tonya Plant, die alleine an einem Ecktisch saß. Sie war fast so bekannt wie Sebastien, aber die beiden waren ein ungleiches Paar. Tonya war Anfang 30, also mindestens 20 Jahre jünger als er. Sie wirkte winzig im Vergleich zu ihrem krankhaft fettsüchtigen Ehemann und auch kleiner in der Statur. Sie trug ihr feines blondes Haar kurz geschnitten und ein Abendkleid mit kleinen, bestickten Rosetten. Sie wippte mit ihren dünnen Absätzen, während sie abwesend ihr Glas Rotwein trank und Carolyns Mätzchen beobachtete.

Carolyn bemerkte sie sofort und machte sich auf dem schnellsten Weg zu ihrem Tisch.

Großartig.

Ich blickte zum Eingang und sah Mum, die im Türrahmen stand. Sie musste irgendwie Wind von Pearls Plänen bekommen haben. Ein Blick in ihr Gesicht verriet mir, wie besorgt sie war.

Ich ging zu ihr und nahm sie zur Seite. „Wir müssen Tante Pearl neutralisieren." Sie war bereits eine Mordverdächtige und nun legte sie es auf einen Kampf an. Jetzt war wirklich nicht die Zeit für solche Spielchen. „Kannst du mit ihr sprechen?"

Mum schüttelte den Kopf. „Sie wird nicht auf mich hören. Aber wenn sie hier ist, bedeutet das zumindest, dass sie nicht in den Zimmern der Gäste herumschnüffelt." Der Job als Zimmermädchen war eigentlich dazu gedacht gewesen, sie zu beschäftigen und sie aus Schwierigkeiten rauszuhalten. Es war auch keine schwere Arbeit, da sie ja alles von Zauberhand erledigen konnte. Unsere Idee war zunichtegemacht worden, als sie in Tonyas Zimmer herumgeschnüffelt hatte. Ich dachte zurück an die Bebauungspläne und ahnte Schlimmes.

Mum zupfte an meinem Arm. „Denkst du, Pearl wusste von Sebastien und Hazel?"

„Ich weiß es nicht. Hazel und Pearl haben schon seit ein paar Monaten nicht mehr miteinander gesprochen. Wenn sie von Sebastien wusste und es dem Sheriff nicht gesagt hat, dann wirkt sie noch verdächtiger." Wenn ich Tante Pearl nicht kennen würde, würde ich sie auch für verdächtig halten. Alles was sie tat, wirkte verdächtig. Tante Pearl erregte gerne Aufsehen. Wenn sie von Hazels und Sebastiens Affäre wusste, hatte ich keinen Zweifel daran, dass Tonya es bald herausfinden würde. Wenn sie es nicht ohnehin schon wusste.

Wir beobachteten Carolyn, die über die Tanzfläche hinüber zu Tonyas Tisch schlich. Ich erzählte Mum von Pearls Brandanschlag auf den Pavillon. „Das ist doch komisch, dass sie zum Pavillon geht, um den Zauberstab zurückzuholen. Wenn ihn jemand gestohlen hat, wie hat sie dann überhaupt gewusst, dass er da war? Sie muss doch wissen, dass er als Beweisstück konfisziert werden würde."

Da kam mir eine Idee. Tante Pearls Carolyn-Conroe-Show war auch Zauberei und viel schwieriger durchzuführen als der brennende Stab am Pavillon. „Wie kann Tante Pearl ohne Zauberstab zaubern?"

„Sie verwendet irgendwas." Mums Gesicht verfinsterte sich. „Ich weiß aber nicht was. Ich wünschte nur, sie würde damit aufhören und auch mal an uns denken. Cenny, ich muss zurück ins Hotel. Pass auf Pearl auf."

Mum verließ das Lokal und Carolyn setzte sich alleine an einen Tisch unweit von Tonya.

Ich war so in Gedanken versunken, dass ich, ohne es zu bemerken, an die Bar gegangen war.

„Das übliche?" Brayden zwinkerte mir zu und stellte mir ein Cranberry Soda hin.

Ich hätte einen anständigen Drink bevorzugt, aber es war wohl wieder alles beim Alten. Das Auftreten war schließlich entscheidend für eine politische Karriere und als zukünftige Ehefrau würde alles, was ich tat, Auswirkungen auf ihn haben. Zumindest sah das Brayden so.

Ich nippte an meinem Soda, während er die anderen Gäste bediente. Unter diesen Umständen war seine Getränkewahl vielleicht sogar besser. Schon ein Spritzer Alkohol senkte meine Hemmungen und meine Standhaftigkeit gegenüber Brayden. Alkohol vertrug sich auch nicht mit meinen Fähigkeiten und ein kurzer Blick durch die Bar verriet mir, dass ich meine Zauberkräfte gegen meine Tante noch brauchen würde. Tante Pearl, alias Carolyn, hatte ihren Platz wieder verlassen und saß nun auf der Kante von Tonyas Tisch. Mit einer tiefen, rauchigen Stimme schmetterte sie *Diamonds are a Girl's Best Friend* und warf ihren Kopf divenhaft zurück.

Carolyn lehnte sich zurück, bis ihr Haar über Tonyas Drink baumelte. Die zog ihren Stuhl zurück, als Carolyn sich noch weiter nach hinten lehnte. Sie zwinkerte ihren männlichen Bewunderern verführerisch zu, gerade als ihre Hand von der Kante rutschte. Sie verlor das Gleichgewicht, kippte um und landete direkt in Tonya Plants Schoß.

Tonya schrie.

Ich sprang von meinem Barhocker auf und eilte zwischen die beiden, noch schneller als sie „Manche mögen's heiß" sagen konnten.

Ich zog Carolyn von Tonya herunter. Die riss den Mund auf. Ihr Gesicht war zornig und ihr Designerkleid zierten die Überreste ihres Rotweins. „Was zum Teufel soll das?"

Ich funkelte meine Tante wütend an, bevor ich mich wieder zu Tonya Plant drehte. Ich ignorierte absichtlich die roten Flecken, die sich über ihr hellgelbes Kleid verteilten. Zum Glück war sie so damit beschäftigt, Carolyn zu verfluchen, dass sie sie noch nicht bemerkt hatte. Das gab mir die Möglichkeit, sie rückgängig zu machen. Ich hatte nur eine Chance und dafür brauchte ich einen Zauberspruch, den ich seit Jahren nicht mehr geübt hatte.

Eins, zwei, drei, dass es wie früher sei...

Ich schnippte mit den Fingern, hielt den Atem an und hoffte das Beste.

Ich drehte die Zeit um zehn Minuten zurück. Zumindest hatte ich das mit meiner eingerosteten Zauberei beabsichtigt. Es schien funktioniert zu haben, denn die Rotweinflecken waren verschwunden, auch der umgekippte Tisch und Carolyn. Wir waren in der Zeit zurückgereist, ungefähr eine Minute bevor sich die Situation zugespitzt hatte.

Nun musste ich nur noch ein paar Dinge richtig stellen. Ich

schnippte zwei Mal mit den Fingern und sprach einen Freundschaftszauber.

Es funktionierte.

Aus den beiden Frauen wurden plötzlich Freundinnen. Carolyn Conroe sang *River of No Return* und lehnte sich gegen Tonyas Tisch.

„Bravo", kicherte Tonya, die sich sichtlich freute, dass ihr Aufmerksamkeit geschenkt wurde. Die einzigen roten Farbsprenkel auf ihrem Kleid waren nun die hellrosafarbenen Verzierungen. Tonya sippte an ihrem Wein und genoss Carolyns Auftritt.

Carolyn hob ihre Arme und sang die letzten Töne.

In der Bar war es einige Sekunden mucksmäuschenstill, bis Tonya in die Hände klatschte. Carolyn verbeugte sich und die anderen Gäste stiegen in den Applaus ein. Sie warf ihnen eine Kusshand zu und verbeugte sich.

Ich war sehr zufrieden mit diesem Ende, aber Carolyn offensichtlich nicht. Sie zeigte mir den Finger und funkelte mich an.

Ich lächelte und winkte ihr zu. Es war eines der wenigen Male, an denen ich mir wünschte, ich hätte meine Zaubersprüche besser geübt. Denn wenn ich das getan hätte, hätte auch Tante Pearl nichts von meiner Aktion mitbekommen. Dennoch konnte sie nichts dagegen tun.

Erschöpft setzte ich mich wieder auf meinen Hocker an der Bar. Die Zaubersprüche hatten mir den letzten Rest Energie geraubt.

„Du brauchst einen richtigen Drink." Brayden hatte uns beide beobachtet und stellte eine Flasche Rotwein und ein Glas auf die Theke. Es war eine Flasche *Witching Hour Red*, einer unserer besten Jahrgänge. Er schenkte mir ein Glas ein und stellte es vor mir ab. „Tu einfach so, als wäre sie gar nicht hier."

Ich starrte auf mein Glas und war kurz beunruhigt, ob mein Zauberspruch dafür gesorgt hatte, dass Brayden vergessen hatte, dass er Bürgermeister war. Ich beobachtete ihn für einen Moment und erkannte, dass es darum überhaupt nicht ging. Vielmehr machte er sich Sorgen darüber, dass ich wegen Carolyn eine Szene machen könnte. Alkohol würde mich außer Gefecht setzen.

Nun, so sollte es sein.

Ich leerte das halbe Glas. „Ich kann sie nicht ignorieren. Ich sorge mich, was sie wohl als nächstes machen wird."

Brayden wusste, dass wir Hexen waren - zumindest so ungefähr. Er dachte, das wäre so ein komischer Teil unserer Familiengeschichte. Er wusste von Tante Pearls Schule der Zauberei und Mums Kräutertränken, aber er nahm das Zeug nicht wirklich ernst. Er stellte das auf eine Stufe mit Dingen wie Astrologie oder Handlesen. Er dachte einfach, dass wir eigenartige Hobbies hatten. Trotzdem achteten wir immer darauf, nicht vor seinen Augen zu zaubern.

Er hatte überhaupt nicht bemerkt, dass ich gerade sein Leben um ein paar Minuten zurückgedreht hatte. Schade, dass er dadurch nicht gleich unsere Verlobung vergessen hatte. Ich zermarterte mir das Hirn darüber, wie ich es ihm beibringen konnte, vor allem nachdem er gerade so nett zu mir war.

„Ich werde ein Auge auf Pearl haben. Entspann dich einfach, Cenny."

Nur wenige Männer heirateten einfach so in eine Familie voller Hexen ein und irgendwie war es Brayden bewusst, was da auf ihn zukam. Ich könnte meine Situation nie jemandem erklären, der nicht mit uns in Westwick Corners aufgewachsen war. Es ergab einfach Sinn, dass wir heirateten. Diese Logik deprimierte mich. Nur weil es einfach war, hieß das noch lange nicht, dass ich es auch tun sollte.

Ich sippte an meinem Wein und fühlte mich schuldig gegenüber all den Gästen in der Bar, die nicht bemerkten, dass ich ihr Leben um ein paar Minuten verändert hatte. Wenn ich doch nur die Uhr zurückdrehen und den Mord verhindern könnte. Aber dafür war es zu spät. Das Beste, was ich tun konnte, war Sheriff Gates dabei zu helfen, den Mörder zu finden und für Gerechtigkeit sorgen.

Tante Pearl, oder besser gesagt Carolyn, kam zu mir an die Bar. Sie fluchte leise vor sich hin, während sie ihr Weinglas hob. „Du beschwerst dich über meine Zauberei." Sie wankte auf ihren Stilettos und drohte mit einem weiteren Weinunfall. „Aber diese Aktion war total übertrieben."

Für einen Moment fühlte ich mich ausgeschimpft wie eine Fünfjährige. Dann sammelte ich mich wieder.

„Geh dich umziehen, Tante Pearl." Die Zauberei war für mich stets der letzte Ausweg, aber wenn es einen richtigen Zeitpunkt gegeben hatte, sie anzuwenden, dann diesen. Die Zukunft der ganzen Stadt hing von Tante Pearls Einsicht ab. Aber ich musste vorsichtig sein, denn den Zauber einer anderen Hexe rückgängig zu machen, konnte für einige Probleme sorgen, auch wenn sie meine Tante war.

Vor allem den Zauber einer Hexe, die viel mächtiger war als ich.

„Pssst." Sie hielt einen Finger an ihre Lippen. „Du verrätst noch meine Tarnung."

„Bist du betrunken?" Es war schwer zu sagen, ob ihr instabiler Gang von ihren 6 Zentimeter hohen High Heels oder zu viel Alkohol kam.

Sie ignorierte mich.

„Gefällt dir mein Kleid, Cenny? Es ist ganz neu." Tante Pearl schüttelte den Kopf, während sie ihr Kleid über ihre Schenkel hob und Beinfreiheit zeigte. Sie geriet ins Wanken. Ihr volles Weinglas schwappte gefährlich und drohte, wieder umzukippen.

„Ich meine nicht nur das Kleid. Lass das ganze Carolyn-Spiel."

„Aber ich habe doch erst angefangen." Tante Pearl zog einen Schmollmund. „Das ist eines meiner Lieblingsstücke."

„Bitte, Tante Pearl. Wir müssen uns unterhalten. Verstehst du eigentlich, dass du die einzige Verdächtige für den Mord an Sebastien Plant bist?"

„Beschuldigst du mich des Mordes?" Tante Pearl stellte ihr Weinglas kräftig vor sich auf die Theke und verspritzte den Wein.

„Natürlich nicht." Ich wischte mir ein paar Tropfen aus dem Gesicht. „Aber alle Beweise deuten auf dich und niemand anderen. Ich muss auch mit dir über Hazel sprechen."

„Was ist mit Hazel?" Sie blickte mich misstrauisch an.

„Nicht hier." Ich hatte Angst, die Affäre zwischen Hazel und Sebastien auch nur anzusprechen, aber ich hatte keine Wahl. Es schrie nach einem Desaster, denn Tante Pearl konnte keine Geheimnisse für sich bewahren. „Wir müssen uns irgendwo in Ruhe unterhalten."

Ihre Laune besserte sich sofort. „Gehen wir doch in Pearls Schule der Zauberei. Aber nur, wenn du meinen Zauberkurs belegst."

„Ziehst du dann dieses lächerliche Outfit aus und wirst wieder normal?" Zumindest so normal, wie Tante Pearl sein konnte.

Meine Tante nickte. „Ich will auch meinen Zauberstab zurück."

„Alles der Reihe nach." Ich konnte nicht viel tun, um ihren Zauberstab zurückzubekommen, aber das würde ich ihr nicht verraten. Meine oberste Priorität war, Tante Pearl wieder unter Kontrolle zu bringen, bevor sie noch mehr Schaden anrichten konnte. „Ich werde mich in deiner blöden Zauberschule einschreiben, aber nur wenn du mir versprichst, für das restliche Wochenende keine Tricks mehr zu versuchen."

Ihr Ausdruck erhellte sich. „Das willst du wirklich tun?"

„Ja." Ich bereute mein Versprechen bereits. „Aber nur wenn du dafür sorgst, dass unsere Eröffnung wieder läuft und du die Fragen des Sheriffs beantwortest." Pearls Schule der Zauberei war spezialisiert auf Zauberformeln und Zaubersprüche, zwei Bereiche in denen ich starke Defizite aufwies. Ich hatte keine Lust mich zu verbessern, aber ich wollte auch alles tun, was notwendig war, um Tante Pearl zu besänftigen und ihre Eskapaden zu beenden. „Treffen wir uns in einer halben Stunde in Pearls Schule der Zauberei."

Ich hatte kaum den Satz ausgesprochen, als Tante Pearl auch schon in Richtung Ausgang lief und verschwand. Ich blickte mich in der Bar um und bemerkte zufrieden, dass die Gäste wieder mit ihrer Partie Billard, Dart oder ihren Gesprächen beschäftigt waren. Ein paar Einheimische waren bereits gegangen. Der *Scheiterhaufen* war bald wieder genauso halbleer wie an allen anderen Abenden.

Tonya Plant sippte alleine an ihrem Glas Wein. Die Ermittler waren mit ihrem Zimmer fertig, aber sie schien keine Eile zu haben, dorthin zurückzukehren. Sie wirkte eher zufrieden als in Trauer.

Ich beobachtete sie und fragte mich, wie ihre Beziehung mit Sebastien gewesen sein musste. Sie schienen ein glückliches Paar gewesen zu sein, aber niemand weiß, wie es wirklich um eine Ehe steht, außer den Eheleuten selbst. Das war vor allem bei bekannten Menschen wie den Plants der Fall.

Ich bezweifelte, dass Tonya körperlich dazu in der Lage gewesen wäre, ihn zu verletzen. Er hätte sie locker entwaffnen können. Dasselbe galt für Tante Pearl, allerdings war meine Tante eine Hexe und konnte magische Kraft im Nu mit einem Zauberstab heraufbeschwören. Sie hatte allerdings keinen Grund dafür gehabt.

Nur jemand, der gleich groß wie Sebastien Plant war, konnte es getan haben, denn einige seiner Wunden befanden sich auf seinem Kopf.

Ich wusste aus Krimiserien, dass 80 Prozent aller Opfer von ihrem Ehepartner ermordet wurden. Tonya könnte jemanden angeheuert haben, um ihren Mann zu töten. Wenn sie von Sebastiens und Hazels Affäre wusste, hatte sie ein starkes Motiv. Als Sebastiens Frau musste sie verdächtig sein, aber ich war nicht sicher, ob der Sheriff von der Affäre wusste oder nicht.

Aber ich wusste, dass Tonya keine trauernde Witwe war und das wollte ich beweisen.

KAPITEL 15

Es war fast 22:00 Uhr, als ich Pearls Schule der Zauberei erreichte. Meine Laune besserte sich, als ich sah, dass das Licht an war. Tante Pearl war drinnen sicher und fern von allen Schwierigkeiten, zumindest für den Augenblick. Als ich näher kam, erkannte ich ein Neonschild in der Form eines Besens im Vorderfenster. Neben dem grünen Besen flackerte der Schriftzug *Open-Open-Open* in grellem, weißem Licht.

Tante Pearls Hass auf Highway-Schilder schien sich nicht auf ihr eigenes Schild zu übertragen. Sie war alles andere als subtil. Mir gefiel es nicht, dass Tante Pearl ihre Schule für Hexen so offensichtlich zur Schau stellte, aber es war schön zu sehen, dass das alte Schulgebäude gut genutzt wurde.

Als ich die Tür öffnete, klingelte eine kleine Glocke und kündigte mein Eintreten an. Das alte Schulhaus sah fast noch immer so aus, wie ich es aus meiner Grundschulzeit in Erinnerung hatte. Sogar die Farbe und der Linoleumboden waren noch immer unverändert.

„Hier drinnen." Die Stimme meiner Tante hallte durch den Gang und ich folgte ihr in das erste Klassenzimmer. Die Schule war Anfang des 20. Jahrhunderts mit zwei Klassenzimmern gebaut worden. Das war viel Platz für die damalige Schüleranzahl gewesen. Vor ein paar Jahren wurde sie dann geschlossen, als wir es uns nicht mehr leisten konnten, eigenes Schulpersonal zu beschäftigen. Jetzt wurden die Kinder aus der Stadt mit Bussen zur großen Schule in Shady Creek gebracht, ein trauriges Zeugnis der schlechten Zeiten.

Tante Pearl war gerade damit beschäftigt, Votivkerzen auf dem Fensterbrett anzuzünden.

„Was hast du bloß immer mit Feuer?" Ich ging zum vorderen Ende des Klassenzimmers und sah mich um. Ich musste zugeben, dass das Kerzenlicht dem Raum ein gewisses Ambiente verlieh. Es war, man konnte es nicht anders beschreiben, zauberhaft.

Aber das würde ich keinesfalls vor Tante Pearl zugeben.

„Ach, Cenny, entspann dich. Musst du denn immer so ernst sein?"

„Vielleicht wäre ich das ja nicht, wenn ich dich nicht ständig aus Schwierigkeiten herausholen müsste." Tante Pearl war manchmal wirklich ein Vollzeitjob. Und ich hatte gerade genug eigene Probleme.

„Ich bin nicht in Schwierigkeiten und ich kann auf mich selbst aufpassen. Hör auf, dir Sorgen um mich zu machen", sagte Tante Pearl.

„Du steckst in großen Schwierigkeiten. Wenn ich mir keine Sorgen um dich mache, dann zerstörst du unser kleines Geschäft, noch bevor es wirklich losgeht", sagte ich. „Warum hast du gelogen und gesagt, du wärst bei Mum gewesen? Sie hat gesagt, das stimmt nicht. Du hast kein Alibi, oder?"

Tante Pearl rollte mit den Augen und stieß einen übertriebenen Seufzer aus. „Du lässt es einfach nie gut sein, Cenny."

„Das ist wichtig, Tante Pearl. Wenn wir die Untersuchung nicht in eine andere Richtung lenken, dann wirst du des Mordes angeklagt."

„Schön." Sie verschränkte ihre Arme und blickte mich an. „Ich war mit Hazel zusammen. Sie ist heute Morgen angekommen."

„Ich glaube dir nicht. Ihr zwei sprecht doch nicht einmal mehr miteinander." Ich seufzte, als ich an meinen Bruder dachte. Armer Alan.

„Wir haben einen Waffenstillstand vereinbart, Cenny. Harte Zeiten erfordern harte Maßnahmen."

„Was für harte Zeiten?" Ich war verwirrt, aber ich spürte auch, wie Hoffnung in mir aufstieg. „Ist Hazel immer noch hier? Vielleicht kann sie Alan wieder in seine menschliche Gestalt zurückverwandeln."

Tante Pearl schüttelte den Kopf. „Nein, die Dinge laufen gar nicht gut. Es geht etwas sehr Ernstes vor sich und Reiseweise steckt mittendrin. Wir müssen die Bebauungspläne stoppen."

„Wegen Alan, ich weiß, er möchte..."

„Nicht jetzt, Cenny." Sie hob die Hand und streckte die Handflächen aus wie ein Verkehrspolizist. „Wir befinden uns im Krieg."

„Wir müssen ein Geschäft führen, Tante Pearl. Sebastien Plant hätte uns viel Publicity verschaffen können", sagte ich. „Jetzt wird man uns als den Ort kennen, an dem er ermordet wurde. Wann ist Hazel angekommen?" Zwei eifrige Hexen waren noch um ein Vielfaches schlimmer als nur eine einzelne.

Meine Tante zuckte mit den Schultern. „Ich denke, gegen 9:00 Uhr."

„Genau zu der Zeit, als der Mord passiert ist." Ich blickte mich um, konnte aber keine Spur von Hazel entdecken. „Wo ist sie?"

„Sie ist vor einer Stunde nach London zurückgekehrt."

Meine Schultern sackten zusammen. Ich stand wieder am Anfang meiner Ermittlungen und die Hoffnung, dass Alan wieder seine menschliche Gestalt zurückbekam, schwand dahin.

Als Sebastiens Geliebte hatte Hazel ein starkes Motiv. Tante Pearls Alibi war nicht viel wert, nachdem es von einer weiteren Verdächtigen kam. „Hat euch zwei jemand zusammen gesehen?"

„Nein." Tante Pearl schüttelte den Kopf. „Wir sind nur hier gewesen, haben Kaffee getrunken und uns zusammengerauft."

„Das ist die schlechteste Lüge, die ich je gehört habe." Ich verschränkte meine Arme und zog die Augenbrauen nach oben. „Ihr zwei sitzt niemals nur rum. Hazel reist nicht einmal um die halbe Welt, um sich nur zu unterhalten."

„Okay, vielleicht haben wir auch dem Pavillon einen Besuch abgestattet. Hazel und ich sind Sebastien Plant zum Pavillon gefolgt, um ihn ein bisschen zu erschrecken, damit er die Stadt verlässt. Dann sahen wir seinen Angreifer, einen Typen mit einem schwarzen Kapuzenpullover. Wir haben nichts mit dem Mord zu tun, ich schwöre. Hazel war so aufgewühlt von der ganzen Sache, dass sie die Stadt sofort verlassen hat. Sag das dem Sheriff."

„Warum kannst du es ihm nicht sagen? Oder nein, besser nicht.

Hazel zu erwähnen, würde nur zu einer Reihe weiterer Fragen führen, die uns schlussendlich als Hexen enttarnten. Zu erklären, dass sie sich innerhalb von Minuten hin und her teleportieren kann, verkompliziert die Sache." Wie ihre Affäre mit Sebastien Plant, aber ich setzte auch auf ihre Unschuld. Es schien leichter, den wahren Täter zu finden, als Hazel und Pearl zu entlasten. „Erzähl mir mehr über den Typen im schwarzen Kapuzenpulli. Er ist unsere einzige wirkliche Spur."

„Es war ein langer Tag, Cenny. Lass uns ein bisschen schlafen." Tante Pearl stand auf und scheuchte mich in den Gang hinaus. „Ich werde mir was einfallen lassen, wie wir aus dem Chaos wieder rauskommen."

Ich riss meine Arme protestierend in die Luft. Tante Pearls Pläne würden mit Sicherheit nur zu noch mehr Schwierigkeiten führen. Andererseits würde sie nur noch weniger kooperativ, wenn ich ihr noch weiter Vorschreibungen machte. „Also gut. Aber ich will mit Hazel sprechen, damit sie deine Geschichte bestätigt."

Ich sah mich noch einmal um und erkannte, dass meine Tante ungefähr in der gleichen Zeit das alte Schulhaus renoviert hatte, als wir das Hotel auf Vordermann brachten. Sie sorgte ständig für Ärger, aber sie brachte Dinge weiter wie sonst niemand. Pearls Schule der Zauberei wirkte wie eine richtige Schule. Die Bänke waren alle neu lackiert und in den Regalen an der Wand lagen Schulmaterialien. Der einzige Unterschied war die Kristallkugel auf dem Lehrerpult und dass die Tafel mit Zaubersprüchen statt mit mathematischen Formeln vollgeschrieben war.

„Ist es das, was ich denke?" Ich ging zur Tafel und inspizierte den Gegenstand in der Kreideschatulle. „Ich wusste nicht, dass du einen zweiten Zauberstab hast."

„Habe ich nicht."

„Aber dein Zauberstab wurde als Beweismittel sichergestellt. Er liegt versperrt in der Polizeistelle. Bitte sag mir, dass du ihn dir nicht zurückgeholt hast."

„Okay, ich werde es nicht sagen. Zeit zum Schlafen." Sie lächelte breit und schob mich zur Tür hinaus.

„Und wenn auf deinem Zauberstab die Fingerabdrücke des Mörders sind? Du könntest den einzigen Beweis zerstört haben, der dich von der

Liste der Verdächtigen streicht." Ich hoffte bloß, dass die Polizei die Fingerabdrücke bereits genommen hatte, bevor Tante Pearl den Stab entwendete.

„Es ist kein Beweismittel, denn ich habe nichts mit dem Mord zu tun. Jeder konzentriert sich auf den Mord, aber es wurde ein ganz anderes schweres Verbrechen begangen. Niemand hat sich für meinen gestohlenen Zauberstab interessiert, deshalb habe ich die Sache selbst in die Hand genommen und ihn mir zurückgeholt."

„Du meinst, du hast ihn gestohlen. Das ist nämlich das, was du gemacht hast, als du ihn aus der Polizeistelle geholt hast." Ich schüttelte den Kopf. „Wie kann ich dir helfen, wenn du dir selbst nicht hilfst?" Die Manipulation von Beweismitteln war ein schweres Verbrechen.

Tante Pearl ignorierte mich. „Ich habe ein Recht auf mein Eigentum."

„Dafür ist es ein bisschen spät, aber ich bin nicht hier, um dich zu kritisieren." Ich ging vor der Tafel auf und ab. „Es gibt noch etwas, das ich dich fragen muss. Wusstest du von Sebastien Plants Affäre mit Hazel?"

Tante Pearls Kinn klappte mit gespieltem Erstaunen nach unten. „Was?"

„Spiel keine Spielchen mit mir. Du deckst Hazel, aber Tante Amber hat mir alles verraten." Ich übertrieb, aber wenn Amber von der Affäre wusste, dann muss Hazels beste Freundin Pearl es erst recht gewusst haben. „Seid ihr deshalb zum Pavillon gegangen?"

Tante Pearl schürzte ihre Lippen und antwortete nicht sofort. „Okay, ich wusste von der Affäre. Ich bin mit Hazels Moralvorstellungen nicht einverstanden, aber sie würde Seb nie umbringen. Deshalb sah ich keinen Grund, es zu erwähnen. Ich wollte die Sache nicht noch komplizierter machen."

„Hazels Geliebter wird in unserem Garten umgebracht und du denkst dir, das ist nicht wichtig?" Ich wiederholte die knappen Details, die ich von Tante Amber hatte. „Was weißt du noch über Sebastien Plant, das du uns verheimlichst?"

„Er wollte sich von Tonya scheiden lassen und Hazel heiraten." Sie strich über den zerbrechlichen Stern an ihrem Zauberstab. „Hazel fürchtete um Sebs Sicherheit, deshalb hat sie mich gebeten, ein Auge auf ihn zu haben."

Na, das hatte ja viel genützt. „Ich glaube dir nicht." Die beiden waren ein genauso ungewöhnliches Paar wie Tonya und Sebastien. Hazel war um die 70 Jahre alt und Sebastien Plant um die 50, mit einer attraktiven Ehefrau um die 30. „Hazel ist gut 40 Jahre älter als Tonya."

„Sei doch nicht naiv, Cenny. Hazel verwandelt sich, genauso wie ich als Carolyn Conroe. Tonya macht das doch auch." Sie schnaubte. „Männer sind so leichtgläubig."

Meine Kinnlade klappte nach unten. „Tonya ist eine Hexe?" Ich erinnerte mich an Mums Kommentar über Tante Pearls Zauberstab, der nur für eine andere Hexe von Bedeutung war. Hatte Tonya den Zauberstab gestohlen, um sich vor der Vergeltung von Tante Pearl zu schützen?

Tante Pearl nickte.

„Das ist unmöglich. Eine Hexe hätte deine Carolyn-Conroe-Einlage sofort durchschaut."

„Oh, Tonya wusste genau, was vor sich ging. Sie hat nur mitgespielt, damit sie den Schein wahren konnte. Es ist schon hart genug für sie, die trauernde Witwe zu mimen." Tante Pearl grinste verschmitzt. „Sie ist eine mittelmäßige Hexe und ihre Künste sind nicht weltbewegend. Aber in einer Sache ist sie wirklich gut."

„Was wäre das?"

„Männer zu verzaubern." Tante Pearl tippte mit ihrem Zauberstab an die Tafel. „Du könntest auch gut darin sein, wenn du dich ein bisschen anstrengen würdest."

„Du meinst das, was du mit deiner Carolyn Conroe machst?"

Tante Pearl rollte mit den Augen. „Wenn du mehr Zeit im WEHEX und in der Zauberwelt verbringen würdest, dann müsste ich dir nicht jedes Detail einzeln erklären. Aber endlich verstehst du es. Sie ist nicht nur eine Hexe, sie ist auch hinter etwas her, das uns gehört."

„Verrätst du mir was es ist oder soll ich das auch erst erraten?"

„Tonya will die Stadt, Cenny. Das ist der wahre Grund, warum ich das Highway-Schild zerstört habe. Ich wollte nicht, dass sie herfindet." Sie wischte eine imaginäre Träne von der Wange. „Ich bin kläglich gescheitert."

„Warum in aller Welt will sie ausgerechnet nach Westwick Corners? Die Plants sind Milliardäre. Ihnen gehört praktisch die ganze Reisebranche mit ihren Büchern, Fernsehshows und Hotels. Es gibt doch unzählige bessere Orte für ein Resort als unsere Geisterstadt." Als die Worte meinen Mund verließen, wurde mir klar, dass nicht einmal ich an die Zukunft unserer Stadt glaubte.

Traurig.

Tante Pearl seufzte. „Ich hoffe, wir brauchen nicht die ganze Nacht dafür. Westwick Corners liegt genau über einem Energievortex. Unser Vortex ist nicht annähernd so bekannt wie Stonehenge oder Sedona in Arizona. Wir halten das lieber geheim. Das war ursprünglich auch der Grund, warum sich die Familie West hier niedergelassen hatte. Er stärkt unsere Kräfte. Kannst du mir noch folgen?"

Ich nickte. Ich wusste zwar über den Energievortex Bescheid, aber die Überlieferungen über besondere Kräfte und Portale in andere Dimensionen oder Welten erschienen mir lächerlich. „Ich verstehe nicht, warum ein zerstörtes Highway-Schild sie abhalten sollte. Jede halbwegs gute Hexe würde von einem Energievortex angezogen werden."

„Nur wenn sie nah genug ist, um die Energie zu spüren. Deshalb bin ich gegen den Tourismus, Cenny. Ich habe mein Bestes gegeben, um sie fernzuhalten, aber es war nicht genug. Jetzt ist es zu spät." Diesmal waren Tante Pearls Tränen echt. „Tonyas Reiseweise Mega-Resort wird Westwick Corners in eine Art Las Vegas der Zauberwelt verwandeln, einen Zwischenstopp für Urlauber am magischen Super-Highway. Alles, was wir hier haben, wird abgerissen und plattgewalzt werden. Ich liebe diesen Ort, Cenny. Ich würde lieber sterben als zuzusehen, wie unser kleines Paradies zerstört wird."

Ich hatte Tante Pearl noch nie zuvor so emotional gesehen, aber sie musste ganz offensichtlich den Verstand verloren haben. „Wenn dann wird Reiseweise unsere ganze Stadt wiederbeleben. Das Resort wird mehr Leute anziehen, auch wenn sie den Vortex bewerben. Alles wird sich verbessern."

„Ein Resort für Hexen, Cenny. Die ganze Zauberwelt wird auf uns hereinprasseln. Unsere Stadt ist zu fragil, um von magischen Wesen überrannt zu werden. Es wird ein Alptraum werden. Du hast keine Ahnung, wie schlimm es kommen wird."

„Aber die anderen Resorts von Reiseweise sind nicht für Hexen."

Tante Pearl starrte mich nur an und schüttelte den Kopf. „Du hast noch so viel zu lernen, Cenny. Ich hoffe nur, dass es nicht zu spät ist."

KAPITEL 16

Ich hielt mein Versprechen an Mum und begleitete Tante Pearl zurück zum Inn, bevor ich nach Hause ging. Ich konnte zwar nicht sicherstellen, dass Tante Pearl wirklich dort blieb, aber mehr konnte ich nicht tun. Nach all dem, was sie mir erzählt hatte, stellte ich mich auf noch mehr Schwierigkeiten ein, vor allem mit Tante Pearl und Tonya unter demselben Dach.

Ich trottete durch den Garten in Richtung meiner Wohnung. Ich hatte die Abgeschiedenheit in meinem Baumhaus am hinteren Teil des Geländes immer geliebt, aber heute bedrückte mich die Einsamkeit. Immerhin lief ein Mörder frei herum.

Ich war froh, dass Hazel und Pearl sich wieder zusammengerauft hatten, aber ich hatte auch Angst, dass die beiden etwas lostreten würden, das nicht mehr ungeschehen gemacht werden konnte. Ich nahm mir vor, Hazel gleich am nächsten Morgen anzurufen und mir ihre Geschichte zu ihrem Besuch und dem fremden Mann am Pavillon anzuhören. Entweder würde sie Tante Pearls Aussage bestätigen oder ich würde sie beide bei einer Lüge erwischen. Der Angreifer mit dem schwarzen Kapuzenpulli, der über den Rasen lief, konnte auch nur ein Hirngespinst sein, aber ich hatte keine andere Spur.

Als ich zu meiner Wohnung kam, konnte ich mich vor Müdigkeit kaum noch auf den Beinen halten. Es war ein langer Tag gewesen. Ich trottete die hölzerne Wendeltreppe zu meinem Zuhause hinauf. Mein Baumhaus schmiegte sich an einen massiven Eichenbaum. Über die Jahre hatte sich seine Struktur verändert und erweitert, soweit es die Äste des Baumes erlaubten. Der Baum war ebenfalls gewachsen, einer der Äste wuchs sogar in mein Wohnzimmer hinein.

Ich dachte über Tante Pearls Bemerkung nach, dass Sebastien Plant sich scheiden lassen wollte. Das gab Tonya ein ziemlich starkes Motiv. Aber wenn sie das Verbrechen begangen hätte, dann sicherlich nicht alleine. Sebastien war doppelt so groß wie sie.

Ich dachte wieder an die Notiz, die am Tatort gelegen hatte. Ich konnte die Blockbuchstaben noch genau vor mir sehen, so als ob ich die Nachricht selbst lesen würde. Ich murmelte die ersten paar Zeilen, als ich das Ende der Treppe erreichte.

REIST du fern und auch sehr weit,
 sieh dich um und sei gescheit.
 Schau nicht so lange auf das Teller,
 denn glaub mir, ich bin schneller.

ALS ICH VOR den Eingang meiner Wohnung trat erstarrte ich und dachte an die britische Schreibweise. Hazel war Britin. Tante Pearl nicht.

Hazels Besuch passte zum Zeitpunkt des Mordes. Sie schien nicht in der Lage zu sein, einen Mord zu begehen, aber ich kannte sie auch nicht besonders gut. Vielleicht hatte sie es doch getan.

Ich zitterte und drückte die schwere Holztür auf. Als ich über die Schwelle trat, entschied ich mich, es für heute gut sein zu lassen und mich schlafen zu legen. Ich war todmüde und es war schon spät. Für die nächsten paar Stunden konnte ich mich zumindest in mein hölzernes Märchenschloss zurückziehen und die Welt da draußen vergessen. Ich wollte nur noch in mein gemütliches Bett und die Augen schließen. All meine Probleme würden auch noch morgen auf mich warten.

Ich sah etwas schwarz-weißes aufblitzen, als Alan zur Tür lief und mit seinem kleinen Border-Collie-Schwanz wedelte. Wenigstens einer war glücklich, mich zu sehen. Ich fühlte mich schuldig, als er mir treu in die Küche folgte und seine Futterschüssel mit seiner Pfote herschob.

Ich hatte am Morgen eine Extraportion Futter für ihn hinterlassen, aber ich hätte nie gedacht, dass ich so lange weg sein würde. Armer Alan. Ich füllte seine Schüsseln mit Wasser und Futter und sah ihm zu, wie er sein Abendessen hinunterschlang, während ich an Hazel dachte. Ich hatte sie zuletzt vor einem Monat gesehen, als sie und Pearl ihren Streit hatten.

Alan war die perfekte Ausrede, um Hazel zu kontaktieren. Ich könnte sie bitten, Alan wieder seine menschliche Gestalt zurückzugeben und dabei auch gleich herausfinden, wo sie zum Zeitpunkt des Mordes gewesen war.

„Na zum Glück bist du endlich zuhause!" Eine gespenstische Gestalt schwebte durch die Küchentür.

Mein Herz blieb kurz stehen, bis mir wieder einfiel, dass Oma Vi, alias Violet West, gestern Nachmittag unter Protest mit mir zusammengezogen war. Ihre frühere Suite im Inn war nun ein Gästezimmer. Wir waren also kurzfristig Mitbewohner, bis ich in ein paar Wochen das Baumhaus verlassen und zu Brayden ziehen würde. Keiner von uns war mit der Situation glücklich, aber wir hatten einfach keine andere Wahl.

„Du hast auf mich gewartet?" Ich fühlte mich geschmeichelt bei dem Gedanken.

„Sei doch nicht lächerlich, Cenny. Geister schlafen nicht." Oma Vi schnaubte. „Wo sind deine Handtücher? Ich kann in dieser verdammten Unordnung nichts finden. Du bist so unorganisiert."

„Du bist ein Geist. Warum brauchst du ein Handtuch?" Oma Vi war vor zwei Jahren gestorben und prompt zurückgekehrt, um uns heimzusuchen. In all der Zeit hatte sie nie nach einem Handtuch gefragt. Ich nahm an, sie brauchte nur eine Entschuldigung, um meine Sachen zu durchwühlen, ohne dass es zu offensichtlich war. Nicht dass Geister auch nur irgendwie offensichtlich waren.

Oma Vi seufzte und schüttelte den Kopf. „Du würdest es nicht verstehen. Deine Gedanken sind genau so chaotisch wie dein Haus. Nichts ist da, wo es hingehört."

„Handtücher sind im Schrank mit der Bettwäsche."

„Da gehe ich nicht rein." Oma Vi schwebte vor mir und blockierte den Weg.

Warum ein Geist, der durch Wände gehen konnte, sich nicht in einen Schrank traute, verstand ich nicht. „Ist etwas?" Ich wollte nur ein paar Minuten Ruhe, um runterzukommen und dann ins Bett zu gehen.

Oma Vi warf ihre Geisterarme in die Luft. „Der Schrank ist das reinste Chaos. Vielleicht hast du doch den richtigen Beruf gewählt."

„Was soll das denn heißen?" Nach einem frustrierenden Tag mit der Hochzeitsprobe, Pearls Mätzchen bei der Eröffnung und natürlich Sebastien Plants Mord, da wollte ich nur noch ins Bett und schlafen. Ich drehte mich zur Seite, um an Oma Vi vorbei zu rutschen.

Sie ließ mich nicht durch, obwohl ich natürlich einfach durch sie hindurch marschieren hätte können. Aber ich respektierte meine Vorfahren, auch wenn sie mir nicht denselben Respekt entgegenbrachten.

„Du hast so viele Fragen, aber nie Antworten. Sollten Journalisten nicht beides haben?" Sie senkte ihre Arme und trat zur Seite, um mich vorbei zu lassen. „Ooooh… du denkst an einen Mann und es ist nicht Brayden."

Oma Vi ist - oder war - eine Hexe genau wie wir, aber seit sie ein Geist war, konnte sie auch unsere Gedanken lesen. In meinem erschöpften Zustand hatte ich meine Deckung aufgegeben und vergessen, meine Gedanken zu blockieren. Ich hatte nicht einmal bemerkt, dass ich an ihn dachte.

Es war schwierig nicht an Tyler Gates' muskulösen Körper unter seiner Sheriff-Uniform zu denken. „Es ist nur der neue Sheriff. Er hat heute angefangen", sagte ich in meiner unschuldigsten Stimme. Ich war mir nicht sicher, ob Oma Vi die Bilder in meinem Kopf sah oder nur die Worte, aber es war unheimlich zu wissen, dass sie meine geheimsten Gedanken lesen konnte.

„Es gab einen Mord bei uns im Inn." Ich erzählte ihr, was im Pavillon passiert war und auch von der Sache mit Pearls Zauberstab. Ich ließ Tante Pearls Bemerkungen über Tonya und die Resortpläne aus, denn ich wollte sie nicht bedrücken.

Oma Vi schwebte hinter mir, als ich meine Schuhe auszog und den Gang hinunter zum Wohnzimmer ging. „Dann werde ich wohl besser ein paar Nachforschungen anstellen." Sie schien sich zu freuen, eine Aufgabe zu haben.

„Nein Omi! Überlass das der Polizei." Ich wechselte das Thema. „Mum macht sich Sorgen über die Folgen für unser Hotel."

Oma Vi lächelte. „Vielleicht bekomme ich ja dann mein altes Zimmer wieder."

„Das bezweifle ich." Der Mord würde unser Geschäft im Keim ersticken, bevor es überhaupt begonnen hatte. Wir würden die Ausgaben für die Renovierung nie hereinbekommen. Wenn Oma Vi im Inn wohnen bleiben wollte, dann müsste sie sich wohl oder übel ein Zimmer mit Tante Pearl teilen. Das Gezanke der beiden würde nur noch mehr unerwünschte Aufmerksamkeit erregen und Oma Vi würde sicherlich herumlaufen und die Gäste erschrecken.

Ich wechselte das Thema. „Das Inn sieht wunderschön aus." Wir hatten viele Anstrengungen unternommen, um die Renovierung so authentisch wie möglich zu gestalten, und hatten auch die bunten Glasfenster und die alten Böden restauriert. „Es sieht wie neu aus."

„Das kann ich nicht beurteilen." Sie schnaubte. „Ich wurde verbannt und hier in diesen dummen Baum gesperrt. Das ist Hexenverfolgung, wenn du mich fragst."

„Es ist nur zu deinem Besten, Omi. Wir müssen irgendwie Geld verdienen und das Hotel ist alles, was wir haben. Du kannst es jederzeit besuchen, wenn die Gäste weg sind. Es sieht genauso aus wie in der guten alten Zeit, als du dort gelebt hast."

„Wie alt genau denkst du eigentlich, dass ich bin? Der Ort war schon alt, als ich dort lebte." Sogar nach dem Tod reagierte Oma Vi sensibel auf ihr Alter.

„Du bist überhaupt nicht alt. Nur älter als ich." Ich ging ins Wohnzimmer zu meiner Couch.

„Genug jetzt mit dem Altersgeschwätz. Zurück zum Mord. Es ist zu gefährlich, deine Hochzeit hier abzuhalten, Cenny. Du solltest sie absagen." Oma und Brayden hatten sich nicht besonders gut verstanden.

Aber für Brayden war Oma Vi tot, da er ja keine Geister sehen konnte. Also kam eigentlich nur Oma Vi mit ihm nicht aus.

„Ich werde die Hochzeit nicht absagen. Warum sollte ich das tun?" Zumindest hatte Oma Vi meine Gedanken, was das betraf, noch nicht gelesen. Ich ließ mich erschöpft auf die Couch fallen.

Sie zuckte mit den Schultern. „Die Hoffnung stirbt zuletzt." Ihre Gestalt verdichtete sich immer mehr als sie durch das Zimmer schwebte und dann über mir zu Stehen kam.

Ich erzählte ihr noch von den Ereignissen des Tages, inklusive Pearls Highway-Feuershow und ihrer Carolyn-Conroe-Einlage. „Sie muss einen Gang runterschalten, sonst vergrault sie den nächsten Sheriff. Wir können keine gesetzlose Stadt brauchen. Kannst du mit ihr sprechen?"

„Ich werde sehen, was ich tun kann. Jetzt erzähl mir von diesem neuen Sheriff."

Ich beschrieb ihr den Showdown in meinem Büro und wie Tante Pearl widerwillig die Strafe akzeptiert hatte. „Er schien Pearl wacker standzuhalten. Sie kann nicht einfach Dinge in Brand stecken, wenn es nicht nach ihrem Willen läuft." Tyler Gates war der erste Sheriff, der sich wirklich gegen Tante Pearl zur Wehr setzte. Vielleicht würde er ja doch bleiben.

Oma Vi seufzte. „Sag ihr, sie soll zu mir kommen."

KAPITEL 17

Ich war gerade eingeschlafen, als mich ein Bellen vor meinem Fenster weckte.

„Cenny, wach auf!" Oma Vi schwebte über mir. Sie winkte mit ihren durchsichtigen Armen hin und her. „Öffne das Fenster. Alan ist draußen."

Ich gehorchte und sah hinunter auf Alan, der im Kreis herumhüpfte und bellte. Ich erinnerte mich daran, ihn rausgelassen zu haben.

Alan knurrte und rannte ein paar Meter in Richtung unseres kleinen Weinbergs, drehte dann um und lief wieder unter das Fenster. Er sah uns mit flehenden Augen an.

„Ich kann im Dunkeln nichts erkennen. Eine Sekunde." Ich krabbelte aus dem Bett und griff nach der Taschenlampe auf meinem Nachttisch, bevor ich aus der Tür eilte. Oma Vi schwebte ein paar Meter hinter mir. Alan stürzte herein, sobald ich die Tür geöffnet hatte. „Ich wünschte, du könntest sprechen."

Alan schüttelte seinen aufgebrachten Hundekörper und heulte, als er mich ansah.

„Was ist los?" Meine Stimme versagte, als ich daran dachte, dass ich Hazel nur um Stunden verpasst hatte und damit die Chance, Alan wieder normal werden zu lassen. Ich fühlte mich schrecklich.

Alan rannte vor und zurück und dann in Richtung Wohnzimmer.

„Er sagt, du sollst zum Fenster gehen." Offensichtlich konnte Oma Vi auch Hundegedanken lesen, zumindest die von Menschen, die in einem Hundekörper eingesperrt waren.

Ich folgte ihm ins Wohnzimmer und Oma Vi kam hinterher. Ich eilte zum Fenster und zog die Vorhänge zurück. Durch das Fenster konnte ich direkt auf den Weinberg sehen. Wolken verdunkelten den Mond teilweise und verliehen dem Nachthimmel einen leichten Glanz. Es war gerade hell genug, um die Umrisse des Weinbergs zu erkennen, aber nicht mehr. „Ich sehe nichts."

Alan sprang auf die Couch und stupste mit der Nase meinen Arm an.

„Da drüben?" Ich drehte mich nach rechts, wo zwei dunkle Gestalten am Rand des Weinbergs standen, ein paar Meter voneinander entfernt. Es war zu dunkel, um etwas zu erkennen, nur dass es zwei schlankgebaute Männer waren.

„Das ist Brayden!" Oma Vi schüttelte den Kopf. „Was in aller Welt macht er an unserem Weinberg? Ich habe dem jungen Mann nie getraut. Er führt nichts Gutes im Schilde."

„Du kannst ihn unmöglich von hier aus erkennen." Ich kniff die Augen zusammen, aber es half nichts.

„Du musst dir deine Augen ansehen lassen, Cenny. Oder vielleicht willst du einfach die Wahrheit über deinen Freund nicht sehen."

„Was für eine Wahrheit?" Brayden hatte nie ein böses Wort über Oma Vi verloren. Ich hatte keine Ahnung, warum sie ihn so verachtete.

Oma Vi ignorierte mich.

„Was macht Brayden mit diesem anderen Typen?" Oma Vi schwebte an uns vorbei zum Fenster.

„Ich kann nicht wirklich viel sehen..." Ich strengte mich an, aber ich sah nur ihre Silhouetten in der Dunkelheit.

„Sie schreiten eine Entfernung ab, wie bei einem Duell."

Die Vorstellung, das Brayden in einem Weinbergduell mitten in der Nacht teilnahm, war lächerlich, aber jetzt, da sich meine Augen an die Dunkelheit gewöhnt hatten, sah ich, dass Oma Vi Recht hatte. Ich erkannte seinen langsamen, entschlossenen Gang.

„Sie zählen ihre Schritte. Das ist genau das, was Leute tun, wenn sie ein Grundstück abmessen wollen."

„Wirklich?" Das schien eine unzuverlässige Methode zu sein, ein Stück Land heutzutage so auszumessen. „Solange es nicht 20 Schritte und ein Duell sind, dann ist es in Ordnung." Ich erinnerte mich an die Bebauungspläne von Centralex in Tonyas Zimmer und bekam ein ganz schlechtes Gefühl. Aber ich wollte Oma Vi noch nicht einweihen. Ich wandte mich vom Fenster ab und ging zurück in mein Schlafzimmer, wo mein weiches Bett auf mich wartete.

„Warte mal, Cenny. Ich hoffe, da ist nicht noch mehr, von dem du mir nichts erzählt hast." Sie schniefte. „Es ist schon schlimm genug, aus meinem eigenen Haus geschmissen und ins Exil hier in diese chaotische Baumfestung geschickt zu werden. Ich nehme an, auch der Baum wird dann bald umgeschnitten werden, um Platz für Parkflächen zu machen. Ich werde obdachlos sein." Ihre Erscheinung flackerte so wie sie es immer tat, wenn sie wirklich traurig war.

„Nichts dergleichen wird passieren", sagte ich. „Wahrscheinlich wollten sie draußen nur ein bisschen frische Luft schnappen." Aber Braydens mitternächtlicher Spaziergang erschien auch mir verdächtig. Er vermied körperliche Bewegung wann immer es nur möglich war, auch gemütliche Spaziergänge. Für ihn musste immer alles einen Sinn haben. Oma Vi hatte Recht. Irgendwas war da faul.

„Da kommt der andere Typ." Oma Vi zeigte auf den Mann, der ungefähr 15 Meter von Brayden entfernt war. Er drehte sich um und ging gerade wieder zu Brayden. Als er ihn erreichte, war deutlich, dass er um einiges größer war und schulterlanges Haar trug. Es war niemand von hier oder sonst jemand, den ich erkannte.

„Sie messen definitiv etwas ab. Das gefällt mir auch nicht", sagte ich. Es gab überhaupt keinen Grund, warum Brayden unser Grundstück einem Fremden zeigen sollte.

Alan heulte zustimmend, dann legte er sich wieder auf den Boden.

Oma Vi sah ihn mitfühlend an. „Armes Ding, du musst erschöpft sein."

Ich tapste in die Küche und durchwühlte den Kühlschrank. Dort fand ich einen Knochen, auf dem Alan herumkauen konnte. „Ich werde

Brayden morgen danach fragen." Bevor ich ihm im Anschluss das Herz brechen würde. Dieser Gedanke brachte meine schlechte Laune zurück. Plötzlich war ich gar nicht mehr schläfrig.

„Eins noch, Cenny."

„Was denn?"

„Ich weiß, was dein Geheimnis ist." Oma Vi stichelte wie eine Drittklässlerin am Valentinstag. „Du träumst von ihm."

„Kannst du jetzt auch noch meine Träume lesen?" Meine neue Mitbewohnerin überschritt ganz klar ihre Grenzen und das gefiel mir überhaupt nicht. Für ein paar Wochen würde es ja gehen, aber wenn ich die Hochzeit absagen würde, dann wäre das hier dauerhaft. Wir mussten ein anderes Wohnarrangement finden.

„Du bist in jemanden verknallt und es ist nicht Brayden." Sie kicherte wie ein Schulmädchen.

„Ich habe keine Ahnung, wovon du sprichst." Ich schloss meine Augen und ignorierte sie.

„Der neue Sheriff ist auf jeden Fall ein Hingucker. Warum schleppst du ihn nicht ab?" Sie schenkte mir ein gespenstisches Lächeln.

Ich spürte, wie mir die Röte ins Gesicht stieg. Ich würde gar niemanden abschleppen, schon gar nicht Tyler Gates. Jede normale Frau würde sich doch von ihm angezogen fühlen, oder nicht? Ich redete mir weiter ein, dass da nichts war, aber ich kriegte ihn auch nicht aus dem Kopf Als mich der Schlaf überkam, schweiften die Gedanken zu meiner Hochzeit. Nur war der Bräutigam dieses Mal nicht Brayden Banks.

KAPITEL 18

Ich wachte kurz nach sieben Uhr auf, erschöpft nach einer fast schlaflosen Nacht. Ich öffnete eine Dose von Alans Lieblingsfutter und schaufelte eine doppelte Portion heraus, weil ich ihn gestern so lange warten gelassen hatte. Ich schwor mir, Hazel irgendwie davon zu überzeugen, die Sache mit meinem Bruder zu klären.

Mein Magen knurrte, als ich den stinkigen Hundefuttergeruch einatmete. Ich brauchte Koffein, Eier und Toast. Als Geist aß Oma Vi nicht, deshalb entschied ich, im Inn zu frühstücken. Ein herzhaftes Essen war genau das, was ich brauchte, um mich für die weiteren Ermittlungen zu stärken.

Ich blickte hinüber zu Alan, der bereits sein Futter verspeist hatte und nun ungeduldig an der Tür wartete. Ich ließ ihn hinaus, als ich mich an die Ereignisse der vergangenen Nacht erinnerte.

Braydens geheimer Spaziergang beunruhigte mich und ich dachte an Tante Pearls Bemerkung über Tonya. Ich glaubte nicht, dass Brayden und Tonya sich kannten, aber ihr gemeinsames Interesse an unserem Grundstück schien kein Zufall zu sein. Ich beschloss, der Sache auf den Grund zu gehen.

Ich ließ Oma Vi und Alan zurück auf dem Beobachtungsposten und versprach, sie in ein paar Stunden wieder auf den neuesten Stand zu bringen. Weder Oma Vi noch Alan konnten das Telefon abnehmen. Das bedeutete, ich musste später wieder am Baumhaus vorbeischauen. Ich überzeugte Oma Vi davon, dass Alan Gesellschaft brauchte. Das war die einzige Möglichkeit, sie zu überreden, im Baumhaus zu bleiben. Bei all dem, was gerade vor sich ging, wollte Oma Vi natürlich unbedingt zurück ins Inn, aber das würde alles nur verkomplizieren.

Ich ging am Weinberg vorbei und kam auf dem Weg zum Inn durch den Garten. Mein Herz machte einen Sprung, als ich Tyler Gates' SUV am Parkplatz entdeckte. Ich strich mir durch die Haare und bereute meine Kleiderwahl: weites T-Shirt, Shorts, Sportschuhe und kein Make-up. Ich bekam ein eigenartiges Gefühl in der Magengegend, etwas das ich noch nie zuvor erlebt hatte.

Ich verlangsamte meine Schritte und ging noch einmal die Ziele für heute durch. Es stand eine Menge auf meiner To-Do-Liste. Zuallererst musste ich überprüfen, ob Tante Pearl mit dem Vortex Recht hatte und Tonya eine Hexe war. Die Bebauungspläne waren ein Beweis dafür, dass sie ein Auge auf unser Grundstück geworfen hatte, aber das machte sie noch nicht zur Mörderin.

Gleich dahinter auf der Liste stand ein Gespräch mit Hazel. Sie war zur gleichen Zeit hier gewesen wie Sebastien und Tonya, was noch verdächtiger erschien, wenn man ihre Dreiecksbeziehung bedachte. War Hazel in ihrer offiziellen WEHEX-Funktion hier gewesen oder hatte sie persönliche Gründe, um nach Westwick Corners zu kommen? Ich setzte auf letzteres. Außerdem war ich sauer auf Hazel. Wenn sie sich mit Tante Pearl versöhnt hat, hätte sie auch Alans Zauber gleich rückgängig machen können.

Kurzum, ich würde meine eigenen Ermittlungen starten. Im Gegensatz zur Polizei konnte ich nämlich die magischen Aspekte untersuchen, während sich Tyler Gates mit den gewöhnlichen beschäftigte. Der Sheriff wusste davon natürlich nichts.

Das Hauptziel meiner Ermittlungen war es, den Mann mit dem schwarzen Kapuzenpulli zu finden. Mehr wusste ich nicht über ihn, aber irgendwo musste ich anfangen. Vielleicht konnte ich unter dem Vorwand eines Artikels mehr aus dem Sheriff herausbekommen. Ich hoffte nur, er sprang darauf an.

In der Zwischenzeit würde sich Tante Pearl weiter selbst belasten. Das allerwichtigste war, Tante Pearl als Verdächtige Nummer 1 zu eliminieren. Solange ihr Alibi mit Hazel aufrecht blieb, war ich sicher, dass ich die Ermittlungen in die richtige Richtung lenken konnte. Hazel war weniger verbohrt als meine Tante und solange sie kooperierte, könnte ich sie beide entlasten.

Natürlich nur, wenn sie unschuldig waren.

Tante Pearls Informationen ließen mich glauben, dass sie nichts damit zu tun hatte, aber der einzige Weg, um die Ermittlungen auf den wahren Killer zu lenken, war, eine Spur zu finden, die zu Tonya, dem Mann mit dem Kapuzenpulli oder sonst jemandem führte. Mit einer guten Spur konnte ich meine Tante entlasten und sichergehen, dass dem wahren Mörder Gerechtigkeit widerfahren würde.

Schließlich musste ich auch noch dafür sorgen, dass Tyler Gates seinen Job behielt. Ich wollte nicht, dass er unsere Stadt verlässt, aber die ganze Magie könnte zu viel für ihn sein.

Tante Pearls Enthüllungen über Tonya rückten die Sache in ein anderes Licht. Die Zauberwelt war klein und trotzdem hatte ich noch nie von Tonya gehört oder sie getroffen. Ich musste in ihrer Vergangenheit wühlen.

Ich war so in Gedanken, dass ich in der Auffahrt mit Tante Pearl zusammenstieß.

„Hey!" Tante Pearl balancierte auf einem Bein, bevor sie ihr Gleichgewicht wiederfinden konnte. „Pass doch auf, wo du hingehst."

„Entschuldige." Ich blickte hinüber zu den Fenstern des Speisesaals und hoffte, dass niemand und vor allem nicht Sheriff Gates Tante Pearls geschickten Balanceakt gesehen hatte. Es wäre vermutlich sehr schwierig zu erklären, dass der Zauberstab ein Gehstock war, wenn meine Tante ihr Gleichgewicht so gekonnt wiedererlangen konnte.

„Zeit für den Unterricht." Tante Pearl gab mir ein Zeichen, ihr zu folgen.

„Kann das nicht bis nach dem Frühstück warten?" Ich bereute mein Versprechen von letzter Nacht bereits, aber jetzt konnte ich wohl nichts mehr dagegen tun. Ich saß in der Falle. Sie hatte offensichtlich auf mich gewartet, denn sie war sonst keine Frühaufsteherin.

Tante Pearl schüttelte den Kopf. „Es muss jetzt sein. Ich habe noch mehr Infos zu Tonya.“

Mein Herz raste, ich befürchtete das Schlimmste. „Sag mir nicht, dass du wieder in ihrem Zimmer warst.“

„Nicht direkt, nein.“

„Kannst du etwas genauer werden?“

Tante Pearl sah sich um, um sicherzugehen, dass niemand zuhören konnte. „Nicht hier. Folge mir.“

KAPITEL 19

Eine Stunde später krümmte ich mich auf meinem Stuhl in der ersten Reihe in Pearls Schule der Zauberei. Ich kämpfte damit, gleichzeitig wach zu bleiben und meinen Ärger zu unterdrücken. Ich war übermüdet, unglaublich hungrig und mein unfreiwilliger Koffeinentzug verschaffte mir Kopfschmerzen.

Ich wusste noch nicht mehr über Tonya. Tante Pearl weigerte sich, mir mehr Informationen zu geben, bevor ich nicht die erste Zauberstunde absolviert hatte. Wieder einer ihrer Tricks.

Tante Pearl tippte mit ihrem Zauberstab an die Tafel. „Und so geht der Umkehrspruch. Verstanden?"

Ich nickte, obwohl ich so von meiner wachsenden To-Do-Liste abgelenkt wurde, dass ich ein paar Schritte verpasst hatte.

„Na dann, sehen wir mal, wie du dich machst."

Mein Blick verfinsterte sich. „Können wir das später machen? Wir müssen uns darauf konzentrieren, Sebastien Plants Mord aufzuklären."

„Nein, nein, meine Liebe. Jetzt oder nie." Sie tippte mit dem Zauberstab auf ihre Handfläche.

„Du musst diesen Zauberstab zurückbringen, Tante Pearl. Er ist ein Beweisstück."

„Ist er doch gar nicht. Das ist mein Ersatzzauberstab."

„Aber gestern hast du gesagt, du hast ihn aus dem Beweismitteldepot geholt."

„Ich habe nichts dergleichen gesagt. Du hast das nur geglaubt und ich habe nicht versucht, dich zu korrigieren. Jede gute Hexe hat noch einen Reservezauberstab, Cendrine. Du musst immer einen Notfallplan haben."

„Das erfindest du doch jetzt nur, damit ich aufhöre, dich zu nerven. Du musst ihn dem Sheriff zurückgeben, Tante Pearl."

„Ich habe keine Ahnung, wovon du sprichst." Tante Pearl klimperte mit den Wimpern. „Dieser Zauberstab war die ganze Zeit hier."

„Ich weiß nichts davon, dass du zwei Zauberstäbe hast. Und ich verstehe nicht, warum du dir solche Sachen ausdenkst."

Tante Pearl schüttelte langsam den Kopf. „Zuerst dachte ich, es wäre mein Zauberstab im Pavillon. Aber das war er nicht, es war nur eine perfekte Kopie. Mein Zauberstab war die ganze Zeit hier."

„Das glaube ich dir nicht."

„Denk doch mal nach, Cenny. Natürlich hatte ich meinen Zauberstab. Wie hätte ich mich sonst letzte Nacht in Carolyn Conroe verwandeln können?"

„Die wichtigere Frage ist, warum du dich überhaupt in sie verwandelt hast."

„Aha! Ich dachte schon, du fragst nie. Ich musste Tonya ablenken, damit Hazel ihr Ding durchziehen konnte."

Es gefiel mir nicht, was da vor sich ging. „Was genau hat Hazel gemacht?"

„Na, Westwick Corners vor der Zerstörung und dem Ruin gerettet."

„Du bist viel zu dramatisch." Ich stand auf, um zu gehen.

Tante Pearl bedeutete mir, mich wieder zu setzen. „Tonya hat einen Zaubertrank vorbereitet, um mich, Ruby, Amber und dich zu verhexen. Sie will ihn beim Frühstück einsetzen. Deshalb musste ich dich abfangen."

„Aber was ist mit Mum? Sie bereitet das ganze Frühstück gerade alleine vor. Sollten wir sie nicht warnen?"

„Entspann dich. Sie weiß Bescheid."

Das Ganze ergab für mich immer noch keinen Sinn. „Warum will sie ihn bei mir anwenden? Ich bin doch keine Eigentümerin." Ich verstand, dass Mum und meine Tanten ihr Ziel waren, aber ich hatte doch nichts mit dem Grundstück zu tun.

„Nein, aber Tonya weiß, dass du eine Hexe bist. Du hast Einfluss. Sie muss dich neutralisieren, damit du ihren Zauber nicht rückgängig machen kannst. Das ist auch der Grund, warum du hier bist. Du musst deine Zauberkünste auffrischen, damit du uns verteidigen kannst."

Auf einmal hatte ich einen dicken Kloß im Hals. „Euch wovor zu verteidigen?"

„Tonyas Zaubertrank wird uns unseren freien Willen rauben. Wir werden unter ihrer Kontrolle stehen und unfähig sein, zu denken oder eigene Entscheidungen zu treffen. Sie wird uns zwingen, unser Grundstück für eine lächerliche Summe zu verkaufen. Und wir sind dann verarmt und obdachlos."

„Aber das ist doch gar nicht möglich, Tante Pearl. Es muss ja einen Kaufvertrag und eine Übertragung des Eigentums geben."

Tante Pearl rollte mit den Augen. „Du bist schon ganz verblendet von dem ganzen bürokratischen Mist. Sie wird es doch so aussehen lassen, als ob alles normal wäre, aber das ist es nicht. Und das ist noch gar nicht das Schlimmste. Sobald wir unseren freien Willen und die Entscheidungsfreiheit verloren haben, wird sie uns zwingen, eine letzte Entscheidung zu treffen: unsere Kräfte aufzugeben."

„Ich verstehe nicht, wie das möglich sein soll. Wir sind doch mit diesen Kräften geboren."

„Das sind wir, aber weil wir einen freien Willen haben, können wir uns jederzeit dazu entschließen, die Kräfte aufzugeben." Ihre Augen bohrten sich in meine. „So ähnlich wie du es machst, indem du deine Fähigkeiten versteckst. Du musst sie anwenden, Cenny. Sonst verlierst du sie. Tonya hat einen genauen Plan. Nur weiß sie nicht, was wir am Freitagmorgen in ihrem Zimmer gefunden haben.

„Du meinst die Baupläne?" Ich erinnerte mich an unseren Besuch im Zimmer der Plants und bemerkte, dass Tante Pearl ein bisschen zu gut über dessen Inhalt Bescheid wusste. „Du warst doch schon in diesem Zimmer, bevor du mich dorthin gebracht hast, nicht wahr?"

„Nö." Tante Pearl lachte schelmisch.

„Ich verstehe dich manchmal nicht. Du hast gesagt, du willst Tonya nicht hier haben, aber du hast sie doch schon fast hierher gelockt. Du weißt viel mehr, als du sagst, und ich würde mir einfach nur wünschen, dass du endlich mit allem rausrückst. Wenn du es schon dem Sheriff nicht sagen willst, dann sag es wenigstens mir, damit ich helfen kann."

„Ich musste zu Plan B übergehen", sagte Tante Pearl. „Konfuzius sagt: Halte deine Freunde nahe bei dir, aber deine Feinde noch näher. Ich habe die Plants bereits so früh eingecheckt, damit ich ein Auge auf Tonya haben konnte."

„Ich bezweifle, dass Konfuzius damit gemeint hat, dass du ein Desaster anrichten sollst, aber gut." Das einzig Gute war, dass wenn Tante Pearl wirklich Tonya unter Beobachtung hatte, sie wenigstens ein paar Dinge bestätigen konnte.

Tante Pearl nahm eine zerknüllte Rechnung aus ihrer Tasche und reichte sie mir. „Sieh dir das an. Das lag unter der Kommode im Zimmer der Plants.

Die Rechnung stammte aus dem Walmart in Shady Creek und wurde am Donnerstag um 23:15 ausgestellt. Darauf standen Gummihandschuhe und Plastikmüllsäcke, alles bar bezahlt.

„Du hast die aus Tonyas Zimmer mitgehen lassen?"

Tante Pearl nickte. „Genau genommen, hat sie Hazel mitgehen lassen. Jetzt müssen wir sie nur noch dem Sheriff zustecken, ohne uns selbst dabei ins Spiel zu bringen."

„Wir?" Wenn das wirklich ein Beweisstück war, dann hatte es Tante Pearl durch das Entfernen aus dem Zimmer zerstört. „Das ist ein Mord, Tante Pearl. Das ist viel wichtiger als dein Streit mit dem Sheriff. Gib sie ihm doch einfach selbst." Der Sheriff wusste, dass Tonya und Sebastien Plant früh eingecheckt hatten, aber ob er Tonya als Verdächtige im Visier hatte, war eine andere Frage. Es ärgerte mich, dass meine Tante absichtlich Beweismaterial vor ihm versteckte.

„Nein, ich will, dass du es ihm gibst." Sie legte die Rechnung auf den Tisch.

„Warum ich?"

„Ich kann den Kerl nicht ausstehen."

Ich verlor langsam die Geduld, aber irgendjemand musste ihm dieses

Beweisstück geben und das besser schnell. Es sah auf jeden Fall verdächtig aus, wenn diese beiden Dinge zusammen gekauft wurden. „Schön. Ich mach's."

Wenn Tante Pearl mit Tonya Recht hatte, durften wir keine Zeit verlieren.

KAPITEL 20

In wahrer Hexenmanier wirkte Tante Pearl immer dann ganz normal, wenn es genau nicht der Fall war. Hexen übertrieben oft das Gewöhnliche, um große Ereignisse herunterzuspielen. Das war eines dieser Ereignisse und ich fürchtete mich vor einem Unglück.

„Du hast die Beweiskette zerstört, als du Rechnung genommen hast, Tante Pearl. Das ist gar nicht gut.“

„Da liegst du falsch, Cenny. Für ein weltliches Gericht ist es vielleicht nicht gut, aber wir haben alle Beweise, die wir für das magische Gericht brauchen. Und das ist das einzige Verfahren, das zählt.“

Da war ich anderer Meinung. Die Gerichte in Washington waren sehr echt und Tante Pearl Verwicklungen waren mehr als nur ein Verdacht. „Naja, du hast den Zauberstab ja auch bereits gestohlen.“

„Das ist mein Zauberstab, Cendrine. Wie kann ich etwas stehlen, dass immer schon mir gehört hat?“

Wir bewegten uns im Kreis. Tante Pearl wollte mich verwirren, damit ich das Thema wechselte. Es funktionierte nicht.

„Aha! Also hast du ihn doch gestohlen.“ Ich schüttelte vor Aufregung den Kopf. „Wie soll ich dir denn helfen, wenn du nicht kooperierst?“

Tante Pearl sagte nichts und starrte auf ihre Füße.

„Sag mir einfach die Wahrheit, Tante Pearl. Ich verspreche, dass ich dich nicht beim WEHEX melden werde." Tante Pearl bewegte sich immer am Rande der Vorschriften. Das war Tante Amber regelmäßig peinlich, da sie der Meinung war, dass ihre jüngere Schwester durch das ständige Brechen von Regeln dem guten Ruf der Wests schadete.

„Melden, weswegen? Ich habe doch nichts gemacht." Tante Pearl klimperte mit den Wimpern und schenkte mir ihren unschuldigsten Blick.

„Da ist etwas, das du mir nicht sagst. Ich sehe es doch an deinem Gesichtsausdruck."

„Das ist lächerlich."

Ich zog mein Handy heraus. „Der Verlust eines Zauberstabs ist eine ernste Sache, vor allem, wenn er in die Hände von Nicht-Hexen fällt. Ich rufe Tante Amber an und erzähle ihr, was passiert ist. Sie wird wissen, was zu tun ist."

„Cenny, hör auf." Tante Pearl rannte vor die Tafel. „Bitte, ruf Amber nicht an. Tu es nicht. Sie wird mir vor Wut das große Buch nach-schmeißen."

Ich steckte das Handy zurück in meine Tasche. „Dann rede. Erklär mir, wie dein Zauberstab an den Tatort kam."

„Ich habe keine Ahnung. Dieser Zauberstab muss eine Kopie sein, eine Fälschung. Du musst mir glauben, Cenny. Das ist nicht mein Zauberstab."

Das war einfach zu überprüfen. „Ich werde Sheriff Gates anrufen und das bestätigen lassen. Wenn du die Wahrheit sagst, dann muss der falsche Zauberstab noch immer bei den Beweismitteln der Polizei sein." Ich hatte keine Lust, ihn anzurufen, aber das wusste Tante Pearl nicht.

„Nein... warte. Ich war beim Pavillon, um auf dich und Ruby zu warten. Ich habe alles gesehen."

„Ich dachte, du und Mum seid zusammen hingegangen."

„Das war später. Ich bin nach dem Streit zurück zum Inn", erklärte Tante Pearl. „Ich bin ein paar Minuten früher zum Pavillon gegangen und wollte noch ein bisschen Zauberei üben, bevor die anderen kamen. Da sah ich, wie es passierte."

„Du hast den Mord gesehen?“

„Ja“, flüsterte sie. Ihr Gesicht wurde gespenstisch weiß. „Ich dachte, es wäre nur ein Kampf gewesen. Ich wusste nicht, dass er gestorben war.“

„Aber als du wusstest, dass es ein Mord war, hast du trotzdem dem Sheriff nichts gesagt. Warum?“ Plötzlich erkannte ich, dass sie das auch noch vor einer anderen Person geheim gehalten hatte. „Du hast Mum auch nichts verraten, nicht wahr? Du bist zurück zum Inn gegangen und hast sie zum Pavillon gebracht, obwohl du wusstest, dass dort jemand verletzt oder gestorben war.“

„Nein, Cenny.“ Tante Pearl zog die Augenbrauen zusammen, während sie sich über die Stirn fuhr. „Ich wusste nicht, dass jemand gestorben war. Ich sah nur zwei Männer streiten, deshalb habe ich mich hinter der Hecke versteckt. Als das Geschrei aufhörte, sah ich einen Mann fortgehen. Ich dachte, dass der andere bereits gegangen war. Ich hatte keine Ahnung, dass er noch da war und schon gar nicht, dass er tot war. Sonst hätte ich doch versucht zu helfen.“

Dieses Mal glaubte ich ihr. „Wie hat der Mann ausgesehen?“

„Ich weiß es nicht mehr. Es ging alles so schnell.“

„Aber du warst da.“

Tante Pearl nickte. Eine einzelne Träne kullerte über ihre Wange.

„Dann müssen wir uns ja keine Sorgen machen“, sagte ich.

„Wie?“

„Wir können einfach einen Umkehrzauber sprechen und die Wahrheit ans Licht bringen.“

„Oh.“

Sie log schon wieder. „Du warst gar nicht dort, nicht wahr?“

„Nicht wirklich“, sagte Tante Pearl. „Gestern gab es einen Einbruch in der Schule.“ Sie zeigte auf eine zerstörte Fensterlade neben der Tür. „Jemand hat meinen Zauberstab gestohlen, während ich auf der Toilette war.“ Ich habe ihn bis zum Pavillon verfolgt, aber es war zu spät.“

Vor meinem geistigen Auge sah ich Tante Pearl, die einen Kriminellen jagte. Das und dass jemand am helllichten Tag in unserer Stadt irgendwo einbricht, war nahezu unwahrscheinlich. Aber ein Mord erschien genauso unwahrscheinlich. „Warum hast du das nicht früher erwähnt? Wie hat der Mann ausgesehen?" Ihr angsterfüllter Ausdruck zeigte mir, dass sie diesmal die Wahrheit sagte. Einen Zauberstab irgendwo unbeobachtet zurückzulassen, war ein absolutes No-Go des WEHEX und so vermutete ich, dass es meine Tante vertuschen wollte, um keine Strafe zu erhalten.

„Ich konnte ihn nicht erkennen, Cenny. Aber es war ein Mann mit einem schwarzen Kapuzenpulli. Dieser Teil ist wahr. Ich habe ihn nur von hinten gesehen."

„Groß, klein, dick, dünn? Zumindest das wirst du doch wissen."

Ich weiß nicht... vielleicht ein bisschen kleiner als Sebastien Plant."

Sebastien Plant war rund 1,95 Meter groß, dann muss der andere vielleicht 1,80 Meter groß gewesen sein. „Du bist ihm also bis zum Pavillon gefolgt. Was ist dann passiert?"

„Sebastien Plant war bereits da. Er stritt mit dem Typen im Kapuzenpulli. Sie kämpften und plötzlich ging Plant zu Boden."

Ich betete, dass Tante Pearl mich nicht schon wieder anlog. „Worüber haben sie sich gestritten?"

„Ich war nicht nahe genug dran, um etwas zu hören. Wie gesagt, ich habe mich hinter der Hecke versteckt."

Vor meinem inneren Auge erschien das Bild von Tante Pearl, die auf allen Vieren im Gebüsch herumkroch. „Nicht mal Gesprächsfetzen?"

Tante Pearl schüttelte den Kopf. „Gar nichts."

Selektives Hören. Was eigenartig war, wenn man unsere Fähigkeiten bedachte, Dinge zu verstärken.

„Was ist dann passiert?"

„Der Typ ist weggelaufen."

„Du musst doch sein Gesicht gesehen haben, als er sich zu dir umgedreht hat."

Tante Pearl schüttelte den Kopf. „Ich hörte ihn davonlaufen, aber ich konnte von meinem Versteck in der Hecke aus nichts sehen. Ich wartete ein paar Minuten, dann lief ich zurück zum Inn. Ich bekam Panik und vergaß sogar, meinen Zauberstab zurückzuholen. Ich habe den Pavillon nicht betreten, deshalb wusste ich nicht, dass Sebastien Plant nicht aufgestanden war und den Pavillon nicht verlassen hatte."

Meine Augen verengten sich. Tante Pearl musste im Pavillon gewesen sein, als ich zu meiner Hochzeitsprobe kam. Sie schien meine Gedanken erraten zu haben.

„Ich schwöre es, Cenny. Ich habe ihn nicht gesehen, bis du gekommen bist und wir beide über ihn gestolpert sind. Ich erinnere mich allerdings gerade an etwas", sagte Tante Pearl. „Ich konnte Seb nicht verstehen, denn er nuschelte und wankte herum. Es war noch schlimmer als zu dem Zeitpunkt, als ich ihn eingecheckt hatte."

Plants betrunkener Zustand erhöhte die Wahrscheinlichkeit, dass ihn ein kleinerer Mann überwältigen konnte. Das war interessant, aber ohne eine Beschreibung war es nahezu unmöglich, einen Verdächtigen zu finden.

Etwas bereitete mir allerdings Sorgen. „Du bist nie zurückgegangen, um deinen Zauberstab zu holen?" Es fiel mir schwer zu glauben, dass sie ihn nicht gleich geholt hatte, nachdem wir über die Leiche gestolpert waren. Sie wusste, dass er da war und es war viel zu wichtig, als dass sie es vergessen hätte. Ziemlich sicher verheimlichte sie immer noch etwas.

Ihr Zauberstab war niemand anderem nützlich, zumindest nicht für Zauberei. Trotz Mums Befürchtung wusste ich, dass eine andere Hexe ihn kaum entsperren könnte und deshalb nichts mit ihm anfangen konnte. Außer unserer Familie gab es in Westwick Corners keine anderen Hexen. „Du gehst nie irgendwo ohne ihn hin."

„Ich hatte Angst. Aber ich hatte immer noch keine Ahnung, dass er tot war. Vielleicht bewusstlos oder so. Ich dachte, wenn ich etwas sage, bekomme ich nur noch mehr Ärger mit dem Sheriff."

„Nun, jetzt hast du eine Menge Ärger. Verstehst du, dass alles auf dich hindeutet?" Tante Pearl hatte kein Alibi, ihr Zauberstab war vielleicht die Mordwaffe und sie hatte ein Motiv: den Tourismus um jeden Preis stoppen. Aber ich wusste auch, dass sie keine Mörderin war. „Wir müssen einen Weg finden, das Ganze dem Sheriff zu erklären, ohne auf die Zauberdetails einzugehen."

„Du willst dein eigen Fleisch und Blut verleugnen?"

„Sei doch nicht lächerlich, Tante Pearl. Du musst zugeben, es sieht nicht gut für dich aus. Warum kooperierst du nicht einfach?"

„Warum sollte ich. Wenn wir dieses Tourismusding nie gestartet hätten, dann würde Sebastien noch leben.”

„Vielleicht, vielleicht auch nicht. Aber eines weiß ich mit Sicherheit.“

„Was?“

„Sobald wir uns als Hexen zu erkennen geben, wird das Leben für uns alle nicht mehr so angenehm sein wie früher.“

KAPITEL 21

„Sag mir, was du über Tonya weißt." Wir hatten unsere Lehrstunde kaum beendet, als ich darüber informiert wurde, dass das nur die erste von 77 *Perlen des Zauberkraftwissens* war, für die ich mich angeblich angemeldet hatte. Ich konnte mich zwar nicht daran erinnern, aber mit Tante Pearl zu streiten, strengte mich zu sehr an. Ich brauchte Koffein und zwar schnell. „Wie kommt es, dass ich nie von Tonya gehört habe?"

Tante Pearl verschränkte die Arme und schüttelte den Kopf. „Du hast die Zauberwelt zu lange gemieden, Cenny. Wenn du dich nicht in den richtigen Kreisen bewegst, verpasst du eine Menge."

„Also gut. Ich werde ab jetzt aufmerksamer sein." Ich war Tante Pearls Vorwürfe leid, aber ich verstand, worauf sie hinauswollte. „Sag mir, was du über Tonya und Sebastien weißt."

„Tonya ist keine sehr mächtige Hexe. Das wird auch der Grund sein, warum du nie von ihren magischen Kräften gehört hast. Das gefährlichste an ihr ist ihr skrupelloser Ehrgeiz. Sebastien Plant hatte keine Chance, als sie ihn sich vornahm. Ihn zu heiraten stand schon auf ihrer To-Do-Liste, noch bevor sie ihn überhaupt getroffen hatte."

Ich wusste wenig über das Paar, nur dass sie nach einer kurzen und stürmischen Beziehung geheiratet hatten. Sebastien Plant hatte jahrzehntelang Reiseweise aufgebaut und dabei auch Tonya getroffen. Sie hatte als Aushilfe im Büro gearbeitet, bevor sie ihn weniger als ein Jahr später heiratete.

Tante Pearl tippte mit ihrem Zauberstab an die Tafel und alles war verschwunden. „Nach der Hochzeit wurde Tonya bei Reiseweise sehr aktiv. Erinnerst du dich an die Einladung, die du vor Monaten an Sebastien Plant geschickt hast?"

Ich nickte.

„Sebastien hatte kein Interesse, deshalb hast du auch nie eine Antwort erhalten. Tonya fand die Einladung Monate später. Sie stellte Recherchen über unsere Stadt an und fand die historischen Aufzeichnungen über Westwick Corners und den Energievortex. Er war in Vergessenheit geraten, aber die Einladung weckte ihr Interesse. Tonya war der Meinung, dass Reiseweise hier große Bauprojekte umsetzen sollte. Sebastien war gegen die Idee und schon bald begannen ihre Eheprobleme."

„Woher weißt du das alles?" Es wäre nützlich gewesen, wenn sie uns die Informationen schon früher gegeben hätte.

„Hazel hat es mir erzählt."

„Hazel hatte eine Affäre mit ihm. Natürlich sagt sie, dass die beiden Eheprobleme hatten. Sie hat sicherlich auch anderen Sachen übertrieben." Plötzlich zuckte ich auf meinem Stuhl zusammen und war sicher, irgendwo ein Husten vernommen zu haben. „Hast du das auch gehört?"

Tante Pearl schüttelte den Kopf. „Das ist nicht der Grund, warum Hazel von den Plänen weiß. Tonya kam auf sie zu, um eine Verlagerung des WEHEX-Hauptquartiers nach Westwick Corners vorzuschlagen, aber Hazel sagte Nein."

„Ich dachte, Sebastien Plant hatte die Pläne bereits abgelehnt. Hat er seine Meinung geändert?" Tonya wollte vielleicht die Pläne schon einmal verkaufen, um Sebastien so zu überzeugen. Ein Energievortex verstärkte die Wirkung von Zauberei, was sowohl gut als auch schlecht sein konnte. Aber eines war gewiss: Unser friedvolles Zusammenleben war nun vorbei.

„Nein, er wusste nicht, dass Tonya eine Hexe war und er wusste nichts vom WEHEX."

Es wunderte mich, dass Sebastien Plant nichts von Hexen wusste, gleichzeitig aber mit zwei von ihnen verbandelt war. Ich begann, den größeren Zusammenhang zu sehen. „Tonya wollte zuerst die Stadt und später den WEHEX übernehmen. Sie setzte ihren Plan einfach um, auch wenn Sebastien dagegen war. Sie konnte entweder seine Meinung ändern oder..."

Tante Pearl beendete meinen Satz: „Ihn loswerden. Deshalb erzählte Tonya Sebastien, dass sie versehentlich die Einladung angenommen hatte. Zumindest ist es das, was Seb Hazel erzählt hat. Das war eine Ausrede, um den Ort hier unter die Lupe zu nehmen. Und um einen Ort zu finden, um ihren Mann zu töten. Was wäre besser als eine Kleinstadt, in der der Ehemann umgebracht wird und das Verbrechen jemand anderem angehängt wird?"

Ich nickte. „Sie denkt sicher, dass die Polizei in einer Kleinstadt die Ermittlungen vermasseln und niemand sich um einen Fremden kümmern wird, nicht einmal um einen berühmten."

Eigenartigerweise ergab alles Sinn. Alles bis auf eine Sache. „Wann haben du und Hazel euren Streit beigelegt?" Vielleicht hatte Hazel den Waffenstillstand ausgerufen, um ein Alibi zu erhalten.

Tante Pearl zuckte mit den Schultern. „Warum ist das wichtig?"

„Es ist wichtig. Hazels Beteiligung an der Dreiecksbeziehung mit dem Mordopfer gibt ihr ein Motiv. Vielleicht hat sie nicht einmal ein Alibi." Ich erinnerte mich an Tante Ambers Bemerkung darüber, dass sie Hazel zuletzt um 18:00 Londoner Zeit gesehen hatte, was 09:00 in Westwick Corners war. Nachdem eine Hexe praktisch in Sekunden reisen konnte, hatte Hazel auch die Möglichkeit gehabt, Sebastien zu töten, und niemand konnte bestätigen, wo sie war. Eine weitere Verdächtige.

Großartig.

„Aber der Killer war ein Mann, keine Frau", erinnerte mich Tante Pearl.

„Bist du dir da absolut sicher? Du hast gesagt, dass du die Person im Kapuzenpulli nicht gut erkennen konntest."

„Ich habe genug gesehen, um zu erkennen, dass es ein Mann war", sagte Tante Pearl.

„Schade, dass Hazel nicht da ist. Vielleicht könnte sie ein bisschen Licht in die Sache bringen."

„Frag mich, was du willst." Plötzlich stand Hexe Hazel im Türrahmen. Man sah ihr jedes ihrer 70 Lebensjahre an. Sie trug einen schwarzen Anzug, der fast wie der von Tante Pearl aussah, bis auf die Glitzerstreifen, die an den Außennähten ihrer Hosenbeine verliefen. Eine schwarze Baskenmütze lag keck über ihrem silbernen Haar. Ich nahm an, dass sie gerade nicht ihr Alter Ego war. „Was machst du denn hier?"

„Ich versuche die Stadt zu retten, genau wie Pearl." Hazel tippte mit ihrem Zauberstab auf die Holzdielen, so als ob sie Spinnweben abklopfen wollte. „Wo wir gerade dabei sind, ich bin sicher, wir können deine Hilfe gebrauchen."

KAPITEL 22

Ich erholte mich noch immer von dem Schrecken, dass Hexe Hazel auf einmal vor mir erschienen war. Sie und Tante Pearl standen nebeneinander an der Tafel und sahen wie alte Freunde aus. Es war offensichtlich, dass sie sich zusammengerauft hatten und wieder alles beim Alten war. Nun ja, was für die beiden eben normal war. Ich war erleichtert, dass ihr monatelanger Streit beendet war.

„Wir haben uns entschieden, die Vergangenheit ruhen zu lassen." Hazel strahlte, als sie Pearl ansah.

„Das sind ja tolle Nachrichten", sagte ich. „Dann kannst du ja jetzt Alan wieder in seine menschliche Gestalt zurückverwandeln. Er wird sich so freuen."

„Wir kümmern uns später um Alan. Alles der Reihe nach." Tante Pearl unterbrach mich mit einer Handbewegung. „Wir haben nicht viel Zeit, um Tonya aufzuhalten."

Aber ich hatte Fragen an Hazel, die nicht warten konnten. „Warst du den ganzen Freitag hier?" Wenn Hazel zum Zeitpunkt des Mordes hier gewesen war, veränderte das alles.

Es bedeutete außerdem, dass nicht eine, sondern gleich drei Hexen ein Motiv dafür hatten, Sebastien Plant umzubringen.

Hazel nickte. „Ich war ab 09:30 bei Pearl."

„Sie ist mein Alibi, Cenny. Ich konnte es dem Sheriff nicht sagen, denn ich musste Hazel versprechen, nicht zu verraten, dass sie in der Stadt war."

Ich war froh, dass Tante Pearl ein Alibi hatte, aber ich erkannte auch schnell, dass das etwas anderes bedeutete. „Ihr habt beide ein Motiv für den Mord. Du willst den Tourismus stoppen und Hazel ist... oder war... Teil einer Dreiecksbeziehung. Ihr könntet euch zusammengetan haben und euch gegenseitig ein Alibi geben."

Hazel schüttelte den Kopf. „Seb wollte Tonya für mich verlassen. Sie durfte nicht herausfinden, dass ich hier bin. Nicht, bis ich sie entmachten konnte. Sie ist im Moment sehr gefährlich."

„Hast du nicht gesagt, dass Tonya keine besonders gute Hexe ist, Tante Pearl? Du kannst sie doch sicher überwältigen."

„Das können wir, aber wir können uns nicht einfach so gegen die öffentliche Meinung stellen. Sie ist gut darin, Fakten zu manipulieren und Menschen - und Hexen - auf ihre Seite zu ziehen. Die Leute merken nicht, dass sie tödliche Methoden einsetzt, um ihre Ziele zu erreichen. Wir müssen ihr das Verbrechen nachweisen und dafür brauchen wir deine Hilfe, Cenny. Du musst sie als Mörderin überführen."

„Warum ich? Redet doch einfach mit dem Sheriff." Ich wollte nichts mit ihren verrückten Plänen zu tun haben. „Tante Pearl, du hast die beiden eingecheckt. Wenn Sebastien so betrunken war, was hat er dann mitten in der Nacht draußen gemacht?"

„Sebastien betrunken?" Hazel griff nach Tante Pearls Arm. „Das ist unmöglich. Er hat Alkohol nie angerührt."

„Er war definitiv betrunken", erwiderte Pearl. „Er hat gestammelt und konnte kaum stehen."

„Und doch ist er in den Pavillon gegangen", sagte ich. „Er war Stunden später immer noch betrunken, als er mit dem mysteriösen Mann im Pavillon kämpfte. Wie hat er es in dem Zustand überhaupt dorthin geschafft?" Die meisten Betrunkenen werden einfach bewusstlos.

„Tonya muss ihm etwas angetan haben, ganz bestimmt", sagte Hazel. „Du musst den Sheriff dazu bringen, Untersuchungen über sie anzustellen."

„Das werde ich nicht", sagte ich. „Tante Pearl, du musst mit dem Sheriff wieder ins Reine kommen. Du verschwendest nur deine Zeit mit deiner Ausweichtaktik und siehst dabei auch noch verdächtig aus."

Meine Tante schüttelte den Kopf und sah Hazel hoffnungsvoll an. Das war das Komische an ihrer Beziehung. Tante Pearl gab nie nach, aber sie respektierte Hazel.

„Wir bitten dich doch nicht, etwas Hinterlistiges zu tun", sagte Hazel. „Du musst den Sheriff nur auf die richtige Spur bringen, dann kümmern wir uns im Hintergrund um alles andere."

„Was meinst du mit Hintergrund?" Ich war besorgt, was die beiden vorhatten.

„Das willst du nicht wissen, Cenny. Was du nicht weißt...", sagte Tante Pearl.

Ich willigte zögerlich ein, unseren Plan gleich nach dem Frühstück umzusetzen. Eines war glasklar: Ich musste der Sache auf den Grund gehen, bevor Sheriff Gates es tat.

KAPITEL 23

Ich folgte Tante Pearl ins Hotel und war immer noch verärgert, weil ich fast zwei Stunden in Pearls Schule der Zauberei verschwendet hatte. Ich hatte dort zwar Interessantes herausfinden können, aber leider auf Kosten meines Frühstücks. Ich war unglaublich hungrig und bereit, für eine Dosis Koffein zu töten.

Allerdings konnte ich es nicht riskieren, im Speisesaal zu frühstücken, falls Tante Pearls und Hazels Warnungen über Tonyas Zaubertrank stimmten. Mein Magen knurrte protestierend.

Ich griff in meine Tasche und fand die Rechnung aus dem Walmart. Ich ging die aufgelisteten Dinge durch und blieb an einer Flasche Frostschutzmittel hängen. Der Hauptbestandteil von Frostschutzmittel war Ethylenglykol, eine giftige Substanz. Außerdem war es eine tödliche Form von Alkohol und verursachte wahrscheinlich auch die gleichen Symptome wie eine wild durchzechte Nacht.

Sebastien Plant hatte keinen Alkohol getrunken, aber vielleicht unwissentlich Frostschutzmittel zu sich genommen. Ich erinnerte mich an das Tablett im Zimmer der Plants. Was, wenn die halbvolle Flasche Gatorade nicht das war, was sie zu sein schien?

Die Rechnung in meiner Hosentasche machte mich nervös. Ich wollte nicht Tante Pearls Beispiel folgen und Beweismittel zurückhalten, vor allem keinen potenziellen Hinweis, der aus dem Zimmer entfernt wurde. Die Spur war ziemlich heiß, denn in solchen Geschäften gab es Überwachungskameras. So könnte man notfalls auch über die Kameras Tonyas Einkauf nachverfolgen, auch wenn die Rechnung vielleicht nicht als Beweis anerkannt wurde.

Tante Pearl ging direkt in die Küche und ich stellte mich an eine kleine Theke vor der Küchentür. Dort inhalierte ich das reiche Aroma frisch gebrühten Kaffees und schenkte mir selbst eine schöne Tasse ein.

Endlich.

Ich nippte an meinem starken schwarzen Kaffee und überblickte den Saal. Als ich Sheriff Gates an einem der Fenstertische sitzen sah, verschluckte ich mich beinahe. Ich ging in Richtung seines Tisches, um ihm die Rechnung zu geben, als ich sah, dass er nicht alleine war.

Er saß gegenüber von Tonya Plant, den Rücken zu mir gewandt. Ich blickte genau in Tonyas Gesicht. Auf den ersten Blick wirkte sie erschüttert. Ich hätte sicher nicht zwei Mal darüber nachgedacht, wären da nicht Hazels und Tante Pearls Anschuldigungen gewesen.

Sie trocknete ihre Augen mit einem Taschentuch, aber auch aus fünf Metern Entfernung konnte ich ihr perfekt zurechtgemachtes Make-up und Haar erkennen. Ihrer Körpersprache zufolge war sie weder aufgelöst noch verheult aus. Außerdem hatte sie ihre ganze Portion Eier Benedict verspeist. Jeder ging mit Trauer anders um, aber nur wenige frisch gebackene Witwen verputzten ein herzhaftes Frühstück.

Ich versuchte mir vorzustellen, wie ich mich fühlen würde, wenn Brayden etwas passierte. Sogar jetzt, wo ich es mir mit der Hochzeit noch einmal überlegt hatte, konnte ich mir nicht vorstellen, ein Frühstück zu verputzen, wenn ihm etwas zugestoßen wäre. Ich wäre untröstlich, unfähig zu sprechen oder sonst irgendwie zu funktionieren. Ich würde sicherlich kein Frühstücksbuffet plündern.

Mein Magen knurrte, als ich mich an Tonyas geheime Pläne erinnerte, uns mit einem Zaubertrank zu verhexen und unsere Kräfte zu rauben. Ich konnte es nicht riskieren, etwas zu essen, das vergiftet sein konnte. Plötzlich erkannte ich, dass auch der Kaffee, den ich gerade trank, vergiftet sein konnte. Ich verzog das Gesicht, als ich an Sebastien Plant und das Frostschutzmittel dachte.

Die Kaffeestation stand im Speisesaal, genau vor der Küche. Alle Gäste konnten sich dort bedienen. Sie würde ihren Trank doch nicht in den Kaffee schütten, den auch die anderen Gäste tranken?

Warum nicht? Der Trank schadete nur Hexen. Ich spürte einen schalen Geschmack im Mund, und bemerkte, dass ich schon einiges an Kaffee getrunken hatte.

Ich stellte meine Tasse auf die Theke und beobachtete sie an ihrem Tisch. Bei dem Gemurmel war es unmöglich zu hören, was die beiden besprachen.

Ich nahm die Kaffeekanne und ging hinüber zu ihrem Tisch. Tonyas Frühstücksteller war leer, genauso wie ihr Brotkorb. Sie spielte geistesabwesend mit ihrer halbleeren Kaffeetasse. Sheriff Gates hatte nur eine leere Kaffeetasse vor sich.

„Mrs. Plant, ich hoffe, es geht Ihnen besser. Möchten Sie etwas Kaffee?"

Tonya nickte.

Ich nahm ihre Tasse ganz langsam und beabsichtigte, möglichst lange am Tisch zu bleiben.

Tonya wandte sich wieder dem Sheriff zu und schniefte. „Ich habe nicht einmal bemerkt, dass er weg war. Ich konnte die Nacht zuvor nicht schlafen, deshalb wollte ich ein Nickerchen machen. Ich nahm eine Schlaftablette und schlief innerhalb weniger Minuten ein. Da war er noch im Zimmer."

„Sie waren also alleine in Ihrem Zimmer." Ich füllte Tonyas Tasse auf.

Tyler Gates starrte mich an. „Ich stelle hier die Fragen."

Ich nahm die leere Tasse des Sheriffs und füllte sie so langsam wie möglich auf. „Kann ich Ihnen noch etwas bringen?"

Tonya Plant nippte an ihrem Kaffee und sah mich an. „Vielleicht einen Teller mit Früchten, den ich mit aufs Zimmer nehmen kann."

Ich stieß einen großen Seufzer der Erleichterung aus. Der Kaffee konnte nicht vergiftet sein, da Tonya ihn gerade selbst trank.

Ich blickte auf ihren leeren Teller. Sie hatte wirklich einen gesunden Appetit, dafür dass sie gerade ihren Mann verloren hatte.

Sheriff Gates blickte mich fragend an.

„Ja?" Ich wartete.

„Haben Sie denn nichts anderes zu tun? Sie müssen doch sehr beschäftigt sein."

Ich schüttelte den Kopf. „Nicht wirklich." Ich musste so lange wie möglich hier bleiben. Wenn Tonya Plant behauptete, geschlafen zu haben, dann war klar, dass sie wenige Details liefern konnte. Aber das gab ihr auch kein gutes Alibi.

„Danke, Cendrine." Sheriff Gates sprach ein bisschen lauter, um mich wegzuschicken.

Ich ging zögerlich in Richtung Küche, wo Mum und Tante Pearl vor dem Herd miteinander tuschelten.

„Hast du etwas herausgefunden, Cenny?" Mum machte sich immer Sorgen, aber dieses Mal zurecht. Die Zukunft des Westwick Corners Inn hing an einem seidenen Faden. Aber ich hatte das Gefühl, dass meine Tante ihr immer noch nicht die Wahrheit über Hazel erzählt hatte.

„Tonya sagt, dass sie geschlafen und nicht bemerkt hat, wie Sebastien das Zimmer verlassen hat." Mein Bauch grummelte, als ich die den Duft von Eiern und Bacon wahrnahm.

„Wo geschlafen? Sie haben doch erst vor ein paar Stunden eingecheckt", sagte Mum.

Ich sah Tante Pearls schuldbewussten Gesichtsausdruck und beschloss, sie direkt anzusprechen. „Du weißt doch mehr, als du uns sagst. Wann hast du sie eingecheckt?

„Letzte Nacht", antwortete Pearl.

„Das ist unmöglich", sagte Mum. „Wir haben doch erst vor ein paar Stunden mit unseren ersten Gästen eröffnet."

Tante Pearl zuckte mit den Schultern. „Da wurden sie offiziell eingecheckt. Aber sie sind bereits um ein Uhr morgens angekommen. Du hast geschlafen. Ich hörte sie an der Tür und ließ sie herein. Dann gab ich ihnen ein Zimmer und sagte, sie sollten am späteren Vormittag an die Rezeption kommen.

„Das ist eine ziemlich wichtige Info, die du uns verheimlicht hast, Pearl. Unsere VIP-Gäste waren hier und wir haben nicht einmal davon gewusst. Es hätte etwas Schreckliches passieren können."

„Ist es ja auch", sagte ich.

Mum massierte ihre Stirn, so als ob sie eine Migräne bekommen würde. „Warum hast du das nicht früher erwähnt? Wir haben doch ein Geschäft, das wir führen müssen. Du kannst nicht einfach nach deinem Bauchgefühl handeln."

Zumindest war Tante Pearl Mum gegenüber ehrlich. Ich hasste Geheimnisse und wollte nicht in die Intrige meiner Tante hineingezogen werden. Klar, Mum machte sich ständig sorgen, aber wir hingen alle zusammen in dieser Sache drinnen und sie sollte wissen, was los war.

Mum liebte geregelte Abläufe, Struktur und Routine. Tante Pearl brachte sie täglich an den Rand eines Nervenzusammenbruchs.

Ich winkte ab. „Das ist jetzt auch egal. Konzentrieren wir uns auf Sebastien Plant. Tonya sagte, dass er bereits weg war, als sie gegen acht Uhr aufwachte. Wenn das stimmt, dann hat er das Zimmer zwischen vier und acht Uhr verlassen.

Tante Pearl spöttelte. „Als ob sie die Wahrheit sagen würde."

„Hast du etwas Besseres?"

„Ich denke nicht", gab Tante Pearl zu.

Mums Miene verdüsterte sich. „Wie konnte Tonya nicht bemerken, dass er weg war? Die Tür knarrt doch." Sogar nach der Renovierung knarrte es immer noch hier und da. „Er kann das Bett nicht verlassen haben, ohne dass sie es bemerkt. Der Kerl war doch unglaublich korpulent."

„Sie sagt, dass sie eine Schlaftablette genommen hat und weggetreten war.", erwiderte ich.

Tante Pearl rollte mit den Augen. „Das erfindet sie doch."

„Vielleicht hat sie geschlafen, vielleicht lügt sie auch. Wir müssen ihre Geschichte irgendwie bestätigen", sagte ich. „Oder weißt du mehr als wir?"

„Sie hat schon geschlafen. Nur nicht allein."

Wieder mal eine Bombe, die Tante Pearl einfach so platzen ließ. Dass sie Informationen zurückhielt, ließ mich das Schlimmste vermuten. „Hast du etwa in ihrem Zimmer rumgeschnüffelt? Wie konntest du ihre Privatsphäre nur so verletzen?"

„Entspann dich, Cenny. Ich habe nichts dergleichen gemacht." Tante Pearl grinste verschmitzt. „Ich hatte Hilfe."

„Oma Vi!" Ich war sowohl verärgert als auch erfreut darüber, dass Tante Pearl sich von Oma Vi helfen ließ. Verärgert, weil sie herumschnüffelte, aber auch froh, dass Oma Vis Undercover-Einsatz eine neue Spur brachte. Das hieß, falls Tante Pearl die Wahrheit sagte.

Tante Pearl nickte. „Deine Oma war zu Tode gelangweilt in diesem chaotischen Baumhaus, deshalb ist sie auf einen Besuch vorbeigekommen."

Ich nahm ihr die Anspielung auf meine Haushaltskünste übel und ärgerte mich über Oma Vis geheime nächtliche Spaziergänge. „Wer war mit ihr in Tonyas Zimmer?"

„Habe ich gesagt, dass sie in ihrem eigenen Zimmer war?"

„Pearl, komm zum Punkt." Mum riss ebenfalls langsam der Geduldsfaden. „Wo war Tonya und wer war bei ihr?"

In meinem Kopf kreisten die Gedanken. Unsere zwölf Gästezimmer waren alle belegt. Tonya muss sich mit jemandem der anderen Gäste getroffen haben, aber mit wem? Eine Affäre, eine zerrüttete Ehe und skrupelloser Ehrgeiz verstärkten Tonyas Mordmotiv. Trotzdem war sich Tante Pearl sicher, dass der Täter ein Mann und keine Frau war.

„Sie war bei einem anderen Mann." Tante Pearl summte das Titellied einer Quizsendung. „Wollt ihr einen Tipp abgeben?"

Ich rollte mit den Augen. „Gib uns einfach mal eine normale Antwort."

„Also mir macht das Spaß", entgegnete Tante Pearl. „Aber euch offensichtlich nicht, also sage ich es euch. Tonya war im Zimmer eines anderen Mannes. Und sie haben sich nicht unterhalten, wenn ihr versteht, was ich meine."

„Sie hatte Sex während Sebastien im Pavillon war?" Ich atmete tief ein und konnte es kaum glauben, dass ich diese Unterhaltung mit meiner Mum und meiner Tante führte. Vor 24 Stunden hatte ich noch nichts von alldem erwartet.

„Spiel keine Spielchen, Pearl", sagte Mum. „Es gibt einen Mord in unserem Hotel und du bist die Hauptverdächtige. Wenn du etwas weißt, dann musst du es uns jetzt sagen."

„Vor allem, wenn es dem widerspricht, was Tonya selbst sagt." Ich zog die Tür in den Speisesaal auf und blickte hinein. Tyler Gates saß noch immer bei Tonya Plant. Er machte sich ausführliche Notizen und schrieb unentwegt. Ich würde alles dafür tun, um zu sehen, was er da in sein Notizbuch schrieb. "Schnell, Tante Pearl, du musst ihn dir schnappen, bevor er geht."

Tante Pearl verschränkte die Arme. „Mit dem rede ich nicht."

„Vergiss doch die Geldstrafe", sagte ich. „Du bist so ziemlich die einzige Verdächtige. Es wird nur noch schlimmer, solange du ihm nicht sagst, was du weißt. Das ist nicht der richtige Zeitpunkt für kleine Keilereien."

„Eine 500-Dollar-Strafe ist kaum eine Kleinigkeit. Ich werde einige Extra-Stunden geben müssen, um das begleichen zu können."

Ich wollte hinzufügen, dass sie jeden Cent der Strafe verdient hatte, aber das würde die Sache nur noch schlimmer machen. „Du wirst keine Schüler mehr haben, wenn du für den Mord verhaftet wirst."

„Warum sollte jemand Pearl beschuldigen?" Mum schüttelte den Kopf. „Das könnte doch auch das Aus für unsere Stadt bedeuten."

„Sie muss doch einfach nur dem Sheriff alles erzählen und somit ihre Unschuld beweisen." Ich fixierte meine Tante mit den Augen. Mum wollte einfach viele Dinge nicht sehen, wenn es um ihre Schwester ging. Sie sah Pearl mehr als Opfer und nicht als kopflos und unverantwortlich.

„Sei doch nicht so dramatisch, Ruby. Du bist wie die anderen in dieser Stadt, ihr verliert immer gleich die Fassung.

Ich warf die Arme nach oben. „Du sprichst vom Fassung Verlieren. Du bist doch die Pyromanin, die unseren Pavillon in Brand stecken wollte. Du sabotierst doch alles, nur damit du das bekommst, was du willst. Vielleicht willst du unsere Stadt von der Landkarte löschen, indem du ein Schild zerstörst, aber es geht auch um die Anderen. Wenn ich dich nicht besser kennen würde, dann würde ich dich genauso verdächtigen wie der Sheriff." Er hatte sie nicht wirklich als Verdächtige bezeichnet, aber ich wollte Tante Pearl erschrecken. Ihre Spielereien und das Zurückhalten von Informationen zerstörten unsere Erfolgschancen und verspielten die Zukunft unserer Stadt.

Mum hatte meine Schimpftirade sichtlich zugesetzt. Vielleicht hatte ich es übertrieben, aber Tante Pearls Geheimniskrämerei und mangelnde Kooperation frustrierten mich.

„Ich kann mir nicht vorstellen, dass jemand wie Tonya ihren Mann umbringen würde... oder könnte. Wir können sie doch nicht ohne einen Beweis verdächtigen", sagte Mum. „Sie tut mir vielmehr leid. Wir haben sie und Sebastien hierher eingeladen und jetzt wurde er ermordet. Das ist doch irgendwie auch unsere Schuld. Wir sollten nett zu ihr sein."

„Aber was ist mit Tonyas Zaubertrank im Frühstück?" Ich fand, dass Mums Sympathie für Tonya unangebracht war, nachdem sie uns verhexen wollte.

Ihre Miene verdüsterte sich. „Was für ein Zaubertrank?"

„Cenny ist verwirrt." Tante Pearl legte ihre knochige Hand auf meine Schulter.

Ich wollte protestieren, aber Tante Pearl drückte noch fester zu. Da realisierte ich, dass ihre Anschuldigungen gegenüber Tonya wieder einmal eine Erfindung gewesen waren. Mum wusste nichts von Tonyas Zaubertrank, mit dem sie uns entmachten wollte. Mum wusste wahrscheinlich auch nicht, dass Hazel hier war.

Tante Pearl funkelte. „Du siehst die Motive der Anderen einfach nicht, Ruby. Wach doch auf. Tonya ist schuldig. Alles hat mit diesem dummen Highway-Schild begonnen. Es muss verschwinden."

„Die Schüler deiner Zauberschule brauchen vielleicht kein Schild, aber die Touristen schon", sagte ich. „Sie bringen Geld in unsere kleine Stadt. Deine Schüler werden kaum einen Cent hier ausgeben." Hexen waren bekannt dafür, mit wenig Geld auszukommen. Warum sollten sie Geld für etwas ausgeben, dass sie einfach herbeizaubern konnten?

Mum trat zwischen uns. „Seid doch nett zueinander, meine Damen. Ein Streit bringt doch nichts." Sie drehte sich zu mir. „Cenny, denkst du wirklich, dass der Sheriff Pearl verdächtigt? Er muss doch noch eine andere Spur haben."

Ich zuckte mit den Schultern. „Sie hat ein Motiv. Sie ist gegen den Tourismus. Das hat sie ganz deutlich gezeigt, als sie das Schild abgefackelt hat. Und sie weigert sich zu kooperieren. Aber ich glaube, verdächtig ist sie vor allem wegen des Zauberstabs im Pavillon." Tante

Pearl hatte Mum offensichtlich nichts von Hazels Besuch und ihren Verdächtigungen gegenüber Tonya erwähnt. Das machte mir Sorgen. „Tante Pearl bleibt verdächtig, bis wir den wahren Mörder finden."

Mum schüttelte den Kopf. „Ich wünschte, du würdest dich nicht so anstellen, Pearl. Es gibt keinen Grund, warum wir nicht alle friedlich zusammenleben können. Du kannst doch Pearls Schule der Zauberei immer noch führen, du musst nur diskret sein. Verstehst du das?"

Pearl nickte langsam.

Obwohl Tante Pearl ständig versuchte, alles vor ihrer jüngsten Schwester geheim zu halten, so hörte sie doch auch auf sie.

„Jetzt wäre eine gute Zeit, um in Tonyas Zimmer sauberzumachen." Mum klopfte Pearl auf die Schulter. „Ein paar Blumen wären schön."

Das klang nach einer furchtbaren Idee, aber ich wusste, dass Mum versuchte, Pearl zu beschäftigen. Es überraschte mich, dass sie nicht zu wissen schien, dass Tonya eine Hexe war, aber ich sagte nichts. Die Stimmung konnte schnell kippen und ich wollte mein Glück nicht herausfordern.

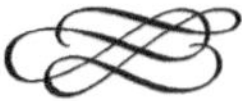

KAPITEL 24

Ich war so damit beschäftigt, über Oma Vi, ihr Herumschnüffeln und Tonyas heimlichen Liebhaber nachzudenken, dass ich den Obstteller ganz vergessen hatte. Ich stellte einen üppigen Teller mit Weintrauben, Melonen und etwas Käse zusammen und ging zurück in den Speisesaal.

Tonya Plant lächelte, als ich an ihren Tisch kam. Ihr fröhlicher Gesichtsausdruck erschien ungewöhnlich angesichts ihres tragischen Verlustes. Sie brach ihren Satz ab, als ich den Teller vor ihr abstellte.

„Danke, Cendrine", sagte Sheriff Gates. „Das wäre alles."

Ich nickte und trat ein paar Schritte zur Seite an den nächsten Tisch, wo ich begann, die Tischgedecke neu zu platzieren. Ich wartete, bis Tonya wieder weitersprach, aber das tat sie nicht. Mir gingen bald die Beschäftigungsmöglichkeiten aus.

Ich fühlte mich beobachtet, drehte mich um und sah Sheriff Gates, der mich mit seinem Blick fixierte. Daher ging ich weiter an den nächsten Tisch.

Tonya sprach weiter, aber ihre Stimme war so leise, dass ich mich anstrengen musste, etwas zu hören. Ich ließ eine Gabel fallen und erschrak, als sie auf dem Boden klirrte.

Tonya unterbrach ihren Satz, als ich die Gabel aufhob. Als ich mich aufrichtete, bemerkte ich Tonya Plants verärgerten Blick.

Sheriff Gates drehte sich auf seinem Stuhl um. Beide starrten mich an.

„Was?“

„Könnten wir etwas Privatsphäre haben, Cendrine?“ Tyler Gates deutete mit dem Kopf in Richtung Küche.

„Äh, ja klar, Verzeihung.“ Ich zog mich hinter die Theke zurück und füllte meine Kaffeetasse auf. Ich war zu weit entfernt, um mehr als nur ein paar Gesprächsfetzen zu hören. Tonya behauptete, früh am Freitagmorgen eingecheckt zu haben, was Tante Pearls Schilderungen stützt, auch wenn sie sagte, sie könne sich nicht an die genaue Uhrzeit erinnern. Wenigstens kamen wir der Wahrheit näher.

Ich konnte das Gesicht des Sheriffs nicht sehen und so wusste ich nicht, ob er ihr glaubte oder nicht. Ich musste unbedingt hören, was Tonya zu den Ereignissen sagte. Der Sheriff wusste nicht, dass er es mit einer Hexe zu tun hatte, also brauchte er meine Hilfe. Das war die einzige Möglichkeit, um ihre Aussage zu überprüfen und die Wahrheit zu erfahren.

Erfreut stellte ich fest, dass ich die Streuer auf den Tischen auffüllen konnte. Ich nahm die Gestelle mit den Salz- und Pfefferstreuern und ging hinüber zum Tisch hinter dem Sheriff. Ich versuchte leise zu sein und den Augenkontakt mit Tonya zu vermeiden. Ich hoffte, sie würde weitererzählen und dem Sheriff keinen Hinweis darauf geben, dass ich genau hinter ihm stand.

„Seb wollte einen Spaziergang machen“, sagte Tonya. „Aber ich war müde und sagte ihm, er solle alleine gehen.“

Um vier Uhr morgens? Das ist doch eine Lüge.

Wie spät war es jetzt? Sheriff Gates lehnte sich in seinem Stuhl zurück und verschränkte die Hände hinter seinem Kopf.

Ich erstarrte. Seine Arme waren nur Zentimeter von mir entfernt und sorgten nun dafür, dass ich zwischen meinem Tisch und seinem Stuhl eingesperrt war. Ich hielt den Atem an und versuchte, kein Geräusch von mir zu geben. Falls Tonya mich bemerkte, zeigte sie es nicht.

„Acht oder neun Uhr, denke ich. Ich hatte eine Schlaftablette genommen und war gerade dabei einzuschlafen." Tonya Stimme war stark und klar, nicht leise und gebrochen wie das Flüstern einer trauernden Witwe.

„Bis wann haben Sie dann geschlafen?"

„Ich weiß nicht... bis fünfzehn Uhr oder so. Ich wachte auf, kurz bevor sie ihn mein Zimmer kamen.

„Und während dieser Zeit haben Sie niemanden gesehen?"

„Nein."

Laut Oma Vi war Tonya ab der Mittagszeit mit einem anderen Mann zusammen gewesen. Falls ihre Zeitangaben stimmten, dann hatte der Sheriff Tonya gerade bei einer Lüge erwischt. Nur dass er das nie erfahren würde, wenn ich Tonyas Geschichte nicht widerlegen konnte. Ich musste diesen Mann finden und auch die Handschuhe, die auf der Walmart-Rechnung standen. Der Kanister Frostschutzmittel war ebenso wichtig, aber vielleicht würde ich ja noch ein paar flüssige Beweise in der Gatorade-Flasche finden. Ich war in Gedanken versunken und bemerkte nicht, dass ich den Sheriff anstarrte.

Er drehte sich auf seinem Stuhl um und sah mich an. „Sie können nicht hier sein, während ich Mrs. Plant befrage, Cendrine." Seine warmen braunen Augen fixierten die meinen.

„Ich kann doch nirgendwo anders hingehen. Sie sind in unserem Speisesaal. Ich arbeite hier."

Der Sheriff stand auf und lenkte mich mit seinem Arm fort, während Tonya mich mit einem eisigen, festen Blick anstarrte. Ich verspürte einen Anflug von Angst. Ich konnte ihm die Rechnung nicht vor ihren Augen geben, aber es schien auch nicht so, als würde der Sheriff das Verhör bald beenden. Je länger er blieb, desto mehr Zeit verlor ich, bis ich meiner neuen Spur folgen konnte. Der Sheriff war im Nachteil, solange er von niemandem Hilfe bekam, der die Zusammenhänge kannte. Und dieser jemand war ich.

Ich beobachtete von der Küchentür aus, wie Sheriff Gates wieder seinen Platz gegenüber Tonya einnahm. Ich stellte meine Ohren superfein ein, bis ich eine passende Lautstarke fand, um Gesprächsfetzen ihrer Unterhaltung zu hören. Wenn sie so hinterhältig war, wie Hazel und Tante Pearl behaupteten, dann hatte ich keine andere Wahl als auch Zauberei einzusetzen, um herauszufinden, was Tonya vorhatte. Es war mir zuerst gar nicht in den Sinn gekommen, dass ich mein Gehör feiner einstellen könnte. Aber ich brauchte ein paar Minuten, denn so eingerostet wie ich war, hatte ich die Hälfte des Zauberspruches vergessen. Hätte ich doch nur früher daran gedacht, Zauberei einzusetzen. Dann hätte ich viel diskreter vorgehen können.

„Cendrine!"

Ich fuhr herum. „Mein Gott, hast du mich erschreckt! Warum schreist du mich denn so an?"

Tante Pearl runzelte die Stirn. „Ich schreie doch gar nicht. Du setzt doch nicht etwa deine magischen Kräfte gegen den Sheriff ein, oder?"

Sie hatte mich auf frischer Tat ertappt. „Das ist ein Notfall."

„Und was unterscheidet deinen Notfall von meinem?" Tante Pearl verschränkte die Arme. „Du nennst mich eine Unruhestifterin. Jetzt sieh dich mal an, Miss Alles-nach-Vorschrift. Es ist in Ordnung, wenn du Zauberei einsetzt, aber für mich gilt das nicht?"

„Das sind besondere Umstände, Tante Pearl."

Mum stand am Herd und drehte sich um. „Lauscht ihr etwa?"

„Natürlich nicht", sagte ich.

„Doch, tut sie", sagte Tante Pearl.

„Nur um dir zu helfen", entgegnete ich.

Mum schüttelte den Kopf. „Hatten wir nicht vereinbart, dass wir in der Nähe unserer Gäste keine Zauberei anwenden?"

„Ich habe keine Wahl. Tante Pearl ist wegen ihrer Feuerspielchen die Hauptverdächtige."

Mum rollte mit den Augen. „Fängst du jetzt schon wieder von dem Highway-Schild an? Also wirklich, du hast dich da wie ein Hund in einem Knochen verbissen. Du lässt es einfach nie gut sein."

„Ruby hat recht", sagte Tante Pearl. „Immer schikanierst du mich. Zeig ein wenig Respekt gegenüber deinen Vorfahren."

Ich warf meine Arme verzweifelt nach oben. „Während wir uns hier zanken, plant Tonya, wie sie unsere Stadt in den Ruin treibt. Und dabei hat sie sich auch noch ihres Ehemannes entledigt. Sie ist schuldig, da bin ich sicher. Aber alles deutet auf Tante Pearl hin." Ich drehte mich zu meiner Tante. „Sie will dir das anhängen."

Mums Kinnlade klappte nach unten. „Die Polizei kann doch nicht wirklich annehmen, dass Pearl..."

Tante Pearl stampfte fest auf den Boden. „Ich bin eine Hexe, verdammt nochmal. Ich habe niemanden umgebracht. Es gibt einfachere Wege, um jemanden loszuwerden."

„Der Sheriff weiß das aber nicht. Er weiß nichts über Hexen oder Vortexe. Verstehst du mich jetzt?" Ich richtete meine Aufmerksamkeit wieder zurück auf Tonya Plant und den Sheriff.

„Sag dem Sheriff was du weißt, Pearl." Mums Stimme wurde lauter und ich konnte erkennen, dass sie verärgert war.

„Ich werde darüber nachdenken", sagte Pearl. „Aber zuerst muss ich mal aufräumen." Sie drehte sich um und war weg, bevor wir sie aufhalten konnten.

Ich dachte nicht eine Sekunde, dass Tante Pearl schuldig war, aber sie konnte sich wahnsinnig gut wie eine Schuldige verhalten.

Tante Pearl hatte gesagt, dass Tonya bei einem anderen Mann gewesen war, aber sie wollte nicht sagen bei wem. Dann musste ich es eben selbst herausfinden.

KAPITEL 25

Ich konnte Tonya Plant und den Sheriff nicht mehr unbemerkt belauschen, aber ich konnte mehr über den Mann herausfinden, mit dem sie zusammen gewesen war. Ich ging zur Rezeption und nahm unser Gästeregister zur Hand.

Mit Ausnahme von drei Zimmern waren alle anderen mit Paaren belegt. In einem Zimmer wohnten zwei Frauen, in einem anderen eine einzelne. Das dritte Zimmer bewohnte ein gewisser Jack Tupper III. Was für ein Glück, dass es nur ein Zimmer gab, das von einem einzelnen männlichen Gast bewohnt wurde. Es war natürlich voreilig, die gebundenen Männer auszuschließen, aber ich hatte so ein Gefühl, dass Jack unser Mann war.

Mein Herz schlug schneller, als ich seine Zimmernummer sah.

Das war Oma Vis altes Zimmer. Genau das Zimmer, in dem sie Tonya mit dem geheimnisvollen Mann gesehen haben will.

Nun, so geheimnisvoll war er jetzt nicht mehr.

Tonyas Liebhaber war mit Sicherheit Jack Tupper III.

Ich kannte seinen pompös klingenden Nachnamen nicht, aber ich hatte genug Informationen, um herauszufinden, wo er zum Zeitpunkt des Mordes war. Ich schloss das Register und war mit meinem Fund zufrieden.

Wenn Pearl mit dem Stelldichein Recht hatte, dann kannte Jack Tonya mit Sicherheit schon vor seinem Besuch hier. Wahrscheinlich war er ihr sogar gefolgt und vielleicht war er ja der Mann mit dem Kapuzenpulli.

Sobald ich Tonyas und seine Beziehung aufgedeckt hätte, könnte ich die Verbindung dem Sheriff mitteilen, ohne zu offensichtlich zu sein. Tonya würde die Affäre mit Sicherheit abstreiten und ich konnte dem Sheriff ja schlecht sagen, dass Oma Vi den beiden gefolgt war. Aber es musste Dinge geben, die auch der Sheriff finden konnte, wie die Verbindungsnachweise ihrer Handys. Ich musste die Ermittlungen von Tante Pearl weg und auf die Beweise lenken, die zum wahren Mörder führten.

Ich ging zurück in den Speisesaal, um meine Entdeckung mit Mum zu besprechen. Ich kam an die Tür und blieb abrupt stehen, als ich in den vollbesetzten Saal blickte. Brayden saß ein paar Tische vom Sheriff und Tonya Plant entfernt. Mir graute vor *dem* Gespräch mit ihm, aber ich musste es schnell hinter mich bringen. Ihn zu sehen, erinnerte mich nur noch mehr daran. Das würde nicht schön werden. Die Hochzeit abzusagen, war ein heftiger Schritt und wahrscheinlich würden wir uns danach trennen.

Ob ich das wollte oder nicht, wusste ich in diesem Moment selbst nicht mehr. Eigentlich war ich mir bei gar nichts mehr sicher. Ich wusste nicht, ob ich ihn noch liebte oder ob ich ihn überhaupt je geliebt hatte. Er war mein erster und einziger fester Freund gewesen und ich hatte mir bis jetzt noch nie eine Zukunft ohne ihn vorgestellt. Alles schien vorherbestimmt gewesen zu sein.

Zum Glück war Brayden nicht alleine und so konnte ich das Gespräch noch länger aufschieben. Ein Mann mit unnatürlich aussehendem rötlich-blondem schulterlangem Haar saß ihm gegenüber und wandte mir den Rücken zu. Das musste mit Sicherheit der Mann aus dem Weinberg sein. Es war dunkel gewesen, aber der Mann hatte denselben schlanken, athletischen Körperbau.

Brayden sah mich und lächelte. Er winkte mich zu sich herüber. „Cenny, das ist mein Kumpel Jack. Er ist aus Shady Creek und wohnt hier im Hotel." Er deutete auf den braungebrannten, circa 30-jährigen Mann. „Jack, das ist Cenny. Ihrer Familie gehört das Hotel hier."

Ich war sprachlos, als ich eins und eins zusammenzählte. Das musste derselbe Jack sein, der in Oma Vis altem Zimmer wohnte.

Jack stand auf und reichte mir etwas umständlich seine linke Hand, da seine rechte bandagiert war. Er war etwas größer als Brayden und strahlte schreckliche Arroganz aus. „Ein idyllisches Plätzchen haben Sie. Wann beginnen Sie denn mit der Renovierung? Es wird hier toll aussehen, nach einem kleinen Facelifting."

„Es ist schön, so wie es ist", brummte ich nach dieser absichtlichen Beleidigung. Brayden warf mir einen warnenden Blick zu.

„Wenn einem der Stil gefällt." Jack warf seinen Kopf zurück und lachte. Sein perfekt gestyltes Haar bewegte sich keinen Millimeter. Er zog eine Visitenkarte aus der Hemdtasche und reichte sie mir. „Rufen Sie mich an, wenn Sie Interesse daran haben, das Ganze hier zu verkaufen. Aber ich will ehrlich mit ihnen sein. Das Hotel gehört abgerissen, das einzig Wertvolle hier ist das Grundstück. Aber sie haben Glück, wir sind immer auf der Suche nach großen Grundstücken wie dem Ihren."

Ich las die Karte: *Jack Tupper III, Senior Vice President, Bebauung und Entwicklung, Centralex.*

Plötzlich erkannte ich den Zusammenhang mit den Plänen in Tonyas Zimmer und dem nächtlichen Besuch am Weinberg. Aber vor allem erkannte ich, dass Brayden nicht ehrlich mit mir gewesen war.

„Wir haben kein Interesse daran zu verkaufen." Ich wollte in die Küche stürmen und Mum alles erzählen. Aber das hätte nichts gebracht und so zwang ich mich, ruhig zu bleiben und so viele Informationen wie möglich zu sammeln. Jack war ganz offensichtlich Tonyas Partner bei dieser Verschwörung und ihr Liebhaber gleich dazu.

Jack schüttelte den Kopf. „Ihr Geschäft wird nicht überleben können, sobald mein neues Resort, das Konferenzzentrum und die Mall eröffnen. Und das Casino. Derzeit generieren Sie doch nur Umsätze, weil Sie das einzige Hotel in der Stadt besitzen."

Ich versuchte, ruhig zu bleiben. Der Typ war wirklich dreist, mir zu sagen, dass unser kleiner Betrieb nur scheitern konnte, während er gerade Mums Spezial-Frühstück verputzte. Ich wusste bereits von den Plänen, dass Centralex ihre Gebäude genau auf unserem Grundstück bauen wollte, nirgendwo anders. Jack versuchte uns einzuschüchtern, um einen guten Preis für unser Grundstück zu erzielen. Aber wir ließen uns keinesfalls einschüchtern. Nicht wenn ich es verhindern konnte.

Brayden räusperte sich. „Jacks Pläne sehen auch ein Resort-Hotel vor."

Mein Gesicht lief rot an. Brayden war wieder am Mauscheln, aber dieses Mal ging es um einen direkten Konkurrenten. „Aber wir haben das Inn gerade erst eröffnet. Westwick Corners ist nicht groß genug für ein zweites Hotel." Braydens Job als Bürgermeister war es, die Wirtschaft anzukurbeln, aber das hieß noch lange nicht, dass er mit dem Bauunternehmen auf Gut Freund machen musste. Außer seinem Nebenjob im *Scheiterhaufen* hatte er dem Westwick Corners Inn noch keine besonders guten Dienste erwiesen. Welchen Gefallen erhoffte er sich von Jack?

„Das ist eine große Sache, Cenny. Das Resort wird über 200 Zimmer und ein Konferenzzentrum verfügen. Das wird riesig, nicht nur ein kleines Hotel. Es wird Westwick Corners wieder einen Platz auf der Landkarte verschaffen."

Es fühlte sich an, als würde mir jemand ein Messer in den Rücken jagen. Unser Grundstück war seit Generationen im Familienbesitz und Brayden wusste, dass wir niemals verkaufen würden, komme was wolle. Es war ihm auch klar, dass wir keine andere Einnahmequelle hatten. Dennoch hatte er sich mit einem stadt-fremden Bauunternehmen zusammengetan und war mit Jack sogar bei Mondschein unser Grundstück abgegangen. Er hatte das Unterfangen mit Absicht nachts durchgeführt, damit ihm niemand auf die Schliche kam. Was verheimlichte er mir noch?

Ich wurde immer zorniger und war kurz davor, die Beherrschung zu verlieren. „Ich muss gehen." Ich machte auf dem Absatz kehrt.

Jack rief mir hinterher. „Ich tue Ihnen damit einen Gefallen, aber das Angebot steht nur noch bis Montag."

„Wir verkaufen nicht", wiederholte ich. „Wir haben gerade erst eröffnet."

„Das ist auf jeden Fall ein guter Deal, Cenny", rief mir Brayden hinterher.

Ich schüttelte meinen Kopf und ging weiter.

Plötzlich stand Brayden an meiner Seite und drückte meinen Arm. „Ich schaue später am Vormittag bei dir vorbei, Cenny. Dann reden wir."

„Ähm... ich bin ziemlich beschäftigt im Moment. Ich rufe dich später an." Ich atmete tief ein und ging in Richtung Küche. Ich überlegte, ob ich Mum von Jacks Angebot jetzt oder erst nach dem Frühstück erzählen sollte. Es würde sie aufregen, aber sie musste davon erfahren.

Mum, Tante Pearl und Tante Amber gehörte alles gemeinsam. Es war noch unverschämter von Jack, sie nicht direkt anzusprechen. Er hatte es mir natürlich absichtlich gesagt. Die Information aus zweiter Hand würde den Schock darüber abmildern, dass ein Konkurrent von außerhalb es mit uns aufnehmen wollte. Jacks Ziel war es, unser Grundstück zu stehlen und unser historisches altes Gebäude niederzuwalzen.

Ich wurde noch wütender, als mir plötzlich alles klar wurde. Tante Pearls absurde Behauptungen über den Vortex stimmten tatsächlich. Tonya hatte sich bereits mit dem größten Bauunternehmen in der Gegend zusammengetan. Der Kauf unseres Grundstücks war nur noch eine Formalität.

Geld ließ Menschen die unmöglichsten Dinge tun. Oma Vi hatte nicht nur Recht was das Grundstück anging, sondern auch Brayden. Er stellte seine geschäftlichen Interessen über das Wohlergehen unserer Familie.

Ich war schon halb in der Küche, als ich aus der Richtung des Sheriffs das Schieben von Stühlen auf dem Holzboden hörte. Ich drehte mich um, als die beiden gerade aufgestanden waren. Ich nahm an, dass das Gespräch mit Tonya nun beendet war. Ich wollte zu ihm hinübergehen, aber Brayden hielt mich auf.

„Cenny, warte!" Brayden kam mit einem Teller in der Hand zu mir herüber. Sein Besteck klapperte auf seinem Teller, das voll gefühlt mit Ei und Toast war. „Du wirkst sauer."

„Ich habe dich gestern Nacht gesehen, als du mit Jack am Weinberg warst", sagte ich, als wir nebeneinander in die Küche gingen. „Ich wusste nicht, dass es zu deinen bürgermeisterlichen Pflichten gehört, unser Grundstück einem Bauträger zu zeigen."

„So ist das nicht, Cenny. Das verstehst du ganz falsch."

„Und warum schleicht ihr dann mitten in der Nacht herum? Plötzlich bist du wie besessen von unserem Grundstück.“

„Ich bin nicht besessen und wir sind nicht rumgeschlichen.“ Brayden wurde lauter als wir uns der Küchentür näherten. „Jack will nur unauffällig vorgehen. Wenn er zu viel Interesse zeigt, steigen die Preise.“

„Es geht also tatsächlich um unser Grundstück.“ Ich blieb vor der Tür stehen und blickte ihn an. „Richte deinem Kumpel Jack aus, dass wir nicht an einem Verkauf interessiert sind.“

„Du machst wie immer eine viel zu große Sache draus, Cenny.“ Brayden rollte mit den Augen und drehte sich um. „Ich muss gehen. Wir besprechen das später.“

„Noch etwas, Brayden.“

„Ja?“ Brayden blieb stehen, aber drehte sich nicht einmal zu mir um.

„Die Hochzeit ist abgesagt.“

Brayden fuhr herum und starrte mich mit offenem Mund an. Dann, zum ersten Mal seit langer Zeit, hörte er mir zu.

KAPITEL 26

Brayden saß am kleinen Tisch gleich hinter der Küchentür. Er war vollgestellt mit Geschirr und Küchenutensilien, aber er machte Platz für seinen Teller und einfach aß weiter. „Was ist los mit dir, Cenny?" Er verzog trotzig den Mund und wollte wohl, dass ich Mitleid mit ihm bekam. Es funktionierte nicht. Dieses Mal war ich zu wütend.

„Nichts ist los mit mir." Ich wollte keinen Wutausbruch in Mums Küche, nur einen Steinwurf von unseren Gästen entfernt. „Irgendetwas hat sich auf jeden Fall an dir verändert. Was es auch ist, es gefällt mir nicht."

Braydens Augen verengten sich, als er mich beobachtete. „Etwas ist anders an dir. Du bist plötzlich so negativ. Du bist gestresst wegen all der Hochzeitsvorbereitungen." Er tätschelte meine Schulter wie die eines kleinen Kindes.

„Du hast absolut recht", sagte ich. „Die ganze Hochzeitssache kommt zu schnell, deshalb sage ich sie ab. Nach der ganzen Sache habe ich es mir einfach anders überlegt."

Brayden biss sich auf die Unterlippe. „Wir sind seit Jahren zusammen, Cenny. Wie kannst du glauben, dass die Hochzeit zu schnell kommt?"

„Es fühlt sich einfach nicht richtig an. Ich brauche Zeit, um darüber nachzudenken."

„Zeit ist ein Luxus, den wir nicht haben. Du hättest dir deine Gedanken schon vor einem Jahr machen sollen, als du Ja gesagt hast."

„Es hat sich viel seither verändert." Zum Beispiel die Erkenntnis, dass Brayden seine politischen Ambitionen über mein Wohlergehen stellte. Unsere Hochzeit war nur ein Punkt auf seiner To-Do-Liste. Ich hatte, wie auch jeder andere, einfach angenommen, dass wir heiraten würden. Bislang hatte ich nie daran gezweifelt. Ich hatte wohl Angst davor, mich der Wahrheit zu stellen.

„Was zum Beispiel?"

„Du würdest es nicht verstehen." Das mit Tyler Gates war nur eine Schwärmerei, aber ein Zeichen dafür, dass ich mit Brayden unglücklich war. Auch wenn ich Zaubersprüche zurücknehmen konnte, mit meinen Lebensentscheidungen funktionierte das nicht. Sobald ich mich für den gemeinsamen Weg mit Brayden entschieden hätte, gäbe es kein Zurück. Es hatte einen Mord gebraucht, um innezuhalten und über mein Leben nachzudenken.

Brayden stand auf. „Tu mir das nicht an, Cenny. Wir haben 200 Leute eingeladen, sogar den Gouverneur. Du kannst das jetzt nicht absagen." Er schüttelte langsam den Kopf. „Weißt du, wie ich dann dastehen werde?"

„Mir ist es egal, was der Gouverneur oder sonst jemand denkt. Ich kann das einfach nicht durchziehen." Mir war es allerdings nicht egal, was meine Familie dazu sagt. Vor allem nachdem sie so hart an jedem kleinen Detail gearbeitet hatte. Ich hasste es, sie zu enttäuschen.

„Du bist nur emotional wegen dem Mord und all dem Ganzen." Er legte einen Arm um meine Schulter. „Ich sehe ja ein, dass ich zur Probe kommen hätte sollen, aber ich hatte noch zu tun. Ich verspreche, ich werde mich bessern."

„Sheriff Gates hat mir erzählt, dass euer Meeting zur Verbrechenslage abgesagt wurde. Du warst in keiner Besprechung und trotzdem hat es dich nicht interessiert, zur Probe zu kommen. Wenn dir die Zeit für mich zu schade ist, warum sollte ich dich dann heiraten?"

„Das ist nicht fair, Cenny. Das Meeting wurde abgesagt, weil es eine

Terminüberschneidung gab. Jack hatte nur eine Stunde am Nachmittag Zeit, deshalb musste ich umplanen."

„Ist das so?" Meine Empörung stieg noch weiter an. „Sicherlich habt ihr darüber gesprochen, wie ihr ihm ein günstiges Grundstück verschaffen könnt."

Zorn blitzte in Braydens Augen auf. „Du solltest dankbar sein, dass ich es geschafft habe, ihn für unsere Stadt zu interessieren. Centralex ist das Beste, was Westwick Corners seit langer Zeit passiert ist.

Ich schäumte vor Wut, als ich an Braydens nächtliche Aktion vor meinem Baumhaus dachte, und bemühte mich meine Stimme gedämpft zu halten. „Niemand verkauft und wir auch nicht. Sonst steht nichts in der Stadt zum Verkauf und alles andere ist Farmland."

„Du wärst überrascht, Cenny. Jeder wird verkaufen, wenn der Preis stimmt."

„Jeder?" Ich hob meine Augenbrauen. „Shady Creek hat nicht angebissen."

Brayden kratzte mit seiner Gabel etwas Eigelb vom Teller. „Das Westwick Corners Inn ist zu klein, um Gewinn abzuwerfen. Deine Familie wird sich noch selbst in den Ruin treiben. Das klügste ist, jetzt zu verkaufen, denn solche Angebote wie das von Jack erhalt man nicht jeden Tag. Hör ihm zumindest zu und hör dir an, was er zu sagen hat."

Ich wurde rot im Gesicht. „Wir verkaufen nicht und schon gar nicht nach der Renovierung. Das solltest du eigentlich wissen. Du hörst dich an, als würdest du selbst mit Jack Geschäfte machen.

„Sei doch nicht lächerlich. Es ist mein Job als Bürgermeister, nach neuen Möglichkeiten zu suchen. Ich arbeite dafür, das zu erreichen, was wir alle für Westwick Corners wollen: Arbeit und Wachstum."

Das wollen wir, aber nicht um jeden Preis." Brayden hatte uns verkauft. Unsere Stadträte waren alle über 70 Jahre alt und stimmten immer so ab, wie Brayden es wollte. Jack würde bekommen, was er wollte. „Warum hat Shady Creek die Pläne abgelehnt?"

„Verkehrsprobleme." Brayden lachte. „Kannst du das fassen? Wer will nicht mehr Verkehr?"

Da kannte ich mindestens eine Person und die würde gewiss nicht untätig bleiben.

„Wir sprechen darüber, wenn du dich wieder ein wenig beruhigt hast."

Seine abweisende Art verärgerte mich. „Es gibt nichts mehr zu besprechen. Es ist aus."

Brayden starrte mich sprachlos an.

Er wartete darauf, dass ich noch etwas sagte, aber ich hatte genug. Nach einer Minute drehte er sich um, dann wieder zurück, nahm sein halb aufgegessenes Frühstück, ging hinaus und schlug die Tür hinter sich zu.

KAPITEL 27

Ich blieb noch ein paar Minuten am kleinen Tischchen sitzen, um sicherzugehen, dass Brayden und Jack gegangen waren. Ich hörte keine Stimmen oder Gespräche mehr aus dem Speisesaal und so schlich ich mich zur Tür und blickte hinaus.

Ich stieß einen Seufzer der Erleichterung aus, als ich sah, dass der Saal fast leer war. Jack und die anderen Gäste waren verschwunden. Niemand hatte meinen Streit mit Brayden mitbekommen. Ich öffnete die Tür ein Stück weiter und erschrak, als ich Tyler Gates alleine am Tisch beim Fenster sitzen sah.

Er bemerkte die Bewegung der Tür und sah auf. Seine Augen fixierten die meinen für einen Moment, dann wandte er sich wieder ab. Er wusste Bescheid.

Großartig.

Die einzige Person, die nichts von meinen Beziehungsproblemen mitbekommen sollte, hatte offensichtlich alles mitangehört. Ich drehte mich um und ging kraftlos zurück in die Küche.

Eigentlich sollte ich mit ihm über den Fall sprechen, aber jetzt wollte ich ihm nur noch aus dem Weg gehen. Aber Tante Pearl brauchte meine Hilfe und ich konnte mich ja schlecht irgendwo verkriechen.

„Du hast das Richtige getan."

Ich erschrak, als ich die Stimme hinter mir hörte. „Wie?“

Oma Vi schwebte ein paar Meter neben mir in einem violetten Dunst.

„Omi, du hast mir doch versprochen, im Baumhaus zu bleiben.“

„Ich kann doch nicht dort bleiben, wenn ich gebraucht werde. Brayden ist der Falsche für dich. Du wirst ein paar Tage brauchen, aber dann wirst du ihn vergessen haben.“

„Natürlich denkst du das. Du hast ihn doch nie gemocht.“ Ich setzte mich zurück an den Tisch und fühlte mich kraftlos. „Wie soll ich denn nur 200 Gäste wieder ausladen?“

„Wir werden schon einen Weg finden.“ Oma Vi setzte sich - oder besser gesagt schwebte - mir gegenüber. „Jetzt kannst du dich an diesen gutaussehenden Sheriff ranmachen.“

„Das werde ich nicht. Ich brauche all meine Kräfte, um Sebastien Plants Mörder zu finden und Tante Pearl zu entlasten. Sag mir, was du über Tonya Plant und Jack Tupper weißt.“

„Wer ist Jack Tupper?“, fragte Oma Vi.

„Der Typ, der gestern mit Brayden ums Haus schnüffelte“, sagte ich.

„Der in meinem Zimmer.“

„Es ist nicht dein...“ Ich brach ab. Es brachte nichts, Oma Vi noch mehr zu verärgern. Ich atmete tief durch. „Wir haben alle der Eröffnung des Hotels zugestimmt und Opfer gebracht. Du kannst den Leuten nicht hinterher spionieren.“

„Ich hatte Heimweh. Pearl hat versprochen, es niemandem zu verraten.“ Oma Vis Blick verfinsterte sich. „Pearl konnte noch nie ein Geheimnis für sich behalten.“

„Ich habe sie gezwungen, es mir zu verraten“, sagte ich. „Sie ist kurz davor, für den Mord an Sebastien Plant verhaftet zu werden und wir müssen etwas tun. Worüber haben Tonya und Jack gesprochen, als du dort warst?“

„Da wurde nicht viel gesprochen. Tonyas Mann ist noch nicht einmal unter der Erde und dieser Windhund macht schon mit ihr rum.“

„Da gehören immer zwei dazu.“

Oma Vi seufzte. „Sie können uns doch nicht einfach unser Land wegnehmen, oder?“

„Nicht solange wir nicht verkaufen und das werden wir nicht tun."

„Die denken doch, dass ihnen schon alles gehört", entgegnete Oma Vi „Aber Tonya spielt mit diesem Jack nur. Er ist zu verliebt, um das zu erkennen."

Ich konnte mir nicht vorstellen, dass ein so aggressiver Typ wie Jack auch verliebt sein konnte, aber privat war er vielleicht anders. „Ich brauche deine Hilfe, um den Mord aufzuklären, Oma. Ich will, dass du Tonya folgst, egal wohin sie geht."

„Du meinst, ich soll sie ausspionieren? Ich dachte, das ist nicht erlaubt."

„In diesem Fall schon." Wir konnten sie für keinen Moment aus den Augen lassen. Oma Vi würde sowieso nicht in meiner Wohnung bleiben, also konnten wir ihre Fähigkeiten auch nutzen.

„Aber sie ist eine Hexe. Sie kann mich sehen", sagte Oma Vi. „Sollte ich nicht besser Jack ausspionieren?"

Ich schüttelte den Kopf. „Ich werde ihn beobachten. Ich brauche jemand Mächtigen gegen Tonya und deine Zauberkünste sind viel besser als meine."

Das schien sie zu besänftigen. „Unter einer Bedingung"

Ich seufzte. „Also gut, was?" Warum musste jedes Versprechen in meiner Familie hart erkauft werden?

„Ich will mein altes Zimmer zurück"

Ich nickte. Auf irgendeine Art und Weise wollten wir doch alle etwas zurück. Ich wusste nur nicht, ob wir alles, was wir wollten, auch einfach so bekommen konnten.

KAPITEL 28

Ich öffnete die Hintertür der Küche und fühlte mich wegen Brayden schrecklich schuldig. Obwohl ich wütend auf ihn war, hätte ich mir doch einen besseren Zeitpunkt aussuchen können, um meinem Ärger Luft zu machen. Ganz zu schweigen von der abgesagten Hochzeit.

Ich überlegte, ob ich Brayden nachlaufen sollte, aber war bereits halb über den Parkplatz gegangen, wo Jack gerade an der Fahrerseite eines roten Lamborghinis einstieg. Vielleicht war es besser, ihn in Ruhe zu lassen, damit alles sacken konnte. Trotzdem fühlte ich mich schlecht, weil ich ihn verletzt hatte. Ich wollte meine Worte nicht in einem Moment der Schwäche wieder zurücknehmen, aber er hatte auch jedes Recht, sauer zu sein.

Andererseits schien es Brayden gar nicht so schlecht zu gehen. Er rief nach Jack.

Der lehnte sich aus dem Fenster und sagte etwas, das ich nicht verstehen konnte.

Brayden lachte. Er beobachtete, wie sich Jacks Auto aus der Parklücke zwängte und dann über den Hügel nach unten verschwand.

Ich seufzte und ging wieder zur Tür hinein. Ich wusste, ich sollte Mum von Jacks Angebot erzählen, aber es machte mich furchtbar traurig. Sie würde es ebenfalls traurig machen und noch mehr schlechte Stimmung konnte ich nicht ertragen. Es machte mich unglaublich wütend, dass Jack die Nerven hatte, hier im Westwick Corners Inn zu übernachten, während er gleichzeitig plante, es zu zerstören.

Aber Jacks Scheinheiligkeit und seine kurzfristige Abwesenheit gaben mir ein Zeitfenster, in dem ich handeln konnte. Ich konnte mich in sein Zimmer schleichen und vielleicht mehr Informationen über die Baupläne finden.

Ich lief die Treppen hinauf und blieb am Absatz stehen. Dann atmete ich tief ein und war schockiert darüber, dass ich mich schon genauso wie Tante Pearl verhielt. Vielleicht war ja ihr störrischer Wahnsinn erblich.

Wenn unser Geschäft schon nicht den Bach runtergehen würde, dann zumindest bald unser guter Ruf. Würden unsere Gäste herausfinden, dass die Mitarbeiter in den Zimmern herumschnüffelten, wäre es bald aus mit uns.

Nein, ich war nicht wie Tante Pearl. Außerdem war es schließlich meine Aufgabe, die Toilettenartikel wie Seife oder Shampoo in den Zimmern aufzufüllen. Ich lief wieder hinunter in die Halle und ging in unseren Lagerraum, um eine Handvoll Fläschchen mitzunehmen. Meine Laune besserte sich, als ich zur Abwechslung auch mal etwas Sinnvolles machen konnte.

Als ich Jacks Zimmertür öffnete, war niemand draußen im Gang. Sein Zimmer war ein einziges Chaos und die Bettdecke und Handtücher lagen überall auf dem Boden. Ich ging ins Badezimmer und erschrak, als ich Blutflecken in der Badewanne entdeckte. Nach meinem ersten Schock erkannte ich, dass das Blut wohl etwas mit seiner bandagierten Hand zu tun haben musste.

Aber wie hatte er sich die Hand überhaupt verletzt?

Ich dachte an meine Tante und ihre Angst vor Blut. Sie würde einen Anfall bekommen, wenn sie das Badezimmer sah.

Ich sah mich um. Außer dem Blut war alles ganz normal, aber etwas im Mülleimer unter dem Waschtisch erregte meine Aufmerksamkeit. Ein blutiger Reifenhebel lag im Mülleimer. Jack wirkte nicht wie jemand, der sich selbst verstümmelte und schon gar nicht mit einem Reifenhebel.

Plötzlich ergab alles einen Sinn. Mit dem Reifenhebel konnte man jeden umbringen, sogar einen so großen Kerl wie Sebastien Plant. Das Opfer war außerdem Jacks Rivale um seine Geliebte. Jack war sowohl groß als auch stark genug, um ihm einen tödlichen Schlag zu versetzen. Und ein betrunkener Sebastien Plant würde einem Kampf nicht lange standhalten.

Ich drehte mich um und lief zur Tür. Ich musste dem Sheriff sofort davon berichten, damit er das Zimmer absperren und die Beweise einsammeln konnte. Jack hatte offensichtlich nicht vermutet, dass jemand sein Zimmer betreten würde. Er ließ sogar den Reifenhebel im Mülleimer, vermutlich um ihn später im Dunkeln loswerden zu können.

Ich erschrak, als ich in Oma Vi lief. Sie musste mir heimlich gefolgt sein.

„Du hast mich fast zu Tode erschreckt, Cenny!" Sie schwebte in eine Ecke über der Tür und blickte mich grinsend an.

„Du bist bereits tot, Oma. Warum bist du hier in Jacks Zimmer?"

„Das ist mein Zimmer und ich komme, wann immer es mir passt." Sie blickte sich verächtlich um. „Das ist eine Schande. Der ist ja noch unordentlicher als du."

Ich ignorierte ihre Beleidigung. „Oma, bitte. Du kannst nicht einfach so in den Zimmern der Gäste herumschnüffeln."

„Warum nicht? Das tust du doch auch."

„Nein, tue ich nicht. Ich bin nur gekommen, um die Toilettenartikel nachzufühlen." Ich zeigte ihr meine Handvoll Miniseifen und Shampoofläschchen.

„Netter Versuch, Mädchen. Aber vergiss nicht, dass ich deine Gedanken lesen kann. Wenn du diesen Jack für so verdächtig hältst, warum darf ich dir dann nicht helfen?"

„Nein Omi. „Ich muss jetzt gehen. Ich muss mit dem Sheriff sprechen." Ich lief zur Tür und erstarrte, als ein Schlüssel im Schloss umgedreht wurde.

KAPITEL 29

„Was zum Teufel machen Sie in meinem Zimmer?" Jack Tupper III füllte den Türrahmen aus und blockierte das ganze Sonnenlicht, das aus dem Gang hereinströmte. Und meinen Ausweg.

„Aufräumen. Ich habe gerade die Toilettenartikel nachgefüllt." Mein Gesicht lief rot an, während ich kraftlos meine Hand hochhielt. Es war offensichtlich, dass ich nicht in der Nähe des Badezimmers war. Ich hatte nicht bedacht, dass Jack zurückkommen könnte. Er musste etwas vergessen haben.

„Das ist nicht notwendig." Er zeigte mit seiner Hand zur Tür. „Sie gehen jetzt besser."

Ich ließ das Shampoo und die Seife auf den Ankleidetisch fallen, als ich mich an ihm vorbeizwängte.

Ich schlug die Tür hinter mir zu, dann lief ich die Treppe hinunter zum Speisesaal geradewegs zu Sheriff Gates' Tisch. Ich sah mit Schrecken, dass Tonya wieder Platz genommen hatte. Aber ich konnte einfach nicht länger warten. „Ich muss mit Ihnen sprechen."

Tonya Plants Augen verengten sich, als sie mich anstarrte.

Sie wusste, dass ich etwas herausgefunden hatte. Plötzlich spürte ich eine Welle der Angst, als ich an Hazels und Pearls Warnung dachte. Ich hätte warten sollen, bis der Sheriff alleine war, aber angesichts der Umstände, was sollte ich tun? Jack entsorgte wahrscheinlich gerade in diesem Moment den Reifenhebel.

„Was ist los?" Er schien meine Besorgnis zu bemerken.

„Das ist vertraulich." Ich blickte zu Tonya, die nun höchst alarmiert war. Das bedeutete für mich nur eins: Sie hatte irgendetwas mit dem Mord an ihrem Mann zu tun und Angst, dass ich etwas darüber zu sagen hatte. Was sonst könnte so wichtig sein, die Befragung des Sheriffs zu unterbrechen. „Können wir uns in der Küche unterhalten?"

Er blickte Tonya an, die nickte. „Geben Sie mir fünf Minuten."

Wenig später saß mir Tyler Gates gegenüber am kleinen Küchentisch.

Er lehnte sich nach vorne und flüsterte. „Das ist eine vertrauliche Information, aber ein Reifenhebel passt zum Bericht des Gerichtsmediziners."

„Sollten Sie mir das dann erzählen? Immerhin bin ich die Presse."

„Das ist Teil meiner Strategie. Ich hoffe, dass Sie einen Artikel veröffentlichen können, der den wahren Mörder aufscheucht. Jemand in der Stadt weiß etwas."

„Sie schließen also Tante Pearl und ihren Gehstock aus?"

Er schüttelte den Kopf. „Nichts und niemanden schließe ich aus, aber es war offensichtlich, dass der Gehstock nicht schwer genug ist, um den Schaden an Plants Schädel anzurichten."

Ich erschauderte. „Sie sollten sich besser beeilen, bevor Jack die Beweise zerstört." Es war ziemlich unvorsichtig - oder arrogant - den Reifenhebel einfach in den Mülleimer zu werfen. Wer immer auch das Zimmer aufräumen würde - also Tante Pearl, die ohnehin schon verdächtig war - würde ihn bemerken. Aber wahrscheinlich dachte Jack, wir wären alle zu dumm, um die Verbindung zu erkennen. Oder er hatte noch keine Zeit gehabt, das Ding loszuwerden.

„Die Spurensicherung ist auf dem Weg von Shady Creek hierher", sagte Tyler. „Ich habe sie angerufen, als ich reinkam."

„Tonya hat Sie hoffentlich nicht gehört."

„Nein, Sie lief schnell raus, nachdem Sie bei uns am Tisch waren."

Großartig. Ich musste Tante Pearl und Hazel warnen, dass Tonya hinter uns her war. „Ist sie eine Verdächtige? Sie ist immerhin die Ehefrau. Wenn Sie mich fragen, wirkt sie nicht gerade traurig."

„Jeder ist verdächtig, bis der Fall gelöst ist", sagte er.

„Sie hat etwas damit zu tun. Wussten Sie von ihrer Affäre?"

Seine Augen weiteten sich. „Wir sind an der Sache dran. Die Frage ist, warum wissen Sie von ihrer Beziehung?"

Ich zappelte, während ich mir eine Ausrede einfallen ließ. Ich konnte ja schlecht behaupten, dass der Geist meiner Großmutter Jacks Zimmer überwacht hatte. „Wir sahen Tonya in Jacks Zimmer schleichen."

„Und Sie denken, das ist Beweis genug für ihre Affäre? Sie müssen mehr als das haben."

Das hatte ich, aber nichts, von dem ich ihm hätte erzählen können. „Tonya und Jack sind Geschäftspartner. Jack will unser Grundstück kaufen, um ein Reiseweise-Resort darauf zu bauen. Sebastien war gegen diesen Plan. Ich denke, deshalb haben sie ihn umgebracht."

Der Sheriff schwieg, während er meinen Bericht verdaute. Ich spürte, dass er innerlich damit kämpfte, wie viel er mir sagen konnte.

„Da ist noch mehr." Ich zog die Walmart-Rechnung aus meiner Hosentasche und gab sie ihm, während ich die Gatorade-Flasche im Mülleimer beschrieb. „Ich glaube nicht, dass er betrunken war. Tonya hat ihn mit Frostschutzmittel vergiftet und dann hat ihn Jack mit dem Reifenhebel erschlagen. Auch wenn er am Gift gestorben wäre, hätte sie den Mord immer noch Jack in die Schuhe schieben können." Die Idee mit dem Sündenbock kam mir ganz plötzlich. Das passte doch perfekt, dass Tonya es Jack anhängen wollte. So konnte sie die ganze Beute für sich einsacken.

In meinem energielosen, hungrigen Zustand hatte ich es nicht bemerkt, aber jetzt fügten sich alle Dinge zusammen.

Tyler Gates nickte. „Das deckt sich mit dem Bericht des Gerichtsmediziners. Sebastien Plant erlitt mehrere Schläge mit einem stumpfen Gegenstand. Er wies genau die Art von Verletzung auf, die durch so einen Reifenhebel verursacht wird. Aber eigenartigerweise blutete er nicht so stark, wie er es hätte sollen."

„Sie meinen, er könnte bereits tot gewesen sein, als er erschlagen wurde." Ich erinnerte mich an eine ähnliche Geschichte bei *Medical Detectives*.

Ich dachte an die Gatorade-Flasche in Tonyas Zimmer. „Gab es in der Autopsie irgendwelche Anzeichen für eine Vergiftung?"

Tyler Gates griff zu seinem Handy und tippte ein paar Zahlen ein. „Genau das werden wir jetzt herausfinden."

Die Einzelzelle der Polizeistation von Westwick Corners war normalerweise nicht sehr gut besucht. Zu seltenen Anlässen wurde sie von ein paar betrunkenen Zechern bewohnt, aber soweit ich wusste, noch nie von einer Hexe. Der heutige Ehrengast war Tante Pearl. Sie wurde auf frischer Tat mit ihrem Zauberstab - oder ihrem Gehstock, wie der Sheriff annahm - ertappt. Er war ihr zur Tankstelle gefolgt, nachdem er sie mit einem Benzinkanister gesehen hatte. Er konfiszierte ihn, um weitere Brandanschläge zu verhindern. Er nahm ihr auch den Zauberstab ab. Benzin zu kaufen, war natürlich nicht illegal, aber Beweise aus dem Gewahrsam der Polizei zu stehlen sehr wohl.

Die Angaben des Sheriffs waren unscharf, aber irgendwie war es Tante Pearl gelungen, sich rauszureden. Ich hatte keinen Zweifel daran, dass Zauberei sowohl der Grund für seine Gedächtnislücke als auch das Wiedererlangen des Zauberstabs war. Ich versprach, für Gerechtigkeit zu sorgen.

Ich konnte mir allerdings nicht erklären, wie sie ihren Zauberstab - oder Gehstock - überhaupt stehlen konnte. Das Schloss schien intakt zu sein, es gab keine Einbruchspuren.

Das einzig Gute war, dass Tante Pearl sich schließlich dazu bereit erklärt hatte, zur Polizeistation zu gehen und alles zu gestehen. Ich hatte

Angst, dass sie ihren Zauberstab wieder stehlen würde, aber einen Versuch war es wert. Ich überzeugte sie, dass der Sheriff sie beobachten würde, bis sie ihm Informationen liefern konnte, die ihn auf eine neue Spur brachten. Zu meiner Überraschung stimmte sie zu. Wir wussten beide, dass das einige unangenehme Fragen über ihren Zauberstab mit sich bringen würde. Ihr Verhalten hatte bislang für Verwirrung gesorgt und sie belastet und ich hoffte wirklich, dass sie kooperieren würde.

Gegen Tante Pearl lag bislang noch nicht keine Anklage vor, aber ein Teil von mir war überzeugt, dass eine Gefängniszelle im Moment der sicherste Ort für sie war. Als Hexe konnte sie jederzeit verschwinden, wenn sie es wollte, aber das würde die Sache für sie nur noch schlimmer machen. Ich musste sie davon überzeugen, dort zu bleiben, bis ich Tonya drankriegte. Alles andere spielte Tonya und ihrem Plan, Tante Pearl zu belasten, in die Hände. Ich hatte keinen Beweis, nur ein Bauchgefühl und die Gewissheit, dass es in meiner Familie keine Mörder gab. Auch nicht Tante Pearl.

Trotzdem überraschte es mich, dass Sheriff Gates Tante Pearl eingesperrt hatte, anstatt sich auf die Beweise gegen Tonya und Jack zu konzentrieren. Ich hatte endlich einen Beweis gefunden, der nicht Tante Pearl belastete. Der Sheriff hatte allen Grund dazu, die beiden vorzuladen, aber die einzige Zelle, die ihm zur Verfügung steht, hatte er jetzt schon in Verwendung. Ich hoffte, er wusste was er tat.

Oma Vis Plan, Tonya zu beschatten, hatte sich nun in Luft aufgelöst, nachdem Tante Pearl in Haft war und wir mussten wieder von vorne beginnen. Ich kam nur Minuten nach dem Anruf des Sheriffs an der Polizeistation an, gefolgt von Oma Vi.

Nach mehreren erfolglosen Versuchen, sie davon zu überzeugen, besser Tonya im Auge zu behalten, gab ich auf. Ich verstand Oma Vis Prioritäten. Tante Pearl mochte zwar 70 Jahre alt sein, aber sie war immer noch Oma Vis Tochter. Ihre mütterlichen Instinkte meldeten sich zu Wort.

„Wir müssen sie aus diesem Loch rausholen, Cenny."

„Beruhige dich, Omi. Ich glaube, sie ist nur zur Befragung dort." Aber innerlich war ich besorgt darüber, warum genau der Sheriff Tante Pearl verhaftet hatte. Wie ich meine Tante kannte, konnte es viele

Gründe dafür geben. Plötzlich erschien Brandstiftung eine Kleinigkeit verglichen mit einem Mord. Ich befürchtete, dass sie zu weit gegangen war.

Ich wartete im kleinen Empfangsbereich des Büros, das als Polizeistation von Westwick Corners diente. Ein halbes Dutzend Plastikstühle standen an der Wand und blickten zu einem holzverkleideten Tresen, der seit der letzten Renovierung des Rathauses in den 70er Jahren hier stand. Ich nahm eine zwei Jahre alte Ausgabe des *Time*-Magazins und blätterte die abgegriffenen Seiten durch, konnte mich aber nicht konzentrieren.

Die Polizeistation war im ersten Stock des Rathauses untergebracht. Das war der letzte Ort, an dem ich jetzt sein wollte. Das Büro des Bürgermeisters lag im selben Gebäude und ich fürchtete, Brayden über den Weg zu laufen.

Oma Vi schritt - oder besser gesagt schwebte - im Wartebereich auf und ab und immer wieder in den Befragungsraum, in dem Sheriff Gates und Tante Pearl saßen.

„Kannst du bitte damit aufhören? Von deinem ständigen Hin- und Hergeschwebe bekomme ich Kopfschmerzen."

„Ich kann nichts dafür, Cenny. Es sieht nicht gut aus für Pearl. Er nimmt sie ziemlich in die Mangel." Oma Vi schwebte über mir, ihre Erscheinung war noch schwächer als sonst. Die Befragung ihrer Tochter bereitete ihr große Sorgen.

Die Stimmen, die aus dem Büro des Sheriffs kamen, waren gedämpft, aber ich war sicher, dass es Tyler Gates und Tante Pearl waren. Niemand sonst war hier.

„Du hast doch nur Gesprächsfetzen gehört. Vielleicht hast du etwas falsch verstanden." Ich war genervt, dass Oma Vi sich in den Befragungsraum geschlichen hatte, um zu lauschen. Vor allem ärgerte es mich, dass sie etwas hören konnte und ich nicht.

Oma Vi schüttelte den Kopf. „Für mich klingt das eindeutig. Sheriff Gates hat keine anderen Verdächtigen. Pearl ist erledigt, erledigt, erledigt." Sie zeigte mir einen übertriebenen Daumen nach unten.

„Das ist doch nur eine Befragungstaktik. Ich halte es für keine gute Idee, dass du sie belauscht, Omi. Das macht die ganze Sache für Tante

Pearl nur noch stressiger, weil sie dich sehen kann. Vielleicht sagt sie noch etwas Falsches." Die Mischung aus Oma Vi und Pearl konnte noch viel mehr Probleme heraufbeschwören, als ich verkraften könnte. Tante Pearl könnte schnell ausflippen und genau deshalb war ich hier. Je eher ich meine Tante vom Sheriff fernhalten konnte, desto besser.

„Pssst. Der Sheriff kommt raus." Oma Vi zog sich in eine Ecke an der Decke, genau mir gegenüber zurück.

Tyler Gates sah unglücklich aus, was nicht wirklich überraschend war, nachdem Tante Pearl nicht gerade freundlich zu ihm gewesen war. Er war erst zwei Tage in seinem Job und bereute es mit Sicherheit schon. „Pearl bleibt hier."

Ich sprang auf. „Sie nehmen Sie fest?" Ich hatte Tante Pearl versprochen, dass ihre Befragung nur eine Stunde oder so dauern würde. Sie würde wütend auf mich sein.

„Genau genommen nicht, aber ich behalte sie über Nacht hier. Ich habe Bedenken, was ihre persönliche Sicherheit angeht und deshalb habe ich entschieden, sie ihn Schutzhaft zu nehmen. So kann ich sie im Auge behalten."

Ich glaubte, dass sich eher jeder andere Sorgen machen musste, aber das behielt ich für mich. „Sie kann auf sich selbst aufpassen. Aber wenn Sie sich Sorgen machen, kann ich mich doch um sie kümmern. Ich verspreche, sie wie ein Adler im Auge zu behalten."

Er schüttelte den Kopf. „Das geht leider nicht. Sie hat gedroht, sich etwas anzutun."

Das glaubte ich für keine Sekunde. Ich nahm an, dass Tante Pearls Plan, die Befragung zu beenden, nach hinten losgegangen war. „Das ist doch nur Gerede. Ihre Sicherheit ist doch nicht Grund genug, um sie ins Gefängnis zu stecken."

„Das ist nicht der einzige Grund", sagte er. „Sie ist auch in den Fall verwickelt."

Ich stand auf. „Tante Pearl ist keine Mörderin. Ich weiß, es sieht schlecht für sie aus, aber sie hat es nicht getan."

Ein Lächeln huschte über Tyler Gates' Lippen. „Ich habe nie gesagt, dass sie es war. Sie wird wegen Behinderung der Ermittlungen, nicht wegen Mordes festgehalten."

„Oh." Meine Schultern entspannten sich, als ich das hörte. Einerseits war ich erleichtert, aber ich hatte auch Angst vor dem Chaos, das sie in der Polizeistation anrichten konnte.

„Es tut mir leid, aber ich habe keine Wahl", sagte er. „Ich werde vom Gouverneur wegen des Falls unter Druck gesetzt und Ihre Tante verursacht ständig Probleme. Sie kann nicht einfach Beweise entwenden."

„Wie bitte?" Das klang nicht gerade überzeugend, aber ich konnte mir nichts Besseres einfallen lassen, um nicht verdächtig zu klingen.

„Irgendwie hat sie ihren Gehstock aus dem Beweismittelschrank entwendet. Er war sicher verschlossen und ich weiß auch nicht, wie sie da hineingekommen ist. Das Schloss war nicht beschädigt und ich habe als einziger einen Schlüssel dazu. Pearl wollte mir nicht sagen, wie sie es angestellt hat, aber ich habe sie mit dem Beweismittel erwischt."

Seine weichen, braunen Augen blickten mich an und ich zitterte trotz der drückenden Hitze in seinem winzigen Büro.

„Ja, sie braucht ihren Gehstock."

„Ich habe ihr vorgeschlagen, einen anderen zu verwenden, aber das wollte sie nicht. Ich versuche, nachsichtig mit ihr zu sein, aber wenn es um eine Mordermittlung geht, muss ich einfach eine Grenze ziehen", sagte Sheriff Gates.

„Ja, das verstehe ich." Ich konnte auch viel mehr schaffen, wenn ich nicht ständig hinter Tante Pearl hinterher rennen musste. Sie würde mit Sicherheit aus der Zelle ausbrechen, aber damit konnte ich mich beschäftigen, wenn es soweit war. Eigentlich bot mir ihre Inhaftierung den Spielraum, um mehr über Jack und Tonya herauszufinden.

Tyler Gates zeigte auf einen Stuhl und setzte sich neben mich. „Ich habe gerade mit dem Gerichtsmediziner gesprochen. In den Nieren von Sebastien Plant wurden Calciumoxalatkristalle gefunden. Er erlitt eine Ethylenglykolvergiftung." Er hielt mit der linken Hand eine Akte hoch, die mit *Plant - Bericht Gerichtsmediziner* beschriftet war.

Ich schlug die Hand vor den Mund. „Ich hatte recht mit dem Frostschutzmittel."

Er nickte. „Wir haben Tonya auf den Videoaufnahmen des Supermarkts, ungefähr zur gleichen Zeit, wie die auf der Rechnung"

Endlich gab es eindeutige Beweise, die auf jemand anderen als Tante Pearl deuteten. „Ist Tonya nun offiziell eine Verdächtige?"

„Ich kann im Moment nicht mehr sagen. Ich wollte nur bestätigen, dass wir Ihren Informationen nachgegangen sind. Sie können das erst veröffentlichen, nachdem mein Bericht später noch rausgeht."

Ich stand auf und war erleichtert, dass sich die Aufmerksamkeit nicht mehr auf Tante Pearl richtete. „Kann ich meine Tante jetzt sehen?" Ich blickte nach oben, aber Oma Vi war verschwunden. Ich nahm an, dass sie Tante Pearl bereits in ihrer Zelle bemitleidete.

„Es spricht nichts dagegen. Aber vergessen Sie nicht, die Ergebnisse des Gerichtsmediziners sind noch geheim." Ich versprach es und er führte mich durch einen kurzen Gang hinunter zur Zelle. Tante Pearl saß auf dem Bett und blickte auf, als wir näherkamen. Es war eine Gefängniszelle, aber es hatte auch einen heimeligen Touch mit einer Patchwork-Decke auf dem Bett und einem geknüpften Teppich auf dem Linoleum-Boden.

Tante Pearl schien von der Einrichtung unbeeindruckt zu bleiben. Sie machte ein böses Gesicht, als ich mich den Gittern näherte. „Ich will einen Anwalt."

Ich ignorierte sie und blickte den Sheriff entschlossen an.

Er legte die Stirn in Falten. „Also gut. Ich lasse Sie beide für ein paar Minuten allein."

Westwick Corners war pleite, also war ich mir ziemlich sicher, dass es in der Zelle keine Videoüberwachung oder Mikrofone gab. Aber selbst wenn wir beobachtet wurden, ich hatte Fragen, die beantwortet werden mussten. „Was ist mit Tonya?"

„Deshalb war ich ja bei der Tankstelle. Ich bin ihr gefolgt, aber sie ist in einen LKW von Centralex gestiegen." Tante Pearl spuckte in das Waschbecken, als sie den Namen der Baufirma erwähnte, so als ob er einen fahlen Geschmack in ihrem Mund hinterlassen würde.

„Hast du gesehen, wer den LKW fuhr?"

Tante Pearl nickte. „Es war der langhaarige Hippie-Typ, der in unserem Hotel rumhängt."

„Du meinst Jack Tupper? Der Mann, der in Oma Vis altem Zimmer wohnt?"

Ich erschrak, als eine leise Stimme von oben vor sich hin fluchte und sah Oma Vi, die ihr Faust ballte und vor sich hin murmelte.

„Genau der", sagte Tante Pearl. „Ich konnte ihnen nicht folgen, weil ich zu Fuß unterwegs war. Dann hat mich der Sheriff schikaniert. Seit wann ist es ein Verbrechen, Benzin zu kaufen?"

„Du hättest nicht weglaufen sollen, Tante Pearl."

„Er wollte mich festnehmen, Cenny. Weswegen?" Sie warf ihre Hand nach oben. „Ich bin unschuldig. Ich will einen Anwalt."

Genau genommen, war Tante Pearl nicht verhaftet, aber ich wollte die Diskussion nicht in eine andere Richtung lenken. „In welche Richtung fuhr der Centralex-LKW?"

„Sie haben den Highway in Richtung Shady Creek genommen."

Ich seufzte. „Jetzt haben wir sie beide verloren. Wir werden nie herausfinden, was sie vorhaben." Tonya und Jack hatten starke Motive. Tonya hatte gerade die alleinige Kontrolle über Reiseweise erhalten und die beiden hatten als Paar - wenn es das war, was sie waren - ein großes Hindernis für ihre Beziehung beseitigt. Tonya musste Tante Pearl loswerden, damit sie ihre Baupläne umsetzen konnte und so war es nur natürlich, dass sie den Verdacht auf Pearl lenkte.

„Keinen Grund zur Sorge." Oma Vi stieg von der Decke herunter und schwebte neben Pearl. „Ich werde sie finden. Wo ist dieses Centralex? Dort werde ich anfangen."

Ich zog mein Handy heraus und suchte nach der Adresse. Einen Geist zur Verfügung zu haben, war definitiv ein Vorteil. „Ich komme mit."

KAPITEL 31

Ich drückte das Gaspedal durch und raste über den Highway in Richtung Shady Creek und Centralex. Ich hoffte, das Tonya und Jack dorthin unterwegs waren, denn sonst hatten wir keine Chance, sie zu finden.

Es war schwierig, sich auf das Fahren zu konzentrieren, während Oma Vi immer wieder durchs Auto schwebte. Sie behinderte meinen Blick, wann immer ich in den Rückspiegel sah. Ihre halbtransparente Erscheinung sorgte für einen verschwommenen Nebel, der es für mich sogar schwer machte, die Straße vor mir zu sehen.

„Augen auf die Straße, Cenny, oder du wirst uns noch umbringen." Oma Vi schwebte gefährlich nahe am Lenkrad. Ich bezweifelte, dass ein Geist wirklich nach einem Lenkrad greifen konnte, aber es nervte mich.

„Du bist bereits tot, schon vergessen?"

„Du wirst auch bald tot sein, wenn du nicht langsamer fährst", grummelte sie und zog sich auf den Rücksitz zurück.

Ich wechselte das Thema. „Versuch dich daran zu erinnern, was du sonst noch in Tonyas und Jacks Zimmer gesehen hast."

„Du meinst außer Sex?"

„Ja, außer dem. Worüber haben sie gesprochen?"

„Ich habe nicht wirklich zugehört, aber ich erinnere mich an etwas von wegen heiraten."

„Du meinst, die beiden wollten heiraten?" Ein weiteres Mordmotiv, aber ich konnte ja schlecht dem Sheriff den Augenzeugenbericht eines schnüffelnden Geistes übermitteln. Ich musste das irgendwie beweisen.

„Tonya meinte, dass sie ein Jahr warten sollten, bis sich die ganze Sache mit Sebastiens Mord gelegt hat. Das ist alles, was ich gehört habe."

Als ich das mit der Hochzeit hörte, spürte ich einen Knoten in meinem Hals. „Bist du sicher? Versuch dich zu erinnern. Wir wissen, dass einer von ihnen oder beide Sebastien Plant umgebracht hat. Wir müssen es nur beweisen."

„Fahren wir deshalb den ganzen Weg nach Shady Creek?" Oma Vi schwebte über den Vordersitz und verzerrte mein Blickfeld erneut. „Das ist doch Zeitverschwendung. Ist das nicht die Aufgabe des Sheriffs?"

„Er kann es doch mit Hexen nicht aufnehmen, Omi. Er braucht unsere Hilfe."

„Mit Pearl ist er doch auch zurechtgekommen. Warum helfen wir Sheriff Gates überhaupt? Er hat Pearl in den Knast gesteckt. Das ist Hexenverfolgung."

„Das hat sie sich selbst eingebrockt und das weißt du." Ich konnte nicht erwarten, dass Oma Vi objektiv blieb, wenn es um ihre Tochter ging. „Der Mord ist viel wichtiger und Tonya und Jack versuchen, sich unser Grundstück zu holen. Wir müssen uns selbst helfen. Es ist nur in unserem Interesse, Tonya und Jack eine Falle zu stellen."

„Dieser Hippie hat schon mein Zimmer. Ich will, dass er verschwindet." Oma Vi schwebte zur Seite über den Beifahrersitz. „Wie genau wollen wir das machen?"

„Wir sagen einfach, wir hätten uns das mit dem Verkauf noch einmal überlegt. Dass ich die Zusage für Mum, Pearl und Amber, also den Besitzern, überbringen. Für den Rest müssen sie nach Westwick Corners kommen.

Oma Vi schnaubte. „Das klingt riskant. Habe ich da nichts mitzureden?"

„Natürlich, aber du bist ein Geist, schon vergessen? Du hast das Grundstück deinen Töchtern überlassen, also liegen die Geschäfte bei ihnen. Außerdem ist das doch nur ein Trick. Wir werden ihnen das Grundstück nicht wirklich verkaufen."

„Das will ich hoffen. „Ich will mein Zimmer zurück. Vor allem jetzt, wo du deine Hochzeit abgesagt hast."

„Ist für mich in Ordnung." Es war nicht meine Entscheidung, aber ich wollte auch nicht langfristig meine Wohnung mit Oma Vi teilen. Wir würden uns gegenseitig in den Wahnsinn treiben. „Zuerst müssen wir Tonya und Jack finden. Wir müssen sie überlisten, damit sie wieder nach Westwick Corners kommen."

Während der nächsten 30 Minuten Fahrt schwiegen wir, bis wir die Ausfahrt Shady Creek erreichten. Wir verließen den Highway und fuhren noch gut einen Kilometer in Richtung Stadtzentrum. Centralex gehörte das größte Gebäude, ein Beton- und Glasklotz, der zwischen den alten, niedrigen Ziegelgebäuden wie Unkraut hervorzusprießen schien.

Ich wurde langsamer, als wir das Gebäude erreichten, aber ich hatte Angst, in den Parkplatz einzubiegen.

„Du hast die Einfahrt verpasst", entfuhr es Oma Vi.

„Ich weiß. Ich brauche noch einen Plan." Ich bog um die Ecke und fuhr um den Block.

„Wirklich, Cenny? Du hattest während der Fahrt genug Zeit, um darüber nachzudenken. Jetzt leg los."

„Du hast leicht reden. Du bist unsichtbar." Ich fuhr langsamer und erreichte die Vorderseite des Gebäudes. Meine Laune besserte sich, als ich den Centralex-LKW am Parkplatz stehen sah. Aber meine Hoffnung schwand, als ich drei identisch aussehende Fahrzeuge dort entdeckte. „Ich wünschte, es gebe einen einfacheren Weg herauszufinden, ob sie hier sind oder nicht."

Oma Vi schnaubte. „Ich gehe hinein und du wartest hier."

„Keine Chance." Oma Vi konnte zwar nicht Auto fahren, aber ich hatte keine Zweifel daran, dass sie im Hauptquartier von Centralex gehörig für Ärger sorgen konnte. Ich bog in einen freien Parkplatz weit weg vom Eingang und stellte den Wagen ab. „Gehen wir."

Als wir in Richtung des Gebäudes gingen, spürte ich, dass es kein Zurück mehr gab.

KAPITEL 32

Ich zog die schwere Glastür des Centralex-Hauptquartiers auf und war überrascht, dass sie an einem Samstag unverschlossen war. Ich hielt sie kurz geöffnet, damit Oma Vi hineinschweben konnte. Es war nur eine Gewohnheit, denn eigentlich konnte sie auch durch Glastüren hindurchgehen.

Durch die Tür erreichten wir ein riesiges, mit Glas verkleidetes Atrium, in dem auf jeder Seite eine Treppe nach oben führte.

„Warte hier", sagte ich zu Oma Vi. Ich stieg die Treppen in den ersten Stock hinauf und huschte auf Zehenspitzen über den Teppichboden. Am Ende des Ganges hörte ich Stimmen.

Zwei Personen unterhielten sich, aber ihren Stimmen nach zu urteilen, waren es zwei Männer, nicht Tonya und Jack.

Ich stand an einer Wand gegenüber von einem Besprechungszimmer. Durch die offene Tür hatte ich einen direkten Blick auf den Konferenztisch. Zwei Männer saßen nur gut fünf Meter entfernt und ich sah Jack.

Ich erschrak mich, als ich plötzlich Braydens Stimme erkannte.

„Die Begrenzung muss verändert werden, aber das ist einfach", sagte Brayden. „Die Stadträte stimmen normalerweise all meinen Vorschlägen zu. Die Wests sind noch unentschlossen, aber ich denke, sie

176

werden dein Angebot annehmen, wenn es dem Marktwert nahekommt."

Mein Hals schnürte sich zu, als ich Brayden über unser Grundstück sprechen hörte. Oma Vi hatte nicht nur Recht, was Jacks und Tonyas Plan anging, Brayden hatte offensichtlich auch etwas damit zu tun. Er war mit Jack verbandelt, schon bevor ich Schluss gemacht hatte. Das tat weh. Als Bürgermeister bestand ein klarer Interessenskonflikt, aber wie konnte er mich nur so hintergehen?

Ich war so wütend, dass ich um ein Haar in das Besprechungszimmer gestürmt wäre. Ich hielt den Atem an und versuchte mich zu beruhigen, während ich ein paar Zentimeter näher schlich. Ich brauchte Oma Vi nicht, um Braydens Gedanken lesen zu können.

Jack schob einen Stapel Papiere über den Tisch zu Brayden hinüber. „Wenn das alles durchgeht, wirst du auch davon profitieren."

Wurde Brayden gerade bestochen? Brayden war vieles, aber doch kein Krimineller. Ich war sicher, er würde kein Bestechungsgeld akzeptieren und konnte nicht glauben, was ich da hörte.

„Ich weiß nicht", sagte Brayden. „Es wird hart, die Politik aufzugeben."

„Das musst du ja nicht. Du arbeitest ein paar Jahre für mich, dann kehrst du in die Politik zurück." Jack stand auf und ging um den Tisch hinüber zu Brayden. „Du besorgst uns die Kontakte in der Politik und wir werden dir einen Namen machen." Er klopfte Brayden auf die Schulter. „Win, win."

„Das ist ein verlockendes Angebot", sagte Brayden. „Es gibt nichts, was mich noch in Westwick Corners hält."

Das war offensichtlich eine Anspielung auf mich, aber so viel zur Stadt, die er angeblich liebte.

„Ja, tut mir leid, Mann. Ich habe das von deiner Trennung gehört." Jack kniff Brayden scherzhaft in den Arm. „Aber so bist du besser dran."

Ich war stocksauer auf Jack, der sich ein Urteil bildete, ohne mich überhaupt zu kennen.

„Ich weiß." Brayden nickte.

Jetzt war ich wirklich sauer. Brayden war ziemlich schnell über mich hinweggekommen. Jetzt verkaufte er auch noch unsere Stadt an den

Höchstbietenden. Auch wenn er bis jetzt nicht mehr getan hatte, als mit Jack zu diskutieren, war er in meinen Augen doch ein Verräter. Soweit ich das sehen konnte, hatte er kein Bestechungsgeld angenommen, aber war ein Jobangebot denn etwas anderes? Auf jeden Fall nahm er eine Belohnung dafür an, etwas einzufädeln, das nicht zum Wohle unserer Stadt war.

Ich erschrak, als mein Handy klingelte. Brayden hatte es ebenfalls gehört. Er trat aus der Tür und blickte in den Gang. Seine Kinnlade kippte nach unten, als er mich sah.

Jack bemerkte mich nur einen Moment später. „Wenn man vom Teufel spricht."

Ich hielt meinen Zeigefinger nach oben. „Da muss ich rangehen." Ich nahm den Anruf an, während ich mir überlegte, was ich als nächstes sagen konnte.

Oma Vis Stimme durchschnitt die Luft. „Wo bist du?"

„Ist doch egal. Warum rufst du mich an?"

„Ich warte auf dich in der Lobby. Sind wir hier fertig? Ich will zurück nach Westwick Corners." Oma Vi beendete ihren Satz mit einem theatralischen Seufzer.

„Geister benutzen keine Handys", flüsterte ich in mein Telefon, während ich eilig durch den Gang zurückrannte.

„Habe ich dich nicht gerade angerufen?"

„Woher hast du meine Nummer?"

„Ach, Cenny. Du machst dich wirklich manchmal lächerlich. Ich brauche deine Nummer nicht und ich muss dich auch nicht anrufen." Oma Vis Erscheinung tauchte langsam vor mir auf. Sie hatte kein Telefon verwendet, nur ihre Zauberei genutzt. „Ich musste irgendwie deine Aufmerksamkeit erregen, deshalb ließ ich dein Handy klingeln. Ich muss dir berichten, was ich rausgefunden habe."

„Was hast du denn herausgefunden? Du solltest doch unten auf mich warten."

KAPITEL 33

„ $\mathcal{W}$ as machen Sie denn hier?" Jacks Augen verengten sich, als er mich beobachtete „Und warum in aller Welt führen Sie Selbstgespräche?"

Oma Vi kicherte, als sie von der Decke herunterblickte.

Brayden folgte Jack in die Halle. „Das macht sie ständig."

Ich ignorierte ihn und konzentrierte mich auf Jack. „Ich hoffe, dass es nicht zu spät ist. Wir haben uns entschieden zu verkaufen."

„Cenny, das ist großartig." Brayden rannte zu mir herüber. „Ihr werdet es nicht bereuen."

„Das ist schön", sagte Jack. „Aber wir haben bereits ein anderes Grundstück gefunden. Es könnte also zu spät für Sie sein. Vielleicht muss ich Ihnen auch einen niedrigeren Preis anbieten. Die anderen prüfen gerade unser Angebot."

Ich ignorierte seinen Bluff. „Mum, Tante Amber und Tante Pearl sind bereit, die Verträge zu unterzeichnen. Unter einer Bedingung."

„Die wäre?"

„Sie müssen nach Westwick Corners kommen. Tante Pearl ist derzeit in ihrem Bewegungsspielraum eingeschränkt und kann die Stadt nicht verlassen. Ist das möglich?"

„Ich denke schon." Ein Lächeln breitete sich langsam über Jacks Gesicht aus.

„Großartig." Ich blickte auf die Uhr. „Treffen wir uns morgen Vormittag." Wir brauchten noch Zeit, damit Tonya vor der Festnahme durch Sheriff Gates noch vor das WEHEX-Gericht gestellt werden konnte. Ich ging ein paar Schritte in Richtung der Treppe, dann drehte ich mich um. „Ach und noch etwas."

„Ja?"

„Bitte bringen Sie auch Tonya mit."

„Tonya Plant? Warum sollte ich..."

„Wir wissen alles über Ihre Partnerschaft und die Resortpläne." Ich zeigte auf Brayden. „Brayden hat mir alles darüber berichtet."

Jacks Augen weiteten sich. Er drehte sich zu Brayden, sagte aber nichts.

„Sie haben doch nicht wirklich geglaubt, dass er irgendwelche Geheimnisse vor seiner zukünftigen Frau hat, oder?"

„Ich habe ihr gar nichts erzählt." Brayden wandte sich an Jack. „Ich habe keine Ahnung, wovon sie spricht. Ich habe es keiner Menschenseele erzählt."

Ich zuckte mit den Schultern und ging die Treppe hinunter. Oma Vi schwebte ein paar Meter voraus. Mir wurde schwindlig angesichts meiner Leichtgläubigkeit. Wie eine Idiotin hatte ich Brayden vertraut und nicht bemerkt, dass er mir gegenüber nicht loyal war. Ich hoffte nur, dass Oma Vi keine große Sache daraus machte, dass sie Recht gehabt hatte. Darauf hatte ich jetzt wirklich keine Lust.

Oma Vi schwebte ungeduldig neben der Tür. „Komm schon, wir haben nicht den ganzen Tag Zeit."

Ich blickte hinüber zu Oma Vi, die ungewöhnlich still war, während wir über den Highway zurück nach Westwick Corners fuhren. „Was ist los mit dir? Du bist so schweigsam."

Oma Vi zuckte nur mit den Schultern, während sie über dem Beifahrersitz schwebte. Sie hatte ihre Position nicht verändert, seit wir Shady Creek vor einer halben Stunde verlassen hatten. Das erleichterte mir zwar das Fahren, beunruhigte mich allerdings auch. Etwas stimmte nicht.

Ich drängte sie nicht und beschloss, die Ruhe zur Abwechslung zu genießen. Es war ein schöner, sonniger Tag, perfekt für eine gemütliche Fahrt. Ich entschloss, sie einfach zu genießen.

Ein dumpfer Knall ließ mich zusammenfahren. Ich wusste nicht viel über Autos, aber ich erinnerte mich vage an das lose Auspuffohr an meinem alten Wagen. Das Geräusch war nicht ganz gleich, aber vielleicht war das wieder so was. „Ich fahre rechts ran. Vielleicht ist etwas am Auto gebrochen."

„Nein, nein, nein" Oma Vi winkte hektisch mit den Armen. „Fahr weiter!"

„Kann ich nicht. Nicht, wenn mein Auto auseinanderfällt." Ich verlangsamte das Auto und fuhr auf die rechte Spur.

„Cenny, hör mir zu." Oma Vi schwebte gut zwei Zentimeter vor meinem Gesicht. Durchsichtig oder nicht, ich konnte kaum hinaussehen. Es war wie ein starker Nebel, nur dass es eigentlich ein schöner, sonniger Tag war. „Tonya liegt im Kofferraum."

Das Auto geriet ins Taumeln, als die rechte Seite von der asphaltierten Straße abkam. Es landete mit einem dumpfen Aufprall im Kiesbett.

Ich riss eine Hand vom Lenkrad, um sie wegzuschieben, aber natürlich ging die Hand nur durch sie durch. „Geh mir aus dem Weg, Oma! Ich kann nichts sehen."

Sie eilte zurück auf den Beifahrersitz. „Oh, Entschuldigung."

„Warum hast du mir das nicht früher gesagt?" Jetzt war klar, dass das Geräusch aus dem Kofferraum kam.

„Ich wollte dich nicht erschrecken, dann hättest du vielleicht abgebremst und wir hätten im... naja so geendet."

„Ich verstehe." Aber eigentlich tat ich das nicht. „Tonya ist eine Hexe. Kann sie sich nicht einfach aus dem Kofferraum herauszaubern?"

„Nein, ich habe einen Zauber ausgesprochen, aber wir haben nicht viel Zeit. Meine Geisterzauber halten nicht so lange an. Wir haben vielleicht noch fünf oder zehn Minuten, bis der Zauber endet. Jetzt los, zurück auf die Straße."

„Ich verstehe es nicht. Wie ist Tonya überhaupt…"

„Nicht reden, Cenny." Oma Vi schüttelte den Kopf hin und her.

„Was?"

Oma Vi zog mit ihrem Finger einen Reißverschluss über ihren Mund und tippte auf ihren Kopf.

Natürlich. Da Oma Vi meine Gedanken lesen konnte, brauchte ich mir meine Fragen nur zu denken So konnte Tonya sie nicht hören. Aber würde sie Oma Vis Antworten hören? Vielleicht würde der Zauber ja auch das regeln?

Oma Vi drehte das Radio voll auf und murmelte: „Bevor Tonya und Jack für ihre Taten in Westwick Corners bestraft werden, muss Tonya auch noch vor das WEHEX-Gericht gestellt werden. Sie hat auch magische Verbrechen begangen, um die müssen wir uns zuerst kümmern."

Das glaubte ich zumindest verstanden zu haben. „Deshalb hast du sie entführt?" Ich konnte mir im Leben nicht vorstellen, wie sie Tonya in den Kofferraum bekommen hatte. Das war körperlich unmöglich. Offensichtlich hatte Oma Vi noch ein paar Asse in ihrem Geisterärmel.

Ich habe nichts dergleichen gemacht. Es liegt einen Haftbefehl gegen sie." Sie grinste. „Und ein fettes Kopfgeld gibt es gleich dazu."

KAPITEL 34

Tante Pearl wartete auf uns, als wir vor ihrer Schule der Zauberei zum Stehen kamen. Sie hatte unerlaubten, magischen Hafturlaub aus dem Gefängnis genommen, um am Prozess teilzunehmen. Ich hoffte nur, der Sheriff würde in den nächsten Stunden nicht nach ihr sehen. Wir mussten uns um den WEHEX kümmern.

„Hazel ist schon mal los, um im WEHEX-Büro in London alles vorzubereiten", sagte Tante Pearl. Der WEHEX war schnell, aber es konnte noch viel schiefgehen, bis wir Tonya vor Gericht abliefern konnten.

Alan rannte zu uns und wedelte mit dem Schwanz. „Wir nehmen Alan mit."

Tante Pearl schüttelte den Kopf. „Jetzt ist nicht der richtige Zeitpunkt dafür, Cenny."

„Doch, es ist genau der richtige Zeitpunkt dafür."

„Sie hat Recht, Pearl." Oma Vi deutete auf den Kofferraum, in dem Tonya schrie und um sich schlug. „Wir haben keine Zeit zu verlieren. Ihr zwei geht besser."

Der Gedanke daran, dass Tante Pearl und ich auf Tonya aufpassten, machte mir Angst. Natürlich hatten wir noch Alan, aber seine Fähigkeiten waren im Moment eingeschränkt. „Willst du nicht mitkommen?"

Oma Vi schüttelte den Kopf. „Jetzt wo ich wieder zuhause bin, bringt mich nichts mehr von hier weg. Na los, macht euch auf den Weg."

Wir holten die fluchende Tonya aus dem Kofferraum und drängten uns zusammen. Alans warnendes Bellen hielt Tonya in Schach.

Ich befolgte Tante Pearls Anweisung für die Teleportation und weniger als fünf Minuten später tauchten wir vor einem Wolkenkratzer aus Stahl und Beton auf. Er war hell erleuchtet, obwohl es schon weit nach Mitternacht war. Die Straßen waren ruhig und menschenleer. Es war ganz schön gespenstisch.

Die Drehtür am Eingang setzte sich langsam in Bewegung. Ich nahm an, das war die Einladung einzutreten, und das taten wir. Tante Pearl ging voraus, dann Tonya und ich ganz am Ende. Wir betraten den Aufzug, der plötzlich vor uns aufzutauchen schien. Die Tür wurde geschlossen und Tante Pearl drückte den Knopf für den 76. Stock.

Wir fuhren schweigend hinauf und Tante Pearls Behauptung, dass Tonya eine lausige Hexe war, beruhigte mich. Dann erkannte ich, dass meine Tante über mich vermutlich dasselbe sagte.

Die Tür des Aufzugs ging auf und wir wurden von zwei bulligen Wachmännern in Empfang genommen. Einer nahm Tonya und führte sie in einen Raum am Ende der Halle. Der zweite Wachmann drängte uns in das Hauptbüro. Ich folgte Tante Pearl und Alan zu den Konferenzräumen des WEHEX.

Der Welthexenverband war eine jahrhundertealte internationale Organisation und so hatte ich angenommen, dass Hexe Hazels Büro in London mit dunklem Holz verkleidet war und sich in einem massiven alten Landhaus mit einem gemütlichen Ofen befand.

Das genaue Gegenteil war der Fall. Statt mystisch und gemütlich war das Büro kahl, steril und modern, im 76. Stock eines der höchsten Bürogebäude Londons. Die Einrichtung war modern, karg und weiß, mit viel Chrom, Glas und stromfressenden Lichtern. Wie auch alles andere hatte sich der WEHEX mit der Zeit verändert.

Meine romantische Vorstellung rührte wohl daher, dass ich kaum etwas von ihm wusste. In Wahrheit hatte ich den WEHEX und alles, was mit meinen Kräften zu tun hatte, immer ignoriert. Tante Pearls Zauberstunden eröffneten mir eine ganz neue Welt - eine Welt, die ich bislang nicht sehen wollte.

Ich sah auch meine Tante in einem ganz neuen Licht. Ja, sie war störrisch und verbohrt, aber sie sorgte sich auch um Westwick Corners und würde alles dafür tun, um die Stadt und unsere Bewohner zu schützen. Sie nahm auch ihre Fähigkeiten sehr ernst. Ich würde es nie zugeben, aber ich war stolz auf meine Tante.

Tante Pearl und ich waren die beiden Hauptzeugen gegen Tonya und ich wollte die Sache nicht verbocken. Wir hatten eine große Aufgabe. Zauber-Verstöße mussten vor einem WEHEX-Gericht verhandelt werden. Ich hoffte nur, unsere Anschuldigungen hielten der magischen Prüfung stand.

Tante Amber drängte uns in das Konferenzzimmer, wo Hazel bereits am Ende des weiß lackierten Tisches saß. Tante Amber nahm den Platz zu Hazels Linken und Tante Pearl und ich setzten uns neben sie.

Hazel sagte nichts. Ihrem müden Gesichtsausdruck und den blutunterlaufenen, geschwollenen Augen nach zu urteilen, hatte sie geweint. Wegen ihrer Beziehung zu Sebastien konnte sie nicht befragt werden, aber als WEHEX-Präsidentin musste sie anwesend sein.

Alan folgte mir und legte sich zu meinen Füßen. Ich war fest entschlossen, keine Ausreden mehr von Hazel zu akzeptieren. Ein Blick in seine treuen, braunen Augen würde sie dazu bringen, ihn wieder zurück zu verwandeln, aber das musste bis nach der Befragung warten.

Ich blickte hinüber auf die andere Seite des Plenarsaals, wo die drei Richterinnen saßen, die über Tonyas Schicksal zu entscheiden hatten. Die drei zarten, grauhaarigen Frauen schienen mindestens 90 Jahre alt zu sein. Ihr Gesicht sah faltig und weise aus und ich hoffte, dass es von Erfahrung mit den WEHEX-Gesetzen zeugte.

Magische Wesen brauchten magische Abschreckungsmittel. Das war der Grund, warum der WEHEX seine eigenen Gerichte hatte und unsere Mission so heikel war.

Die Spannung im Raum brodelte beinahe über, als Tonya von einem Wachmann hereingeführt wurde. Sie blickte zu Boden und vermied den Augenkontakt, als die erste Richterin die Anklage verlas.

Die schwerste Anschuldigung, Missbrauch von magischen Kräften, war mit der Höchststrafe zu ahnden. Wenn Tonya für schuldig bekannt wurde, würde sie aus dem WEHEX ausgeschlossen werden und all ihre magischen Kräfte verlieren.

Menschliche Strafen waren nichts gegen die WEHEX-Strafen und eine Zelle in einem Washington State Gefängnis ein Luxus im Vergleich dazu. Wenn Tonya vom WEHEX für unschuldig befunden wurde, würde sie ihre magischen Kräfte behalten. Sie könnte ganz einfach aus einem normalen Gefängnis ausbrechen und mit ihren Verbrechen davonkommen. Deshalb musste sie zuerst vor ein WEHEX-Gericht gestellt werden. Wir mussten Beweise dafür vorlegen, dass Tonya ein Verbrechen mithilfe von Zauberei begangen hatte. Den Mord selbst zu beweisen war einfach. Der schwierigere Teil war darzulegen, dass sie dafür ihre magischen Kräfte eingesetzt hatte.

„Erste Zeugin", sagte Richterin Nummer 1. „Name und Anschrift?"

Meine Hände waren schweißnass, als ich meine Angaben machte. Ich entspannte mich zusehends, während ich vom Fund der Leiche im Pavillon bis zum Frostschutzmittel in Sebastiens Glas auf dem Nachttisch berichtete.

Richterin Nummer 2 verschränkte ihrer blassen Finger. „Ist das alles was Sie haben? Da ist doch nirgends Zauberei im Spiel."

„Nein, da ist noch mehr." Die Zukunft von Westwick Corners hing von meinem letzten Beweisstück ab. Würde es reichen?

Ich zog drei Kopien des Berichtes des Gerichtsmediziners aus meiner Tasche. Ich hatte Zauberei angewendet, um die Kopien anzufertigen, was mich auf eine Stufe mit Tante Pearl stellte. Ich redete mir ein, dass es notwendig gewesen war, damit Tonya ihre Strafe erhielt, und händigte jeder Richterin eine Kopie aus.

„Der Bericht zeigt, dass Tonya Sebastien vergiftet hatte, bevor Jack ihn mit dem Reifenhebel erschlug. Sebastien hatte das Gift bereits getrunken, als Tonya und er eincheckten, aber sie gab ihm noch mehr in ihrem Zimmer. Ihre Fingerabdrücke und seine DNA sind auf dem Glas. Nach den Schätzungen des Gerichtsmediziners trank er die tödliche Dosis Frostschutzmittel kurz nachdem die beiden eingecheckt hatten. Pearl kann die Zeit des Check-Ins bestätigen. Dennoch ist er erst

Stunden später im Pavillon aufgetaucht. Er hätte aber gar nicht mehr stehen können, geschweige denn gehen."

Ich blickte zu den Richterinnen, um ihre Reaktion zu lesen, aber ihre Gesichter blieben ausdruckslos. „Jemand musste den 150 kg schweren Sebastien Plant in den Pavillon getragen haben."

Ich atmete tief ein und holte meinen Laptop hervor. Darauf war eine Aufnahme unserer Überwachungskamera zu sehen. „Sie können hier Tonya und Sebastien vor unserem Hotel sehen."

Tonya schoss auf. „Das beweist gar nichts."

„Das beweist, dass Sie draußen mit Sebastien waren und nicht geschlafen haben, wie Sie ausgesagt haben. Der Zeitstempel zeigt 07:30 Uhr und wenn Sie genau hinsehen, sehen Sie, dass Sebastiens Augen geschlossen sind. Er wirkt bewusstlos."

Die Gesichter der Richterinnen blieben ausdruckslos, als sie das Video sahen.

„Es zeigt auch, dass Tonya ihre Kräfte dazu benutzte, ihn in den Pavillon zu bringen." Ich blickte in die Augen der Richterinnen, die sich nun gleichzeitig nach vorn lehnten.

Das Video log nicht. Es zeigte, dass Tonya es getan hatte.

„Tonya versuchte, den Mord Pearl anzuhängen, einem weiteren WEHEX-Mitglied. Aber sie verriet sich mit der Nachricht, die sie am Tatort hinterlassen hatte. Ich zog eine Kopie der Nachricht hervor und schob sie über den Tisch zu den Richterinnen. „Sie hat einen anderen Artikel verwendet."

Richterin Nummer 3 zog die Augenbrauen fragend nach oben. „Heißt das etwa, dass sie die Grammatik nicht ausreichend beherrscht?"

„Es ist kein Fehler, Richterin. Pearl ist Amerikanerin und die Amerikaner verwenden den Artikel *der* mit dem Wort Teller."

„Viele Menschen verwenden die britische Grammatik. Hazel zum Beispiel", protestierte Tonya. „Das macht mich noch nicht schuldig."

Ich schüttelte den Kopf. „Hazel könnte nicht einmal dichten, wenn ihr Leben davon abhängen würde."

Hazel funkelte mich an, auch wenn gerade versuchte hatte, sie zu entlasten. „Die Spurensicherung hat auf der Nachricht nur Tonyas

Fingerabdrücke gefunden, keine von Hazel." Ich schob den Bericht über den Tisch.

Richterin Nummer 2 nahm ihn mit ihrer knochigen Hand.

Tante Pearl seufzte. „Ich saß schon im Gefängnis wegen Tonyas falschen Anschuldigungen. Ich will, dass ihr Gerechtigkeit widerfährt.

Richterin Nummer 3 blickte mich an. „Hexe Tonya hat versucht, die Sache einem anderen WEHEX-Mitglied anzuhängen?"

Ich nickte. „Sie hat auch Jack Tupper davon überzeugt, dass er Sebastien Plant ermordet hat. Als er ihn mit dem Reifenhebel erschlug, wusste er nicht, dass Tonya Sebastien bereits eine tödliche Dosis Ethylenglykol bzw. Frostschutzmittel verabreicht hatte."

Hazel keuchte.

„Wie plädieren Sie, Hexe Tonya?", fragte Richterin Nummer 1.

„Schuldig."

KAPITEL 35

Ich wachte früh auf und fuhr in mein Büro, erholt nach einer ruhigen Nacht mit dem Wissen, dass Tonya Plant ihre magischen Kräfte verloren hatte. Die Entscheidung der drei WEHEX- Richterinnen war einstimmig. Tonyas magische Kräfte wurden ihr sofort und permanent entzogen und auf sie wartete zehnjährige WEHEX-Strafe, nachdem sie ihre Strafe des weltlichen Gerichts abgesessen hatte.

Auch für Alan gab es Grund zur Freude. Hazel hatte ihren Zauber zurückgenommen und ihn wieder in einen Menschen zurückverwandelt. Jetzt nahm er ein herzhaftes Frühstück im Inn ein.

Tonya wurde mit einer Fußfessel entlassen, sodass ihr Aufenthaltsort ständig überprüft werden konnte. Ich hatte keinen Zweifel daran, dass sie und Jack gerade auf dem Weg nach Westwick Corners waren.

Ich war zuversichtlich, dass sie zurückkehren würde, denn sie wollte ihre Pläne für das Vortex-Resort in Westwick Corners unbedingt umsetzen. Sie war überzeugt, dass sie trotz ihrer Verurteilung durch den WEHEX alles abwickeln konnte. Sie und Jack mussten nur noch den Papierkram über die Bühne bringen.

Ich hatte allerdings einen anderen Plan. Sheriff Gates hatte nun alle Beweise und ich konnte es kaum erwarten, dass Tonya und Jack verhaftet wurden.

Während ich auf sie wartete, musste ich die aktuelle Ausgabe der *Westwick Corners Weekly* fertigstellen. Was war das für eine Woche gewesen. Ein Mord, eine abgesagte Hochzeit (die Art von Neuigkeit war in unserer Stadt eine Schlagzeile wert), ein widersprüchlicher Bürgermeister und schließlich die Nachricht, dass es in unserer Stadt einen Vortex gab. Wer hätte das geahnt?

Dann gab es noch die anderen Nachrichten, die ich nicht drucken konnte, aber in der Hexenwelt ihre Kreise zogen: Eine von uns hatte ein schreckliches Verbrechen begangen und musste nun die Strafe dafür absitzen. Der Geschichte gab es von meiner Seite her nichts hinzuzufügen, sie schrieb sich beinahe von selbst.

Mein ursprünglicher Beitrag über die Eröffnung des Westwick Corners Inn erschien trivial angesichts der anderen Neuigkeiten und so musste ich ihn wohl oder übel mit dem Bericht über den Mord an Sebastien Plant ersetzen. Die Aufmerksamkeit, die uns dadurch entging, war schlecht für das Geschäft, aber die anderen Nachrichten würden es schon ausgleichen.

Zum ersten Mal war die *Westwick Corners Weekly* voll mit journalistischem Inhalt und nicht mit Werbung und Gutscheinen. Die Leser würden die Fakten erfahren, noch bevor die Geschichte ihre Runden machte und die Gerüchteküche angeheizt wurde. Ein gemeinsames Thema durchzog die gesamte Berichterstattung: Westwick Corners war eine interessante Stadt und es lohnte sich, dafür den Highway zu verlassen.

Touristen würden unser Lokalblatt kaum lesen, aber die Einheimischen würden gewiss den *Scheiterhaufen* stürmen, um die neuesten Nachrichten bei ein paar Drinks zu besprechen. Ich konnte etwas Gutes an den schlechten Nachrichten erkennen.

Ich blickte auf meine Uhr und erkannte, dass es nur noch 30 Minuten bis zu unserem Meeting mit Jack und Tonya waren. Die beiden glaubten, sie kämen zur Vertragsunterzeichnung, aber wir hatten etwas ganz anderes vor.

Wenn ich es rechtzeitig zum Inn schaffte.

Ungewöhnliche Zeiten erforderten ungewöhnliche Mittel und so verwendete ich meine Zauberkünste, um einen Artikel über den Mord zu verfassen und einen weiteren über die Plants und Reiseweise. Dann noch etwas über den Vortex und voilà, die Ausgabe war fertig.

Eine halbe Stunde später war alles geprüft, formatiert und bereit für die Veröffentlichung. Ich musste alles nur noch zum passenden Zeitpunkt auf der Webseite der *Westwick Corners Weekly* veröffentlichen.

Ich nahm einen Schluck von meinem kalten Kaffee, als mich ein lauter Knall hochfahren ließ.

„Was zum...?" Ich hustete und spuckte die braune Flüssigkeit über meinen ganzen Schreibtisch.

In der nächsten Sekunde hüpfte Tante Pearl von der Decke in den Bürostuhl gegenüber von meinem Schreibtisch. Trotz ihrer schmalen Statur krachte der Stuhl unter ihrem Aufprall. Tante Pearl sah selbst überrascht aus.

„Verdammt! Ich werde zu alt für so was." Sie jammerte, als sie ihren Hintern im Sessel zu bewegen versuchte. „Jack und Tonya sind gerade ins Inn gekommen. Warum bist du noch hier?"

Tante Pearl wurde heute Morgen offiziell entlassen, nachdem der Gerichtsmediziner bestätigt hatte, dass der Reifenhebel die Mordwaffe war. Das Blut an ihrem Zauberstab war Rinderblut, kein menschliches. Damit sollte der Verdacht auf sie gelenkt werden, aber die Spurensicherung konnte sie entlasten.

„Entschuldige." Ich stand auf und folgte meiner Tante zur Tür hinaus.

„Jetzt kommt schon." Sie hüpfte die Treppen hinunter und fuhr mit ihrem Zauberstab über das Treppengeländer. „Ach, es fühlt sich gut an, frei zu sein."

Ich dachte zurück an meine abgesagte Hochzeit und das Leben als Frau eines Politikers, das mir nun erspart blieb. „Da muss ich dir zustimmen."

KAPITEL 36

Mum, Tante Pearl und ich folgten Tonya und Jack durch den Garten in den Pavillon. Tonya Plant und Jack Tupper III waren gut gelaunt, da sie davon ausgingen, dass Tante Pearl am Tatort gleich verhaftet werden würde.

Noch mehr als Pearls Verhaftung zu sehen, wollten sie allerdings endlich den Papierkram erledigen und unser Grundstück kaufen.

Ich blickte auf die Uhr. „Tante Amber sollte bereits seit einer Stunde hier sein. Sie wird jeden Augenblick kommen." Das war eine Lüge, ich wollte Zeit gewinnen.

„Das muss warten." Sheriff Gates kam zu uns herüber. „Ich muss etwas erledigen. Ich habe ein paar Fragen zum Mord an Sebastien Plant." Tyler zeigte auf Tonya, die ihn ignorierte. Sie stand ein paar Meter von der Gruppe entfernt und tippte auf dem Bildschirm ihres Handys herum.

Jack räusperte sich.

Es dauerte einen Moment, bis Tonya bemerkte, dass sie alle anstarrten. „Das kann doch nicht Ihr Ernst sein. Es wundert mich, dass sie einen Job als Sheriff erhalten haben, sogar in so einer kleinen Stadt. Sie wissen schon, dass sonst niemand den Job haben wollte."

Sheriff Gates ignorierte die Beleidigung.

„Die meisten Leute wollen gar nicht hier sein", fügte sie hinzu. „Nicht einmal inkompetente Cops."

Tante Pearls Augen verengten sich. „Sie sind doch nur neidisch, weil Sie nicht hier bauen können. Wenn Sie glauben, Sie können unseren Vortex haben, dann haben Sie sich getäuscht.

Mum tätschelte Pearls Arm. „Lass gut sein, Pearl. Der Vortex ist für alle da."

„Aber niemand darf ihn einfach so übernehmen und ausnutzen", fügte ich hinzu.

Sheriff Gates sah verwirrt aus. „Was für ein Vortex?"

Ich winkte ab. „Ich erkläre es Ihnen später."

„Wie auch immer." Tonya funkelte den Sheriff an. „Ich wusste, dass das Zeitverschwendung sein würde. Ich muss gehen, ich überlasse Ihnen den Papierkram. Alle Fragen können an meinen Assistenten gerichtet werden." Sie suchte in ihrer Handtasche herum und zog eine Visitenkarte heraus. Sie drückte sie dem Sheriff in die Hand.

„Sie gehen nirgendwo hin", sagte er.

„Sie können mir hier nicht einfach so Befehle erteilen. Ich kann tun und lassen, was ich will. Sie sind doch viel zu dämlich, um den Mörder meines Mannes zu finden."

Der Sheriff ignorierte die Beleidigung. „Sie sind verhaftet für den Mord an Sebastien Plant."

„Das ist lächerlich. Ich habe ein Alibi. Alle haben mich im Inn gesehen." Sie zeigte auf Mum, Tante Pearl und mich. „Ich war zum Zeitpunkt des Mordes damit beschäftigt, den schlechten Service hier in Anspruch zu nehmen."

„Ich kann mich nicht daran erinnern, Sie gesehen zu haben", sagte Tante Pearl.

Ich bedeutete ihr den Mund zu halten. Das einzige, worin meine Tante gut war, war jeden gegeneinander aufzubringen. Das war das Letzte, was wir jetzt gebrauchen konnten.

„Ich bezweifle, dass Sie sich an irgendwas erinnern können, Sie alte Hexe." Tonya warf die Handtasche über ihre Schulter und bedeutete Jack, ihr zu folgen.

Ich erinnerte mich an Tante Pearls Bemerkung, dass Tonya viel älter war, als sie aussah. Warum sah sie immer noch so jung aus, nachdem sie ihre Kräfte verloren hatte. Vielleicht würde der Effekt erst später einsetzen.

„Sie haben kein Recht, so mit mir zu sprechen." Tante Pearl hob ihren Zauberstab in die Luft und war kurz davor, ihn zu verwenden, als ich sie gerade noch davon abhalten konnte, ein weiteres Verbrechen zu begehen.

Zum Glück ignorierte Tonya sie. Sie wandte sich an Jack. „Gehen wir."

Jack verzog das Gesicht, aber folgte Tonya dann.

„Sofort stehen bleiben", sagte Sheriff Gates. „Sie gehen nicht ohne meine Erlaubnis. Sie müssen mir beide einige Fragen beantworten."

„Den Teufel werde ich", sagte Tonya. „Sie können mit meinem Anwalt sprechen. Ich war den ganzen Nachmittag über im Inn, sie können mir Sebastiens Mord nicht anhängen."

So viel zur trauernden Witwe.

„Ja, aber das war nicht die Zeit des Mordes. Sebastien Plant starb viel früher und während dieser Zeit haben Sie kein Alibi. Sie waren für eine Stunde allein, beginnend mit dem Zeitpunkt, als Sebastien spazieren ging, bis dahin, wo Sie Jack in seinem Zimmer trafen.

„Das stimmt nicht. Ich habe mein Zimmer nie verlassen. Die Damen können bezeugen, dass ich die ganze Zeit im Hotel war. Stimmt es nicht?"

Sie starrte mich an und ich nickte. „Sie sind nie mit Sebastien spazieren gegangen."

„Sehen Sie, Sheriff. Sie könnten nicht einmal einen Mord aufklären, wenn ihr Leben davon abhängen würde. Es ist doch ganz klar, dass Pearl West meinen Mann mit ihrem Gehstock getötet hat. Alles andere ist lächerlich. Tonya tippte auf ihrem Handy herum. „Ich rufe den Gouverneur an. Ich will, dass sie sofort von diesem Fall abgezogen werden."

„Niemand wird von diesem Fall abgezogen, denn er ist bereits gelöst." Tylers Augen schickten mir ein leises Dankeschön, während er die Handschellen hervorzog. „Sie sind verhaftet für den Mord an Sebastien Plant."

Er las Tonya seine Rechte vor, aber legte ihr nicht sofort Handschellen an.

„Recht zu schweigen, dass ich nicht lache." Tonya starrte ihn an und drehte sich dann weg. Sie schrie in ihr Telefon, aber wer immer auch die Anrufe des Gouverneurs entgegennahm, schien sie nur abzufertigen. „Stellen Sie mich sofort zu ihm durch oder ich sorge dafür, dass sie gefeuert werden."

Kaum das Verhalten einer trauernden Witwe, dachte ich.

„Schalten Sie das Ding aus." Tyler winkte mit den Handschellen vor ihrem Gesicht. „Die einzige Person, die sie nun anrufen sollten, ist ein Anwalt."

Tonya starrte ihn an, aber hörte ihm endlich zu. Sie blieb schweigend stehen und verschränkte ihre Arme, als ob sie das Anlegen der Handschellen vermeiden wollte.

„Sie haben ihn vielleicht nicht erschlagen, aber Sie haben Ihren Mann umgebracht. In den meisten Fällen ist es der Ehegatte und hier ist es genauso.

„Sie sind wirklich ein Idiot." Zum ersten Mal zeigte sich in Tonyas Gesicht ein Anflug von Angst.

„Sebastien erlitt einen Schlag mit einem stumpfen Gegenstand und Pearls Gehstock wurde am Tatort gefunden." Tyler Gates blickte in unsere Gesichter. „Der Angreifer ist auch hier."

„Es war Pearl, ganz sicher", murmelte Tonya. „Sie war sogar so dumm, ihren Gehstock am Tatort zu lassen."

„Wie können Sie es wagen, mich dumm zu nennen!" Tante Pearl hob ihren Gehstock in die Luft und war drauf und dran auf Tonya loszugehen.

„Sie tut es schon wieder", schrie Tonya. „Haltet sie auf."

Ich griff nach meiner Tante, umarmte sie fest von hinten und hielt sie zurück. Ich konnte mich nicht erinnern, wann ich sie das letzte Mal umarmt hatte. Sie war nicht so der anhängliche Typ. Ich hatte gar nicht bemerkt, wie winzig und fragil sie eigentlich war.

„Pearl hat ihn nicht umgebracht", sagte Tyler. „Sie ist gar nicht stark genug."

Ich starrte nervös zu Mum hinüber. Pearl war mit ihren magischen

Kräften sehr stark. Tonya wusste das selbst sehr genau. Wollte sie uns etwa als Hexen verraten?

„In Wirklichkeit ist sie..."

Ich schnitt Tonya das Wort ab, bevor sie ihren Satz beenden konnte. „Pearl kann es doch nicht mit einem 150 kg schweren Mann aufnehmen."

„Vor allem nicht, wenn er über 1,90 Meter groß ist", fügte Tyler Gates hinzu. „Sie konnte nicht hoch genug reichen, um ihn am Kopf zu erwischen. Und es gibt keine Möglichkeit, dass sie es mit seinen Kräften hätte aufnehmen können."

Tante Pearls Augen verengten sich und funkelten den Sheriff an.

„Kann ich jetzt gehen?", schnappte Tonya.

Tyler Gates ignorierte sie beide. „Was immer auch Sebastiens Kopf zertrümmert hat, war viel schwerer als Pearls Gehstock. Sein Angreifer war auch stark genug, um ihn nicht nur zur verwunden, sondern auch seinen Schädel zu zertrümmern."

Wir blickten zu Jack, der - groß wie er war - Tonya überragte. Seine Augen weiteten sich, als Alan aus dem Pavillon trat. Mit seinen 1,80 m wirkte auch er ziemlich einschüchternd. Er lächelte und war bereit zu helfen, falls ihn der Sheriff benötigte.

Tyler Gates hielt mit der linken Hand die Handschellen hoch. „Wir wissen ganz genau, was der Angreifer verwendet hat." Er beugte sich nach unten und holte den Reifenhebel unter den Stufen des Pavillons hervor. „Einen Reifenhebel wie diesen hier. Er hat einen eindeutigen Abdruck auf Sebastien Plants Schädel hinterlassen. Einen Abdruck, der nicht zu Pearls Gehstock passt. Er passt allerdings zum Reifenhebel von Jacks Lamborghini."

„Das können Sie nicht beweisen." Jack brach in kalten Schweiß aus. „Der könnte aus jedem Auto stammen."

Sheriff Gates schüttelte den Kopf. „Der Abdruck auf Sebastien Stirn ist eindeutig. Ich habe heute Morgen einen Durchsuchungsbefehl für ihr Auto erhalten. Ihr Reifenhebel war nicht da."

Jack atmete erleichtert durch.

„Bis wir ihn im Mülleimer in ihrem Zimmer entdeckt haben. Das Blut darauf war Sebastiens."

„Das ist eine Lüge. Außerdem war Pearls Gehstock ebenfalls blutverschmiert."

Tyler winkte ab. „Sie haben Pearls Gehstock gestohlen und ihn in den Pavillon gelegt, um sie zu belasten. Der Abdruck auf Sebastien Stirn stimmt aber nicht überein. Aber nicht nur das, auch der Winkel und die Kraft, die für den Abdruck notwendig waren, konnten nur von jemandem stammen, der viel größer als Pearl ist. Sie sind die einzige Person im ganzen Hotel, auf die die Größenbeschreibung passt."

Tonya schrie auf. „Du hast meinen Mann umgebracht!" Sie stürmte zu Jack und hämmerte mit den Fäusten gegen seine Brust.

Der Sheriff fixierte ihn. „Sie sind ihm in den Pavillon gefolgt und erschlugen ihn."

„Nein, ich war nicht da."

„Sie haben kein Alibi. Außerdem gibt es eine Augenzeugin."

„Ich will einen Anwalt", sagte Jack. „Ich hatte nichts damit zu tun."

„Jack war eifersüchtig auf Sebastien. Jack bestand darauf, dass ich ihn verlasse, aber ich habe Nein gesagt. Deshalb hat er meinen armen, lieben Mann umgebracht."

„Das ist eine Lüge", schrie Jack. „Du hast mir gesagt, dass du ihn loswerden willst. Dass er dich geschlagen hat."

„So etwas habe ich nie gesagt. Du bist nur besessen von mir." Tonya wischte sich eine imaginäre Träne von der Wange. „Seb und ich waren glücklich. Dieses Monster hat alles zerstört."

„Das ist sowieso egal", sagte Tyler. „Die Verletzung am Schädel hat ihn nicht getötet."

„Hat sie nicht?" Jack wirkte plötzlich hoffnungsvoll.

Tyler schüttelte den Kopf. „Sebastien wurde vergiftet. Ihr Schlag hat nur die wahre Todesursache verdeckt."

„Nein, Jack hat ihn getötet. Ich verlange, dass Sie ihn sofort verhaften", schrie Tonya.

Ich bemerkte plötzlich vier Polizeibeamte aus Shady Creek, die durch den Garten kamen. Sie warteten etwa drei Meter entfernt. Der Sheriff hatte sie vermutlich als Verstärkung gerufen.

„Sebastien Plant starb an einer Ethylenglykolvergiftung. Er war bereits tot, als Jack ihn mit dem Reifenhebel erschlug. Deshalb gab es kaum Blut", sagte Sheriff Gates. „Das war auch der Grund, warum so ein markanter Abdruck blieb. Der Gerichtsmediziner sagt, dass er dieser Abdruck nicht entstehen hätte können, wenn er noch gelebt hätte."

Tante Pearl spöttelte. „Diese Frau verwendet schmutzige Tricks. Was für eine Hexe."

Ich zuckte zusammen angesichts ihrer Anspielung, aber niemand sonst schien sie zu bemerken.

Sheriff Gates deutete auf Tonya. „Sie haben sich das alles ausgedacht, um Jack den Mord anzuhängen. Deshalb haben Sie so früh eingecheckt und Sebastien im Zimmer gehalten, bis er kaum noch laufen konnte. Sebastien war nicht betrunken, er wurde vergiftet. Dann haben sie ihn zu einem Spaziergang überredet, um frische Luft zu schnappen und auszunüchtern. Sie mussten ihn rausbringen, denn sie hätten es nie geschafft, einen so schweren Mann hinauszutragen."

„Warum brachte sie ihn überhaupt in den Pavillon?", fragte Alan.

„Damit ihn niemand sah. Sie musste Zeit gewinnen, wenn er nicht gleich gefunden wurde. Die Vergiftung hätte noch behandelt werden können, wenn rechtzeitig ein Arzt gekommen wäre. Sie konnte ihn nicht im Zimmer lassen, ohne zu erklären, warum sie nicht um Hilfe gerufen hat. Auszusagen, dass er einen Spaziergang machte, war perfekt. Sie hatte ein Alibi, während er langsam starb.

„Es ist alles meine Schuld." Tonyas Stimme versagte. „Er war depressiv und ich hätte ihn nie alleine lassen dürfen. Seit Monaten dachte er über Selbstmord nach. Aber ich wusste nicht, dass er Frostschutzmittel getrunken hatte."

„Die meisten Menschen wissen nicht, dass Ethylenglykol der chemische Name für den Hauptbestandteil von Frostschutzmittel ist, aber sie scheinen sich gut auszukennen."

„Weil ich eine intelligente Person bin, Sheriff. Ich wünschte, ich hätte ihm helfen können und ihn vor seinem Selbstmord zu bewahren."

„Ich bin mir sicher, dass sie ihm geholfen haben", sagte Tyler. „Jemand hat das Ethylenglykol in seinen Drink gemischt. Wir haben das Glas auf dem Nachttisch untersucht und Spuren der Chemikalie gefunden. Ihre Fingerabdrücke waren auf dem Glas. Sie müssen es ihm in den Drink getan haben."

„Das denken Sie vielleicht, Sheriff. Aber das stimmt so nicht.“

„Niemand begeht Selbstmord mit einem Frostschutzmittel“, antwortete Sheriff Gates. „Man nimmt Tabletten oder schießt sich in den Kopf. Außerdem sprechen noch andere Dinge gegen den Selbstmord. Zum Beispiel, dass auf dem Glas nur Ihre Fingerabdrücke waren, aber nicht die von Sebastien. Sie haben das Glas an seine Lippen gehalten, während er kaum bei Bewusstsein war, und haben ihn gezwungen, es zu trinken. Selbstmörder tragen keine Handschuhe, um ihre Fingerabdrücke zu vertuschen. Sie interessieren sich nicht für solche Sachen, denn es ist ihnen alles egal, sobald sie sich dazu entschließen zu sterben.“

„Ihr Kriminallabor ist vielleicht genauso inkompetent wie Sie“, sagte Tonya. „Sie haben die Fingerabdrücke übersehen oder das falsche Glas genommen.“

Sie klang immer verzweifelter.

„Es ist ein amtliches Kriminallabor. Das ist nur einer von vielen Fällen, die sie behandeln, und ihr Ruf ist ziemlich gut. Ich werde ihr Feedback aber gerne dem Kriminallabor und dem Gouverneur übermitteln.“

„Wenn er wirklich vergiftet wurde, wie kann er sich dann auf den Beinen gehalten haben oder sogar zum Pavillon gegangen sein?“ Tonya schniefte gespielt vor sich hin.

“Ganz einfach. Die Vergiftungserscheinungen von Frostschutzmittel setzen nicht sofort ein. Die ersten Anzeichen sind, dass die Person nur noch brabbelt und die Koordination verliert.“

„Wie ein Betrunkener“, sagte Mum.

„Genau“, sagte Tyler. „Das Gift wurde während der Autopsie entdeckt. Ethylenglykol bildet Kristalle in den Nieren, die auch nach dem Tod noch intakt bleiben. Das war die Todesursache. Der Schlag auf den Kopf war schwer, passierte aber viel später. Auf jeden Fall war die Verletzung nicht schwer genug, um ihn umzubringen.

Jack zog die Augen zusammen und blickte zu Tonya. „Du hast mich belogen. Du hast dir all diese Lügen über Sebastien ausgedacht und mich benutzt.“

Tyler blickte Jack an. „Genau das hat sie getan. Sie hat Ihnen den Mord an Sebastien Plant angehängt."

Tante Pearl nickte. Zum ersten Mal war sie auf der Seite des Sheriffs. „Die Ehegatten sind immer verdächtig."

Tonya funkelte Sheriff Gates an, während er ihr die Handschellen anlegte. Ein weiterer Beamter tat dasselbe mit Jack und die beiden wurden abgeführt. In den Polizeiwagen wurden sie direkt ins Gefängnis von Shady Creek gebracht.

Wir standen schweigend da und beobachteten sie.

„Ich bin froh, dass alles vorbei ist", sagte Mum.

„Aber für Tonya geht es gerade erst los", sagte Tyler. „Sebastien war nicht Tonyas erster Mann und auch nicht der erste, der unter fragwürdigen Umständen zu Tode kam. Ihr erster Mann starb überraschend im Alter von 38 Jahren. Seine Familie wollte eine Autopsie, aber als nächste Angehörige weigerte sich Tonya. Ich nehme an, die Leiche wird nun exhumiert."

Die Hexe, die alles hatte, hat nun alles verloren.

KAPITEL 37

Ich war erschöpft. Eine Fast-Hochzeit, eine Trennung, ein Mord und eine WEHEX-Verhandlung - alles an nur einem Wochenende. Ihrem Gesichtsausdruck zufolge war auch Tante Pearl erledigt.

„Pearls Schule der Zauberei ist ab sofort in den Ferien", sagte sie.

„Habe ich bestanden?" fragte ich.

„Du hast gerade erst begonnen." Tante Pearl grinste verschmitzt. „Für das wenige, was du bis jetzt gelernt hast, kann ich noch keine Noten vergeben."

Meine Kinnlade klappte nach unten. Nach all dem, was vorgefallen war, hatte ich mir eine 1+ verdient. „Ich sollte automatisch alle Kurse bestehen."

„Ich ärgere dich nur, Cenny. Du hast natürlich bestanden."

Ich entspannte mich und war überrascht, wie viel mir meine Zauberei und Tante Pearls Anerkennung plötzlich bedeuteten. Ich fühlte eine neue Verbundenheit mit meiner Tante, jetzt wo ich wusste, wie viel sie für unsere Stadt riskiert hatte. Wir hatten vielleicht mehr gemeinsam, als wir gedacht hatten.

Wir saßen an einem großen Picknicktisch im hinteren Garten. Eine warme Brise raschelte durch die Blätter des großen Espenbaumes. Der letzte Gast für dieses Wochenende war vor ein paar Stunden abgereist und so nutzten wir das schöne Wetter für ein spontanes BBQ.

Unsere Mägen waren gut gefüllt mit gegrilltem Hähnchen, Mums Spezial-Kartoffelsalat und Maiskolben. Tante Pearl und ich saßen gegenüber von Hazel und Tante Amber, die gerade rechtzeitig nach Westwick Corners gekommen waren, um Tonyas Verhaftung zu feiern. Wir hatten auch Sheriff Gates eingeladen. Er saß rechts von Tante Amber.

Tyler sah auf, als Alan über den Rasen zu uns lief. Trotz seiner menschlichen Gestalt, hatte er noch immer die Energie eines Hundes und sein Appetit schien größer als je zuvor zu sein. Er grinste von Ohr zu Ohr, als er zum Tisch herüberkam. Ich lächelte zurück und war glücklich, dass er uns Gesellschaft leistete. Ich war fast genauso erleichtert wie er.

Auch wenn man mit Alan als Border Collie Spaß haben konnte, ich hatte doch Angst, dass er nie wieder der alte sein würde. Ich hatte ihn vermisst. Es war schön, meinen Bruder wieder zu haben. Sogar Hazel schien sich zu freuen. Vor allem war es schön zu sehen, dass Hazel und Tante Pearl wieder Freundinnen waren.

„Ich hoffe, ihr habt noch Platz für ein Dessert." Mum kam aus der hinteren Küchentür heraus und trug ein großes Tablett. Ich erschrak, als ich die Hochzeitstorte sah. Ich hatte die abgesagte Hochzeit und die Trennung von Brayden für einen Moment vergessen, aber die Torte brachte all die Erinnerungen wieder zurück. Plötzlich erreichte mich eine Welle von Schuldgefühlen.

„Zeit zu feiern."

Jeder blickte mich an, als Mum die Torte auf den Tisch stellte.

„Nein, Mum, das ist keine gute Idee." Ich schüttelte den Kopf.

„Entspann dich, Cenny. Das ist eine wunderbare Torte und ich werde sie sicher nicht wegschmeißen. Sieh mal genau hin." Mum zeigte auf die auf die Torte.

Widerwillig gab ich nach. Aber dann erkannte ich, dass es zwar meine Hochzeitstorte war, aber die Dekoration eine ganz andere. Die Figur des Hochzeitspaares wurde durch eine Miniatur des Westwick Corners Inn und Figuren der gesamten Familie West ausgetauscht.

Mum, Pearl und Amber standen Arm in Arm an der Eingangstür, Alan (in seiner menschlichen Form) und ich vor dem Haus und Oma Vi schwebte ein paar Zentimeter hinter uns. Ich wurde ganz sentimental angesichts der Mühe, die Mum in die Dekoration gesteckt hatte.

Sie hätte das ohne Zauberei nicht so schnell geschafft. Wir beiden schienen uns nun beide sicherer zu fühlen, was unsere Kräfte anging. Ich war stolz auf Mum, die die Torte so geschickt dekoriert hatte. Ich fühlte auch eine tiefe Dankbarkeit, als ich erkannte, dass sie das Inn am Laufen gehalten hatte, während Tante Pearl und ich das Verbrechen aufgeklärt haben. „Sie ist wunderschön. Die können wir doch nicht essen."

„Sei doch nicht lächerlich, Cenny." Mum reichte mir das Messer. „Jetzt wünsch dir was."

Mir fiel da einiges ein, aber zum ersten Mal fühlte ich, dass ich eigentlich gar nichts brauchte.

Ich wollte nichts an meinem unsäglichen Job bei der Zeitung ändern. Ich war nicht einmal mehr sicher, ob ich etwas an Westwick Corners verändern wollte. Ich liebte meine exzentrische Familie genauso wie sie war, egal was Außenstehende von uns dachten. Zum ersten Mal war ich sogar stolz darauf, eine Hexe zu sein.

Ich blickte um den Tisch. Alle Augen waren auf mich gerichtet und warteten darauf, dass ich den Kuchen anschnitt. Mein Blick blieb an Tyler Gates' schönen braunen Augen hängen.

Mein Herz schlug schneller.

Ich schloss die Augen und atmete tief ein.

Vielleicht hatte ich ja doch einen Wunsch.

* * *

HAT Ihnen Verhext und zugebaut gefallen? Freuen Sie sich auf das bald erscheinende nächste Buch in der Serie, *Verhext und ausgespielt*.

COLLEEN CROSS
VERHEXTE
WESTWICK-KRIMIS
VERHEXT
UND
AUSGESPIELT

ANMERKUNG DER AUTORIN

Wenn Ihnen *Verhext und zugebaut* gefallen hat, würde ich mich freuen, wenn Sie eine kurze Rezension darüber verfassen oder das Buch Ihren Freunden empfehlen würden. Solche Weiterempfehlungen helfen uns Autoren sehr!

Verhext und zugebaut ist der erste Titel aus der Reihe *Verhexte Westwick-Krimis*. Weitere Titel sind bereits erschienen bzw. in Planung. Solange meinen Lesern die Geschichten gefallen, werden stetig neue erscheinen.

Wenn Ihnen *Verhext und zugebaut* gefallen hat und sie über Neuerscheinungen informiert werden möchten, können Sie sich gerne für meinen E-Mail-Newsletter anmelden. Der Newsletter wird drei bis vier Mal pro Jahr und ausschließlich im Zuge von Veröffentlichungen verschickt. Die Anmeldung finden Sie auf www.colleencross.com.

Ich habe auch andere Krimis und Thriller verfasst, die Ihnen gefallen könnten. Einen Überblick, auch über die erschienenen Übersetzungen finden sie hier.

ÜBER DEN AUTOR

Über den Autor

Colleen Cross ist die Autorin der Bestseller Reihe der Katerina Carter Betrugs Thriller und die dazu passende Katerina Carter Farbe des Geldes Mystery Reihe. Die beiden beliebten Mystery / Thriller Reihen handeln von derselben Protagonisten. Katerina Carter ist eine gerichtlich bestellte Rechnungsprüferin und Betrugsermittlerin mit Köpfchen. Sie tut immer das Richtige, obwohl ihre unorthodoxen Methoden ein wenig haarsträubend und aufregend sind.

Sie ist auch eine Wirtschaftsprüferin und Betrugsexpertin und schreibt über echt Fälle. Anatomy of a Ponzi deckt die größten Schneeballsysteme auf und wie diese Leute mit ihren Verbrechen davonkommen. Sie sagt die genaue Zeit und den Ort voraus, wann die größten Schneeballsysteme aufgedeckt werden und die Beweise, ihr dabei zuzusehen.

Zu Neuigkeiten über Colleens Bücher, besuchen Sie ihre Website: http://www.colleencross.com

Einfach für den Neuerscheinungen Newsletter anmelden, um immer direkt über die Neuerscheinungen informiert zu werden!

Colleen Cross auf Social Media:

Facebook: www.facebook.com/colleenxcross

Twitter: @colleenxcross

oder als Autorin auf Goodreads

Website: www.colleencross.com

www.ingramcontent.com/pod-product-compliance
Lightning Source LLC
Chambersburg PA
CBHW060552190726
48283CB00003B/981